신과 나눈 이야기

옮긴이 조경숙

1958년 부산에서 태어나 서울대 역사교육과를 졸업하고 영어와 일어를 우리말로 옮기는 일을
했습니다. 그동안 옮긴 책으로는 《소설 사회학을 위하여》, 《곰돌이 푸우는 아무도 못말려》,
《내 영혼이 따뜻했던 날들》, 《신과 나누는 우정》, 《청소년을 위한 신과 나눈 이야기》,
《우리는 신이다》, 《사내 대탐험》, 《끝없는 사랑》, 《사랑의 기적》 등이 있습니다.

신과 나눈 이야기 1

닐 도날드 월쉬 지음 · 조경숙 옮김

1판 1쇄 펴낸날 1997년 7월 20일 | 3판 24쇄 펴낸날 2024년 11월 25일 | 펴낸이 이충호 | 펴낸곳 아름드리미디어
등록번호 제10-1227호 | 등록일자 1995년 11월 6일 | 주소 03986 서울시 마포구 월드컵북로8길 25, 3F
대표전화 02-6353-3700 | 팩스 02-6353-3702 | 홈페이지 www.gilbutkid.co.kr
편집 송지현 임하나 황설경 박소현 김지원 | 디자인 김연수 송윤정
마케팅 호종민 신윤아 이가윤 최윤경 김연서 강경선 | 경영지원본부 이현성 김혜윤 전예은 | 제조국명 대한민국
ISBN 978-89-5582-502-2 03840

아름드리미디어는 길벗어린이(주)의 청소년·성인 단행본·그래픽노블 브랜드입니다.

신과 나눈 이야기

Conversations with God

book 1

아름드리미디어

앤 M. 월쉬에게
이 책을 바친다.

그분은 내게 신이 존재함을
가르쳐주셨을 뿐만 아니라,
신이 내 가장 친한 벗이라는
놀라운 진실에 눈뜨게 해주셨다.
그리고 내게 그냥 어머니 이상이어서
신과 모든 좋은 것에 대한 사랑과 갈망이
내 안에서 태어나게 해주셨다.
어머니는 내가 태어나서
처음으로 만난 천사였다.

알렉스 M. 월쉬에게도
이 책을 바친다.

그분은 내가 살아오는 동안 계속해서
"그건 아무것도 아냐",
"'아니'라고 대답하지 마",
"네 운은 네가 만드는 거야",
"앞으로 비슷한 일들을 훨씬 더 많이 겪게 될 거야"
라고 내게 가르쳐주셨다.
아버지는 내가 처음으로 체험한
두려움 없음이었다.

감사의 말

나는 무엇보다 먼저, 그리고 마지막으로, 또한 언제나, 이 책에 있는 모든 것과 삶의 모든 것, 아니 삶 자체인 모든 것의 근원에 감사한다.

두 번째로 나는 모든 종교의 성인들과 현인들을 포함해서 내 영적 스승들에게 감사한다.

세 번째로 우리는 누구나 우리 삶에 끼친 영향이 너무나 크고 심오해서 감히 범주화하거나 서술할 수 없는 사람들의 명단을 갖고 있기 마련이다. 말하자면 자신들의 지혜를 우리에게 나눠주고 자신들의 진실을 우리에게 말해주며, 우리의 온갖 결점과 어리석음을 끝없이 인내하고, 이 모든 과정 동안 내내 우리를 지켜보면서 우리에게서 최고 장점들을 찾아냈던 사람들, 우리를 받아들이고 우리의 참된 선택이 아닌 부분을 거부하면서 우리를 자라게 해주고 더 크게 해준 사람들을.

그런 식으로 내 삶에서 도움을 준 사람들 중에는 우리 부모님을 위시하여, 서맨서 고르스키, 타라-제넬 월쉬, 웨인 데이비스, 브라이언 월쉬, 마더 라이트, 고(故) 벤 윌스 주니어, 롤런드 체임버스, 댄 힉스, C. 베리 카터 2세, 엘런 모이어, 앤 블랙웰, 돈 댄싱 프리, 에드 켈러, 라이먼 W. (빌) 그리즈월드, 엘리자베스 퀴블러-로스, 그리고 친애하는 테리 콜-위태커 등이 있다.

그리고 나는 이 사람들 속에 내 예전 단짝들도 포함시키고 싶다. 프라이버시 문제가 있어서 그들의 이름을 여기에 적을 수는 없지만, 그럼에도 나는 그들이 내 삶에 끼친 영향에 깊은 감사와 이해를 보낸다.

이들 모두에게 받았던 선물들이 내 가슴을 뿌듯하게 해주었듯이, 내 조력자이자 배우자이고 파트너인 낸시 플레밍 월쉬는 특히 내 가슴을 따뜻하게 해주었다. 낸시는 놀라운 지혜와 자비와 사랑을 가진 여성이어서, 인간관계에 대한 내 가장 고귀한 생각이 단순히 환상으로 남아 있지 않고 현실 속에서 실현될 수 있음을 보여준 사람이다.

네 번째이자 마지막으로, 나는 지금까지 한번도 만나지 못했지만 그들의 삶과 작품이 내게 너무나도 큰 영향을 주어서 내 존재의 깊은 곳에서부터 감사하지 않고는 도저히 넘어갈 수 없는 몇몇 사람들에게 감사한다. 그들이 나에게 준 그 황홀한 기쁨의 순간들과, 인간 조건에 대한 통찰력, 그리고 순수하고 소박한 생명느낌(내가 만들어낸 용어!)에 대해서.

여러분도 삶의 참된 진실이 주는 달콤하고 충만한 순간을 누군가에게서 느꼈을 것이다. 나에게 이런 것을 선사해준 사람들은 대부분 창조적인 공연 예술가들이었다. 내가 영감을 얻고 명상의 순간들에 잠기고 가장 아름답게 표현된 신을 발견한 것이 이런 예술에서였기 때문이다.

그래서 나는 노래로 내 영혼을 어루만지고 삶에 대한 새로운 희망을 가득 채워준 존 덴버, 내 삶의 체험과 많은 부분이 흡사해서 마치 그 저작들이 내 것인 양 내 삶 속으로 들어왔던 리처드 바크, 사람의 가슴을 몇 번씩 휘어잡는 예술성을 지닌, 삶의 진실을 단순히 아는 것이 아니라 느끼게 해주었던 바브라 스트라이샌드, 그리고 미래(예언) 소설들로 그 누구도 접근조차 못했던 방식으로 질문을 제기하고 대답을 제시했던 고(故) 로버트 하인라인에게 깊이 감사한다.

머리말

이제 여러분은 아주 특별한 체험을 하게 될 것이다. 여러분은 신과 이야기를 나누게 될 것이다. 아, 아, 나도 안다, 그런 일은 일어날 수 없다는 걸…… 아마 누구라도 **그런 일은 가능하지 않다**고 생각할(혹은 그렇게 배워왔을) 것이다. 신에게 말할 수는 있되 신과 이야기할 수는 없다고. 요는 신은 **응답해주지 않으리라**는 얘기. 그렇지 않은가? 적어도 통상적인 대화, 일상 대화의 형태로는 불가능하다고!

내 생각 역시 그랬다. 그런데 우연히도 이 책이 내게 나타났다. 상징적인 표현이나 비유가 아니라 문자 그대로 나타났다는 말이다. 이 책은 내가 쓴 게 아니라 내게 나타났다. 그리고 여러분이 이 책을 읽을 때는 여러분에게도 나타나리라. **우리 모두는 우리가 받아들일 채비를 하고 있던 그 진리로 인도될 것이기 때문이다.**

만일 내가 이 모든 내용을 비밀에 부쳤더라면, 내 삶은 훨씬 더 편해졌을 것이다. 그러나 이 책은 그렇게 하라고 내게 나타난 게 아니었다. 이 책이 내게 어떤 불편함을 끼치든 간에(신에 대한 모독이라느니, 사기라느니, 과거에 이런 진실들에 따라 살아오지 않은 주제에 이런 걸 발표하다니 위선자라느니, 좀 더 고약하게는 성자라느니 하는 말들을 듣는 불편함) 내가 이제 와서 공개하는 과정을 멈추는 건 불가능하다. 또 나 자신 그러기를 바라지도 않는다. 내게는 이 모든 것에서 물러날 기회가 여러 번 있었으나 그런 기회를 붙잡지 않았다. 나는 이 책에 대한 세상 사람들의 말이 아니라 내 본능이 말하는 바에 따르기로 결심했다.

내 본능은 이 책이 말도 안 되는 얘기나 좌절감에 사로잡힌 사람의 영적인 상상력이 빚어낸 허무맹랑한 얘기, 혹은 잘못 살아온 생을 변명하려는 사람의 자기 정당화 같은 게 아니라고 말한다. 아, 사실은 나도 혹시 그런 게 아닐까 생각해봤다. 그런 가능성 전부를. 그래서 이 책이 원고 상태로 있는 동안에 몇몇 사람들에게 나눠줘서 읽어보게 했다. 그런데 그들은 감동받았다. 울었다. 그리고 이 책에 담긴 즐거움과 유머에 웃음을 터트렸다. 그들은 자기네 삶이 변했다고 말했다. 그들은 전율했다. 그들은 권능을 부여받았다.

많은 사람들이 자신이 변화되었다고 말했다.

그때 나는 이 책이 모든 사람을 위한 것임을 알았고, 이 책이 출간 **되어야** 한다는 걸 알았다. 이 책은 이 안에 적힌 물음들에 깊은 관심을 갖고, 진정으로 대답을 갈구하는 모든 사람에게 놀라운 선물이 될 것이기에. 진지한 마음, 영혼의 간절함, 열린 가슴으로 진리를 추구해온 모든 사람에게. 그리고 **우리 대다수**가 바로 그런 사람들이다.

이 책은 우리가 품어온 의문들의 전부, 혹은 그 대부분에 대해 언급하고 있다. 삶과 사랑, 목적과 역할, 사람들과 관계, 선과 악, 죄의식과 죄, 용서와 속죄, 신에게 이르는 길과 지옥에 이르는 길 등에 대해, 그리고 섹스, 권력, 돈, 자식, 결혼, 이혼, 필생의 과업, 건강, 미래, 과거까지…… 이 **모든 것**을 정면에서 다루고 있다. 또한 전쟁과 평화, 앎과 무지, 주기와 받기, 기쁨과 슬픔, 구체성과 추상성, 보이는 것과 보이지 않는 것, 진실과 허위에 대해서도 살펴본다.

여러분은 이 책을 "만사에 대한 신의 가장 최근 발언"이라고 말할 수도 있으리라. 하지만 이걸 사실로 받아들이기 어려운 사람도 있을 것이다. 특히 신이 2000년 전에 말하기를 그쳤다고 생각하거나, 신이 성인들이나 무당들, 또는 20~30년 동안 열심히 명상해왔거나 적어도 10년은 수행해온 사람들(나는 이 중 어느 범주에도 들지 못한다)하고만 교류한다고 생각하는 사람들은.

진실은 신은 모든 사람과 말한다는 것이다. 선한 사람과 악한 사람, 성인(聖人)과 악당 모두와. 그 중간에 해당하는 우리 같은 사람들은 더 말할 나위도 없고. 이 책을 읽는 여러분을 예로 들어보자. 신은 여러분이 이제까지 살아오는 동안 수많은 방식으로 여러분에게 다가왔고, 이 책 역시 그런 방식들 중 하나일 뿐이다. 여러분은 제자가 준비를 갖추면 스승은 나타나기 마련이라는 옛 격언을 무수히 들어오지 않았는가? 이 책은 우리의 스승이다.

이 책이 내게 나타나기 시작한 직후, 나는 내가 신과 이야기하고 있다는 걸 알았다. 직접적으로, 개인적으로, 반박의 여지가 없는 방식으로. 신은 내 이해 능력에 적절히 맞추어 내 질문에 답해주고 있었다. 즉 내가 이해할 수 있는 방식과 언어로 말이다. 이 책이 구어체로 서술되어 있고, 신이 가끔 내 과거의 체험들이나 내가 다른 출처들에서 얻은 지식들을 언급하는 것도 다 그 때문일 것이다. 이제 나는 지금까지 살아오면서 내게 일어났던 모든 게 다 **신에게서 온 것**임을 안다. 그리고 그것들이 종합되어 **내가 던진 모든 질문**에 대한 훌륭하고 완벽한 답으로 나타나고 있다는 것도.

그 과정 어딘가에서 나는 하나의 책이, 출간의 의도를 지닌 책이 탄생하고 있다는 걸 깨달았다. 그리고 실제로 이 대화의 후반부를 쓰는 동안(1993년 2월), 연이은 3년간의 첫 부활절과 마지막 부활절 사이에 **세 권의** 책이 차례로 나오게 되리라는 구체적인 얘기를 들었다. 그리고 각 권이 다음과 같은 내용으로 이루어지리라는 얘기도.

• 1권은 주로 각 개인들이 당면한 삶의 과제와 기회를 중심으로 개인적인 주제들을 다루고,

• 2권은 이 행성에서의 지정학적, 형이상학적 삶이라는 범지구적인 주제들과 오늘날 전 세계가 직면한 여러 가지 어려운 과제들을 다루며,

• 3권은 우주 최고 최상의 진실들, 영혼이 안고 있는 과제들과 기회들에 대해 다룰 것이라고.

이 책은 그 3부작의 첫 권으로 1993년 2월에 완성되었다. 독자들의 이해를 돕기 위해 설명하자면, 나는 이 대화를 손으로 적었는데 마치 신이 목청 높여 얘기하기라도 하듯 특별히 강조한다고 여겨지는 문장들에는 밑줄을 긋거나 동그라미를 쳤다. 그 부분들은 나중에 책에서 진한 글씨로 표기되었다.

이제 나는 여기에 수록된 지혜를 되풀이해서 읽는 동안, 나 자신의 삶에 몹시 당황하고 있다는 사실을 고백해야겠다. 이제까지의 내 인생은 계속되는 과오와 실수, 얼마간의 몹시 부끄러운 행동들, 남들에게 상처를 줬거나 남들이 용서할 수 없는 것으로 받아들일 게 분명한 선택이나 결정들로 점철되어왔다. 나는 그런 것들이 남들에게 고통을

안겨줬다는 사실에 대해 깊이 자책하고 있지만, 그분들 덕분에 내가 배운, 그리고 **지금도** 여전히 배우고 있는 모든 것에 대해 더할 나위 없이 고마워하고 있다. 내 배움의 속도가 느린 것을 모든 분께 사과 드린다. 하지만 신은 나로 하여금 내 결함들을 용서하고 두려움과 죄책감 속에서 살지 말라고, 항상 좀 더 원대한 비전에 따라 살려고 애쓰라고 격려해주신다.

나는 신이 우리 모두에게 바라는 것이 바로 이것임을 잘 알고 있다.

닐 도날드 월쉬
1994년 크리스마스
오리건 주 센트럴 포인트

1

1992년 봄, 내가 기억하기로는 부활절 무렵이었던 것 같다. 내 인생에서 아주 기이한 일이 일어났다. 신이 여러분과 이야기하기 시작한 것이다—나를 통해서!

사연을 설명하자면 이렇다.

그 무렵 나는 가정생활 면에서도 직업상으로도, 그리고 정서 면에서도 몹시 불행했다. 내 인생은 모든 면에서 실패한 것처럼 느껴졌다. 나는 오래전부터 내 생각을 편지 형식으로 적는 습관을 갖고 있었기에(그걸 부친 적은 거의 없지만), 이날도 친숙한 노란색 종이철을 집어 들어 감정들을 쏟아내기 시작했다.

그런데 이번에는 이전과는 달리 나를 괴롭히는 사람에게 편지를 쓸 게 아니라, 내 모든 고통의 원천, 그 최대의 원흉과 직접 맞붙어보기로 했다. 나는 신에게 편지를 쓰기로 마음먹었다.

그건 원망스러운 마음으로 마구 퍼부어댄 편지요, 혼란과 비틀린 심사와 비난으로 가득한 편지였다. 또한 그것은 한 무더기의 분노 어린 질문들이었다.

왜 내 인생은 순탄하게 굴러가지 않는 겁니까? 잘 굴러가게 하려면 대체 뭐가 필요하단 말입니까? 어째서 나는 다른 사람들과 행복하고 즐거운 관계를 가질 수 없는 겁니까? 필요한 만큼의 돈을 만져보는 일 같은 건 내 평생 한번도 없을 거란 말입니까? 그리고 마지막이자 가장 힘주어 한 질문은 **대체 내가 무슨 짓을 했기에 늘 이렇게 고통스러운 삶을 살아야 한단 말입니까?**였다.

그런데 내가 그 누구도 대답해줄 수 없는, 쓰디쓴 이 마지막 질문을 휘갈기고 나서 펜을 내던지려 했을 때, 놀랍게도 보이지 않는 어떤 힘에 단단히 붙잡히기라도 한 것처럼 내 손은 종이 위에 그대로 놓여 있었다. 그러더니 갑자기 펜이 **저절로 움직이기** 시작했다. 뭔가 더 써야겠다는 생각이 전혀 없었는데도, 어떤 생각이 저절로 흘러나오고 있었다. 그래서 나는 그 흐름을 따르기로 했다. 그렇게 흘러나온 것은……

너는 이 모든 질문에 대답받기를 참으로 원하느냐, 아니면 그냥 푸념을 늘어놓고 있는 것이냐?

나는 놀라서 움찔했다…… 잠시 후 내 마음속에 한 가지 대답이 떠올랐다. 나는 그것도 글로 적었다.

양쪽 다입니다. 나는 분명 푸념을 늘어놓고 있습니다. 하지만 이 질문들에 대한 답이 있다면 죽는 한이 있어도 꼭sure as hell 듣고 싶습니다!

너는 온갖 것들에 대해서…… "죽는 한이 있어도"라고 하는 군. 하지만 기왕이면 "살아서 꼭sure as Heaven"이라고 하는 게 더 멋지지 않느냐?

그래서 나는 물었다.

그게 무슨 뜻인가요?라고.

미처 깨닫기도 전에 나는 이야기를 시작하고 있었던 것이다…… 게다가 나는 글을 쓰는 게 아니라 **받아쓰기**를 하고 있었다.

그 받아쓰기는 3년간 계속되었는데, 나는 그것이 어디로 가고 있는 지 그 당시에는 전혀 알지 못했다. 내가 종이에 적고 있던 질문들에 대한 대답들은, 질문을 완전히 다 적고 나서 **나 자신의 생각들을 떨쳐 버리기** 전에는 절대 내 머릿속에 떠오르지 않았다. 내가 받아 적는 속 도보다 훨씬 더 빨리 대답이 나오는 바람에, 그걸 쫓아가려고 마구 휘 갈겨 쓰고 있는 나 자신을 발견하는 일도 자주 있었다. 혼란스러워지 거나, 그 말들이 어딘가 다른 데서 오는 것이라는 느낌을 놓칠 때면, 나는 펜을 놓고 대화에서 벗어났다가 다시 영감—이런 표현을 써서 미안하지만 그 상태에 가장 잘 들어맞는 말은 이것뿐이다—을 느꼈 을 때, 비로소 노란 종이철 앞으로 돌아가 받아쓰기를 다시 시작했다.

지금 이 글을 쓰는 동안에도 이런 대화는 계속되고 있다. 나는 처 음엔 그걸 믿지 않았고, 그 다음엔 나 자신에게 퍽 의미 있는 대화라 생각했다. 하지만 이제 와서는 그것이 나만을 위한 게 아님을 깨닫게 되었다. 그것은 이 책을 만나는 여러분 모두를 위한 메시지다. 내 의문 은 곧 여러분의 의문이기도 하니까.

여기서 참으로 중요한 건 내 이야기가 아니라 **여러분의** 이야기이므로, 나는 가능한 한 빨리 여러분이 이 대화에 뛰어들었으면 한다. 여러분을 여기로 데려온 건 바로 여러분의 인생 체험이다. 이 책에 나오는 모든 내용은 **여러분** 저마다의 체험과 긴밀하게 맞물려 있다. 그렇지 않다면 여러분은 지금 이 대화에 참여하지도 않았으리라.

자, 이제 내가 아주 오랫동안 궁금하게 여겨왔던 한 가지 의문, 즉 신은 누구에게, 어떻게 이야기하는가?라는 의문에서 시작하여 신과의 대화 속으로 들어가보기로 하자. 내가 이 질문을 던졌을 때 받은 대답은 이러했다.

나는 모두에게 말하고 언제나 말한다. 문제는 내가 누구한테 말하는가가 아니라 누가 내 말을 귀담아듣는가다.

의아해진 나는 그 문제를 더 자세히 이야기해달라고 부탁했다. 그러자 신은 이렇게 말했다.

먼저 말한다talk를 **교류한다**communicate로 바꿔보자. 뒤의 것이 훨씬 낫고 훨씬 충실하며 더 정확한 말이다. 우리가 서로에게, 즉 내가 너희에게, 너희가 내게 얘기하려 할 때 우리는 곧바로 말의 한계에 갇히고 만다. 이 때문에 나는 말만으로 교류하지 않는다. 사실 내가 말로 교류하는 일은 거의 없다. 내가 가장 자주 쓰는 교류 형식은 느낌이다.
느낌은 영혼의 언어다.
만일 네가 어떤 것을 놓고 무엇이 자신에게 참인지 알고자 한다면, 네가 그것을 어떻게 느끼는지 살펴보라.

느낌이란 건 알아차리기 어려울 때가 많다. 받아들이기가 훨씬 더 어려운 경우도 자주 있고. 그러나 네 가장 내밀한 느낌 속에 감춰진 것이야말로 네 가장 고귀한 진실이다.

비결은 그런 느낌들에 다가가는 것이다. 어떻게 하는지 보여주겠다. 물론 네가 원한다면 말이다.

나는 신에게 원한다고 말했다. 하지만 그 자리에서 당장 원했던 것은 내 첫 번째 질문에 대한 좀 더 완벽하고 충실한 대답이었다. 그러자 신은 이렇게 말했다.

나는 **생각**으로도 교류한다. 생각과 느낌은 동시에 일어날 수도 있지만 같은 것은 아니다. 생각으로 교류할 때 나는 영상을 자주 사용한다. 그 때문에 교류 도구란 면에서 생각은 단순한 말보다 효과가 크다.

느낌과 생각 외에 나는 **체험**이라는 전달 수단을 사용하기도 한다. 체험은 참으로 위대한 전달자다.

그리고 마지막으로 느낌도 생각도 체험도 모조리 실패할 때, 나는 **말**을 쓴다. 사실 말은 가장 비효율적인 전달자다. 말은 너무나 빈번하게 잘못된 해석이나 오해를 낳곤 한다.

왜 그렇다고 생각하는가? 말의 본질이 그렇기 때문이다. 말은 그저 입 밖에 내는 소리에 지나지 않는다. 느낌과 생각과 체험을 **드러내는 소리**. 말은 상징이자 기호고 표지(標識)다. 말은 '진리'가 아니다. 말은 실체가 아니다.

너희가 뭔가를 이해하고자 할 때 말의 도움을 받을 수는 있다. 하지만 너희에게 앎을 주는 것은 체험이다. 물론 너희가 체험할 수 없는 것들도 있다. 그래서 나는 너희에게 앎의 다른 도구들도 주었다. 느낌과 생각이라는 도구들을.

그런데 여기서 최고의 역설은 너희가 '신의 말'은 그토록 중요하게 여기면서도, 체험은 아주 하찮게 여긴다는 점이다.

사실 너희는 체험을 너무나 하찮게 여기고 있어서, 체험한 신이 말로 들은 신과 다를 때 아무 생각 없이 체험을 버리고 말을 간직한다. 마땅히 그 반대가 되어야 하는데도 말이다.

너희가 어떤 것을 체험하고 느낀다는 것은, 그것을 사실로 알고 직관으로 안다는 것을 뜻한다. 반면에 말이란 너희가 아는 것을 **상징**으로 나타내고자 할 뿐이어서, 흔히 너희의 앎을 **어지럽힌다.**

자, 이런 것들이 내 교류 도구들이다. 하지만 이것들이 그 자체로 교류 방법은 아니다. 모든 느낌과 모든 생각과 모든 체험과 모든 말이 다 나한테서 나오는 건 아니기에.

이제까지 많은 사람들이 내 이름을 빌려 많은 말을 해왔고, 많은 생각과 많은 느낌이 내가 직접 창조하지 않은 근거들의 뒷받침을 받아왔으며, 많은 체험이 그런 근거들에서 비롯되었다.

이런 도전은 통찰력으로 해결해야 하는 문제다. 신에게서 나온 메시지와 다른 출처에서 나온 자료의 차이를 알기란 쉽지 않다. 그럴 때 다음과 같은 기본 원칙을 적용해보면 문제가 간단히 풀린다.

너희의 '가장 고귀한 생각', '가장 명확한 말', '가장 강렬한 느낌'은 항상 내 것이다. 그보다 덜한 모든 건 다른 출처에서 온 것

이다.

초심자조차도 가장 고귀하고 가장 명확하고 가장 강렬한 것을 확인하기란 결코 어렵지 않을 것이니, 이제 구별하기는 쉬운 일이 된다.

그러나 나는 너희에게 다음과 같은 지침들도 주려 한다.

'가장 고귀한 생각'이란 예외 없이 기쁨이 담겨 있는 생각이며, '가장 명확한 말'이란 진리를 담고 있는 말이며, '가장 강렬한 느낌'이란 너희가 사랑이라 부르는 바로 그 느낌이다.

기쁨과 진리와 사랑.

이 셋은 서로 뒤바뀔 수 있으며, 하나는 언제나 다른 것들을 가져다준다. 그것들이 어떤 순서로 놓여 있는가는 하등 중요하지 않다.

이 지침들을 가지고 어떤 메시지가 내 것이고 어떤 것이 다른 출처에서 온 것인지 결정하고 나면, 남은 단 하나의 문제는 내 메시지에 주의를 기울이는가 아닌가뿐이다.

너희는 내 메시지를 대부분 그냥 흘려버린다. 어떤 메시지들은 너무 훌륭해서 진짜 같아 보이지 않고, 또 어떤 메시지들은 너무 어려워 따를 수 없을 것 같다는 이유로. 많은 메시지들은 단순히 잘못 이해되기 때문에. 그리고 대다수 메시지는 받아들여지지 않기 때문에.

내 메시지의 가장 강력한 전달자는 체험이다. 하지만 너희는 체험조차 무시한다. 아니, 너희는 **특히** 이것을 무시한다.

만일 너희가 자신들의 체험에만 귀를 기울였더라도 너희 세상이 지금처럼 되지는 않았을 것이다. 너희가 체험을 거듭거듭 되풀이해서 겪게 되는 것은 체험에 귀 기울이지 않았기 때문이다. 하지만 내 목적은 방해받지 않을 것이고 내 의지는 무시당하지 않을 것이기에, 너희는 늦든 빠르든 결국 그 메시지를 **받아들이게 될 것이다.**

그러나 나는 결코 너희에게 강요하지 않을 것이다. 나는 결코 너희를 지배하지 않을 것이다. 내가 너희에게 너희가 선택한 대로 할 수 있는 힘, 자유의지를 주었고, 그것을 너희에게서 도로 빼앗는 일은 결코 없을 것이기에. 앞으로도 영원히 그런 일은 없을 것이기에.

그러므로 너희가 우주의 어느 구석에 있든 나는 몇천 몇만 년을 두고 같은 메시지들을 너희에게 전하고 또 전하고 또 전할 것이다. 너희가 내 메시지들을 받아들일 때까지, 그것들을 가까이 두고 너희 자신의 것이라 말할 때까지, 나는 끝없이 보낼 것이다.

내 메시지들은 몇백만 년에 걸쳐 몇천 번의 순간에 몇백 가지 형태로 올 것이다. 너희가 진실로 귀 기울인다면 그것들을 놓칠 리 없을 것이며, 한번이라도 진실로 듣고 나면 그것들을 무시할 수 없을 것이다. 그리고 나면 우리의 교류는 가장 진지하게 시작될 것이다. 과거에 너희는 그저 나한테 이야기하거나 기도하거나 나를 중재하거나 내게 탄원하기만 했다. 그러나 한번이라도 진실로 듣고 나면 그때부터 나는 너희에게 **답해줄 수 있다.** 또 지금 내가 하고 있는 것처럼 할 수도 있다.

이런 교류가 신에게서 왔다는 걸 제가 어떻게 알 수 있습니까? 이것이 내 멋대로의 상상이 아니라는 걸 어떻게 알 수 있냐구요?

그게 어떻게 다르단 말이냐? 너는 내가 그 어떤 경우에도 그러하듯이, 네 상상을 통해서도 얼마든지 쉽게 일할 수 있다는 걸 모르겠는가? 나는 아무 때든 한 가지 혹은 여러 가지 장치를 써서 그 순간의 목표에 정확히 들어맞는, 그야말로 딱 부러진 생각이나 말, 느낌 따위를 네게 줄 것이다.

네가 이제까지 자신의 힘만으로 이렇게 명확하게 말한 적이 한번도 없으니, 이 말들이 나한테서 왔음을 알 것이다. 예전에 이미 네가 이 질문들에 이렇게 분명하게 답할 수 있었다면, 아마 너는 이것들을 묻지도 않았으리라.

신은 누구와 교류합니까? 특별한 사람들이 있습니까? 또 그렇게 하는 특별한 시기가 있는 겁니까?

모든 사람이 다 특별하고 모든 순간이 다 소중하다. 다른 사람보다 더 특별한 사람, 다른 때보다 더 특별한 때 같은 건 없다. 많은 사람들이, 신은 특별한 방법으로 특별한 사람들과만 교류한다고 믿는 쪽을 선택한다. 이런 선택으로 많은 사람들이 내 메시지를 들어야 하는 책임에서 벗어나고, 내 메시지를 **훨씬 덜 받아들이며**(이건 또 다른 문제이지만), 다른 누군가의 말을 전부라고 여긴다. 너희는 내게 귀 기울일 필요가 없게 된다. 이미 다른 사람들이 나한테서 온갖 주제들에 관해 듣고 있는 걸로 판단했으니 말이다. 그래서 너희는 그들에게 귀 기울여 들어

달라고 한다.

다른 사람들이 내 말이라고 전하는 것에만 귀 기울이면 되므로 너희는 **전혀 생각할 필요가 없다.**

많은 사람들이 개인 차원에서 내 메시지를 외면하는 가장 큰 이유가 바로 이것이다. 만일 너희가 **직접** 내 메시지를 받고 있음을 인정한다면, 당연히 그것을 해석할 책임은 너희에게 있다. 지금 이 순간에 너희가 충분히 잘 받아들일 수도 있는 메시지를 해석하려 애쓰기보다, 너희는 타인들(심지어 2000년 전에 살았던 사람들)의 해석을 받아들이는 쪽이 훨씬 더 안전하고 훨씬 더 편하다고 여긴다.

하지만 나는 신과 교류하는 새로운 형식으로 너를 초대한다. 그것은 **양방향**의 교류다. 실제로 나를 초대한 건 너다. 왜냐하면 나는 **네 부름에 답해서** 지금 이 순간 이런 형식으로 네게 왔기에.

어떤 사람들, 예컨대 예수 같은 사람들은 다른 사람들보다 당신의 메시지를 더 잘 듣는 것 같은데, 그건 왜 그런 겁니까?

그 사람들은 진실로 들으려 하기 때문이다. 그들은 기꺼이 듣고자 하며, 두렵거나 미친 짓 같아 보이거나, 완전히 잘못된 것처럼 여겨질 때조차도, 기꺼이 나와의 교류에 문을 열어놓고자 한다.

우리는 자기가 들은 게 틀린 것처럼 여겨질 때도 신에게 귀 기울여야 합니까?

틀린 것처럼 여겨질 때 특히 더 그래야 한다. 만일 너희가 매사에 자신이 옳다고만 여긴다면 신과 대화할 필요가 어디에 있는가?

그냥 앞으로 나아가면서 너희가 아는 바 그대로 행동하면 되지 않겠는가? 하지만 시간이 시작된 이래 너희가 줄창 해온 게 바로 그런 짓임을 잊지 마라. 그리고 이 세상이 어떤 꼴을 하고 있는지 보라. 너희는 분명 뭔가를 놓쳐왔다. 너희가 이해하지 못하는 뭔가가 분명히 존재한다. 너희가 이해하는 것은 너희에게 옳게 여겨질 것이다. "옳다" 자체가 자신이 동의하는 어떤 것을 가리킬 때 너희가 쓰는 용어니까. 그러므로 너희가 놓친 것은 처음에는 "틀린" 것으로 보일 것이다.

여기서 앞으로 나아가는 단 하나의 방법은 자신에게, "내가 '틀렸다'고 생각한 모든 것이 사실은 '옳다'면 어떻게 되는가?"라고 물어보는 것이다. 위대한 과학자들은 누구나 이 방법을 잘 알고 있다. 하는 일이 순조롭지 않을 때 과학자는 기왕의 모든 가설을 제쳐두고 새로 시작한다. 모든 위대한 발견은 틀렸다는 것을 받아들이는 의지와 능력에서 비롯되었다. 여기서 필요한 건 바로 그런 의지와 능력이다.

너희는 자신들이 **이미** 신을 알고 있다고 중얼거리는 짓을 멈출 때까지는 신을 알 수 없다. 너희는 자신들이 이미 신의 이야기를 들었다고 생각하는 짓을 멈출 때까지는 신의 말을 들을 수 없다.

나는 너희가 나한테 너희의 진리를 말하는 짓을 그만둘 때까지는 내 진리를 말할 수 없다.

하지만 신에 관한 내 진리는 **당신한테서** 온 것입니다.

누가 그렇게 말했는가?

다른 사람들이요.

어떤 다른 사람들?

지도자들. 목사들. 랍비들. 사제들. 책들. 거기다 성서도요!

그런 것들은 **믿을 만한** 출처가 못 된다.

그것들이 믿을 만한 출처가 **아니라고요?**

그렇다.

그럼 뭐가 **믿을 만한** 출처인가요?

네 **느낌**에 귀를 기울여라. '네 가장 고귀한 생각들'에 귀를 기울여라. 네 체험에 귀를 기울여라. 이 중 어느 하나라도 네 선생들이 말한 바나 네가 책에서 읽은 바와 다르다면, 그 말들을 잊

어버려라. 말이란 건 가장 믿음직스럽지 못한 진리 조달업자다.

당신한테 말하고 싶은 게 너무 많고 물어보고 싶은 게 너무 많아서, 어디서부터 시작해야 좋을지 모르겠습니다.

예컨대, 어째서 당신은 자신을 드러내지 않죠? 진실로 신이 존재하고, 당신이 바로 그라면, 왜 당신은 우리 모두가 이해할 수 있는 방식으로 자신을 드러내지 않는 겁니까?

　　나는 수도 없이 되풀이해서 그렇게 해왔으며, 지금도 또 한 번 그렇게 하고 있는 중이다.

그게 아니고, 반박할 수도 부정할 수도 없는, 확연한 드러남 말입니다.

　　예를 들면?

예컨대 바로 지금 제 눈앞에 나타나는 식으로 말입니다.

　　바로 지금 나는 그렇게 하고 있다.

어디 계시는데요?

　　네가 바라보는 곳 어디에나.

아니, 나는 반박할 여지가 없는 방식을 말하는 겁니다. 그 누구도 부정할 수 없는 방식 말입니다.

　　그게 어떤 방식이어야 한다는 거냐? 너는 나를 어떤 형상, 혹은 어떤 모습으로 나타나게 하려는 거냐?

당신이 실제로 지니고 있는 형상이나 모습으로요.

　　나는 너희가 이해하는 어떤 형상이나 모습도 지니고 있지 않기에 그건 불가능하다. 내가 너희가 **이해할 수 있는** 형상이나 모습을 **취할 수는 있으나**, 그러면 누구나 하나같이 자기네가 본 것이 신의 많은 형상이나 모습들 중 하나가 아니라, 유일한 형상이자 모습이라 여길 것이다.
　　사람들은 내가, 자기네가 보지 못하는 어떤 존재가 아니라, 자기네가 보는 대로의 존재인 줄 믿는다. 하지만 나는 어느 특정 순간에 화(化)한 무엇이 아니라, '위대한 보이지 않음Great Unseen'이다. 어떤 의미에서는 내가 **아닌 것이** 나다. 나는 **없음** am-notness에서 나오고 항상 그것으로 되돌아간다.
　　그럼에도 내가 특정 형상, 곧 사람들이 나를 이해할 수 있으리라 여기는 형상으로 나타나면, 사람들은 **나를 영원히 그 형상으로 규정한다.**
　　그래서 내가 다른 사람들에게 다른 형상으로 나타나야 했다면, 앞서 나를 본 사람들은 그들에게, 그것은 내가 아니라고 말한다. 자기네에게 나타났던 모습과 다른 모습으로 나타났고, 똑같은 것을 말하지도 않았으니, 어찌 그것이 나일 수 있겠냐고 하면서 말이다.

이제 알겠느냐? 나 자신을 어떤 형상, 어떤 방식으로 드러내는가는 전혀 중요하지 않다. 내가 **어떤 방식을 택하고 어떤 형상을 하든** 반박할 수 없는 경우는 **결코 없을 것이다.**

하지만 당신이 자신의 정체를 의심할 여지 없이 명백하게 입증해 줄 행동을 한다면……

……그게 악마의 짓이라거나 그저 누군가의 상상일 뿐이라고 말할 사람들, 혹은 나 아닌 다른 어떤 원인에서 비롯된 것이라고 말할 사람들은 여전히 존재한다.

만일 내가 나 자신을 '전능한 신', '하늘과 땅의 왕'으로서 드러내고, 그것을 입증하려고 산을 옮긴다 해도 "그건 악마가 틀림없어"라고 말할 사람들이 있을 것이다.

또 마땅히 그렇게 해야 한다. 왜냐하면 신은 외부 관찰이 아니라 내면 체험을 통해 신 자신에게 스스로를 드러내는 법이니까. 그리고 일단 내면 체험으로 신 자신이 드러나게 되면 외부 관찰은 필요하지 않다. 또 외부 관찰이 필요하다면 내면 체험은 가능하지 않고.

게다가 신 자신을 드러내라는 요구는 실현될 수 없다. 그런 요청 자체가 곧 신이 그곳에 없다는, 즉 신의 어떤 것도 지금 드러나고 있지 않다는 진술이기에. 그런 진술은 그런 체험을 낳는다. 왜냐하면 어떤 것에 관한 너희의 생각은 **창조력을 갖고**

있고, 너희의 말은 **생산력을 갖고 있으며**, 너희의 생각과 말은 함께 어우러져 너희의 현실을 만들어내는 엄청난 힘을 갖기 때문이다. 그러므로 너희는 **지금 신이 드러나지 않는 현실**을 체험할 것이다. 신이 존재한다면 굳이 신의 존재를 **청하지** 않을 것이기에.

그 말씀은 원하는 어떤 것도 청할 수 없다는 뜻입니까? 우리가 무엇을 달라고 기도하는 것이 실제로는 그것을 **오히려 밀쳐낸다**고 말씀하시는 건가요?

이것은 오랜 세월 되풀이해온 질문으로, 나는 이런 질문이 나올 때마다 항상 답해주었다. 하지만 너희는 내 대답을 듣거나 믿으려 하지 않았다.

지금의 용어와 지금의 언어로 그 질문에 다시 답해주겠노라. 그건 이러하다.

너희는 너희가 청하는 걸 갖지 못할 것이며, 너희가 원하는 어떤 것도 가질 수 없다. 너희의 요구 자체가 결핍에 관한 진술이며, 뭔가를 원한다want는 너희의 진술은 정확히 그런 체험, 곧 모자람wanting을 너희의 현실에 만들어내는 작용을 할 뿐이다.

그러므로 올바른 기도는 간청의 기도가 아니라 감사의 기도다.

너희가 현실에서 체험하기로 선택한 것에 대해 미리 신에게 감사할 때, 사실상 너희는 그것이…… **실제로** 있음을 인정하는 셈이다. 따라서 감사는 신에게 보내는 가장 강력한 진술, 너희가 청하기도 전에 내가 먼저 대답해주는, 하나의 확약이다.

그러므로 결코 간청하지 마라. **감사하라.**

하지만 만일 내가 뭔가를 기대하고 신에게 미리 감사했는데, 그게 끝내 나타나지 않는다면요? 그럴 경우 환멸과 쓰라린 심정에 사로잡힐 수도 있을 텐데요.

감사를 신을 **조종하는** 도구, 우주를 기만하는 **방책으로** 써서는 안 된다. 자신에게 거짓말을 할 수는 없는 법이다. 너희의 정신은 너희가 생각하는 것의 진실을 알고 있다. 만일 너희의 지금 현실에서 그것이 존재하지 않음을 너무나 확실히 알면서도, "이렇게 저렇게 해주신 것을 신께 감사합니다"고 말하고 있다면, 너희는 신이 너희보다 **똑똑하지 못해서** 너희에게 그것을 마련해주리라고 기대하는 것이냐?

신은 너희가 아는 것을 안다. 그리고 너희가 아는 것은 너희의 현실로 나타나는 것이다.

하지만 그렇다면 어떤 것이 **존재하지 않음을 아는데,** 어떻게 그것에 진심으로 감사할 수 있습니까?

믿음. 만일 너희가 겨자씨만 한 믿음이라도 갖고 있다면 산도 옮길 것이다. 그것이 있다고 내가 **말했기에,** 너희가 청하기도 전에 대답해주리라고 내가 **말했기에,** 상상할 수 있는 모든 방법을 다 동원하여, 너희가 이름을 댈 수 있는 모든 스승을 통하여, 너희가 어떤 것을 선택하든 '내 이름'으로 선택한다면, 그것이 있게 되리라고 내가 너희에게 **말했고** 또 말해왔기에, 너희는 그것이 있음을 알게 되는 것이다.

그러나 너무나 많은 사람들이 자기네 기도에 아무 응답도 오지 않았다고 말합니다.

기도란 **있는 그대로**에 대한 열렬한 진술이다. 따라서 어떤 기도도 응답 없이 지나가지 않는다. 모든 기도, 모든 생각, 모든 진술, 모든 느낌에는 창조하는 힘이 있다. 그 기도를 얼마나 열렬하게 진실하게 지속하는가에 따라, 바로 그 정도에 따라, 그것은 너희의 체험 속에서 구체화될 것이다.

기도에 응답이 없었다고 할 때도, 실제로는 가장 열렬하게 품고 있는 생각이나 말 혹은 느낌이 **작용한다**. 하지만 너희가 알아두어야 할 건, 생각을 조종하는 것은 언제나 생각 뒤의 생각이란 점이다. 여기에 비밀이 있다. 이것을 '받침 생각Sponsoring Thought'이라 부를 수도 있을 것이다.

그러므로 구걸하거나 간청한다면 너희가 선택하는 것을 체험할 가능성은 훨씬 더 낮아진다. 그 모든 간청의 배후에 있는 '받침 생각'은, 자신은 **지금 원하는 걸 갖고 있지 않다는 것**이기에, **그런 식의 받침 생각이 너희 현실이 되는 것이다.**

이런 생각을 뒤덮을 수 있는 단 하나의 받침 생각은 무엇을 요구하더라도 신은 **틀림없이** 들어줄 거라는 믿음을 가진 생각이다. 어떤 사람들은 그런 믿음을 갖고 있다. 하지만 그 수는 아주 적다.

신이 모든 요구를 언제나 들어주리라고 믿어야 하는 게 아니라, **그런 요구 자체가 필요하지 않다는 걸** 직관으로 이해할 때 기도하기는 훨씬 수월해진다. **그럴 때 그 기도는 감사의 기도가 된다. 그것은 결코 요구가 아니다. 그것은 있는 그대로에 대한 감사의 진술이다.**

기도가 있는 그대로에 대한 진술이라고 하실 때, 신인 당신은 아무 것도 하지 않으며, 기도 뒤에 일어나는 모든 일은 그 **기도가 만든** 결과일 뿐이란 말씀입니까?

만일 너희가, 모든 기도를 듣고 어떤 기도들에는 "그래"라고 하고, 다른 기도들에는 "안 돼"라고 하고, 그 나머지 기도들에는 "어쩌면, 하지만 지금은 안 돼"라고 말하는 어떤 전능한 존재를 신이라 믿는다면, 너희는 잘못 생각하고 있다. 도대체 어떻게 신이 그런 주먹구구식 결정을 한단 말인가?

만일 신이 너희 삶의 **모든 것을** 창조하고 **결정하는 존재**라 믿는다면, 너희는 잘못 생각하고 있다.

신은 창조자가 아니라 관찰자다. 그리고 신은 너희가 삶을 살아갈 때 기꺼이 너희를 거들기 위해 옆에 서 있겠지만, 너희가 기대하는 방식으로는 아니다.

너희 삶의 환경이나 조건을 만들거나 만들지 않는 건 신의 직분이 아니다. 신은 자신의 형상대로, 자신의 닮은꼴로 너희를 창조했다. 너희는 신이 너희에게 준 힘을 가지고 그 나머지를 창조했다. 신은 너희가 알다시피 생명의 과정과 생명 자체를 창조했다. 하지만 신은 너희에게 너희가 원하는 대로 삶을 영위할 수 있는 자유선택권을 주었다.

이런 의미에서 **자신에 대한 너희의 의지는 너희에 대한 신의 의지이기도 하다.**

너희는 나름의 방식으로 너희의 삶을 살고 있고, **나는 그것을 좋아하지도 싫어하지도 않는다.**

신이 너희가 하는 일에 여러모로 마음 쓰리라는 생각은 너희가 빠져 있는 크나큰 환상에 지나지 않는다. 이런 말을 들으면 무척 서운하겠지만, 나는 너희가 뭘 하든 **마음 쓰지 않는다.** 하지만 너희라고 아이들을 밖에 나가 놀게 할 때 아이들이 뭘 하는지에 신경을 쓰는가? 그 애들이 술래잡기를 하든 숨바꼭질을 하든 흉내놀이를 하든, 너희에게 그것이 중요한 문제일까? 아니다. 아이들이 완벽하게 안전하다는 걸 너희가 이미 알고 있으니, 그것은 중요한 문제가 아니다. 너희는 아이들을 편안하고 만사가 순조로워 보이는 환경 속에 놓아두었다.

물론 너희는 늘 애들이 **다치지** 않기를 바랄 것이다. 그리고 애들이 다친다면 당장 달려가서 애들을 도와주고 치료해주며, 다시 편안하고 행복하게 해주고, 다음날 다시 나가 놀게 해줄 것이다. 이튿날에도 애들이 숨바꼭질을 택하든 흉내놀이를 택하든 너희는 상관하지 않을 것이다.

물론 너희는 애들한테 어떤 놀이가 위험한지 얘기해줄 것이다. 그러나 너희는 애들이 위험한 짓을 하는 걸 막을 수는 없다. 항상 그렇게 할 수 있는 것도 아니고, 영원히 할 수 있는 것도 아니다. 지금부터 죽음에 이르기까지의 모든 순간마다 그렇게 할 수는 없다. 현명한 부모는 이 점을 알고 있다. 그러나 부모는 그 결과에 마음 쓰는 것을 결코 그만두지 못한다. 과정에는 그다지 마음 쓰지 않지만 결과에는 무척 마음 쓰는 이 같은 양면성이 신의 양면성을 설명할 때 비슷한 예가 된다.

그러나 어떤 의미에서 보면 신은 결과에도 마음 쓰지 않는다. **궁극의 결과**에 대해서는. 궁극의 결과는 보장되어 있기 때문이다.

따라서 삶의 결과가 불확실하다는 생각은 인간들이 품고 있는 두 번째 크나큰 환상일 뿐이다.

너희의 가장 큰 적인 두려움을 낳는 것은 궁극의 결과에 대한 이 같은 의심이다. 너희가 결과를 의심한다면 너희는 창조주, 즉 신을 의심해야 하고, 신을 의심한다면 너희는 평생 동안 두려움과 죄책감 속에서 살아야 하기 때문이다.

너희가 신의 의도와 이 같은 궁극의 결과를 낳을 수 있는 신의 능력을 의심한다면, 어떻게 한시라도 마음 편히 쉴 수 있겠는가? 어떻게 단 한번이라도 진실로 평화를 찾을 수 있겠는가?

그러나 신은 의도대로 결과를 만들어내기에 **충분한 능력**을 갖고 있다. 하지만 너희는 이것을 믿지 못하거나 믿지 않으려 한다(너희가 신의 전능함을 주장한다 하더라도). 그리하여 너희는 **신의 의지를 훼방할** 방법을 찾아내려고, 신과 맞먹는 힘을 너희의 상상 속에서 창조해내야 했다. 이렇게 해서 '악마'라 부르는 존재가 너희의 신화 속에 탄생했다. 너희는 신이 이 존재와 전쟁을 치르고 있다는 상상까지 해왔다(신도 너희가 하는 식으로 문제를 풀 거라고 생각하면서). 마지막으로 너희는 신이 이 전쟁에서 실제로 질 수도 있다고 상상해왔다.

이 모든 것이 사실상 너희가 알고 있다고 여기는 신의 이미지를 훼손하는 것이지만, 여기서 중요한 건 그게 아니다. 문제는 너희가 환상 속에 살고 있으며, 그 때문에 두려움에 시달린다는 것이다. 신을 의심하겠다는 너희의 바로 그 결심 때문에.

그러나 네가 새로운 결정을 내린다면? 그러면 어떤 결과가 빚어질까?

내가 말해주겠다. 너는 부처처럼, 예수처럼, 그리고 너희가 일찍이 숭배했던 그 모든 성인처럼 살게 될 것이다.

그러나 다수의 성인들에 대해 그러했듯이, 사람들은 너를 이해하려 들지 않을 것이다. 그리고 네가 느끼는 평온함과 삶의 기쁨과 마음속의 법열을 설명하려 들면, 그들은 네 말을 듣긴 하겠지만 받아들이지는 않을 것이다. 그들은 네 말을 따라하겠지만 거기에 덧붙이려 할 것이다.

그들은 자기네가 찾지 못한 걸 네가 어떻게 찾아냈는지 궁금해하다가, 이윽고 질투를 키워갈 것이다. 질투는 얼마 안 가 분노로 바뀌어, 그들은 화를 내면서 신을 이해하지 못하는 쪽은 너라는 걸 네게 납득시키려 애쓸 것이다.

그리고 네가 느끼는 기쁨에서 너를 떼내지 못한다면, 그들은 크나큰 분노에 휩싸인 나머지 너를 해치려 들 것이다. 그리고 네가, 그래봤자 소용없다, 죽음조차도 네 기쁨을 방해할 수 없고 네 진실을 바꿀 수 없다고 하면, 그들은 분명 너를 **죽일 것**

이다. 그리고 나서 네가 죽음을 받아들이는 그 평온함을 보게 되면, 그들은 성자라 부르며 다시 너를 사랑할 것이다.

자기네가 가장 소중히 여기는 것을 사랑하다가 파괴하고 다시 사랑하는 게 사람의 본성이기 때문이다.

하지만 왜죠? 우리는 왜 그렇게 하는 거죠?

인간의 모든 행동은 그 가장 깊은 단계에서 두 가지 감정 중 어느 하나, 곧 두려움이나 사랑에서 시작된다. 사실 영혼의 언어 속에는 단 두 가지 감정, 단 두 마디 말만이 존재한다. 이 둘은 내가 우주와, 너희가 오늘날 알고 있는 바대로의 세상을 만들었을 때 함께 창조했던 위대한 양극성의 두 극단이다.

이 둘은 너희가 "상대성"이라 부르는 체계가 존재할 수 있게 해주는 두 극점, '알파'와 '오메가'다. 이 두 극점이 없다면, 현상에 관한 이 두 개념이 없다면, 어떤 다른 개념도 존재할 수 없다.

인간의 모든 생각과 행동은 사랑이나 두려움, 어느 한쪽에 뿌리를 두고 있다. 그 밖에는 다른 어떤 행동 동기도 존재하지 **않는다.** 그 밖의 모든 개념은 이 둘의 파생물에 지나지 않는다. 그것들은 그저 같은 주제의 변주들, 다른 꼬임들일 뿐이다.

이것에 대해 깊이 생각해보라. 그러면 너는 그게 사실임을 알 것이다. 이것이 바로 내가 '받침 생각'이라 부른 것이다. 받침 생각은 사랑이나 두려움에서 비롯된 생각이다. 이것은 생각 **뒤의 뒤의** 생각이다. 이것은 최초의 생각이며, 원초의 힘이고, 인간 체험의 엔진을 움직이는 생짜 에너지다.

따라서 사람들의 행동이 거듭 반복 체험을 하게 되는 것이 이런 사정 때문이며, 사람들이 사랑하다가 파괴하고 다시 사랑하는 까닭도 여기에 있다. 사람들은 이 감정에서 저 감정으로 늘 흔들린다. 사랑은 두려움을 낳고 두려움은 사랑을 낳고 사랑은 두려움을 낳고……

……그리고 그 이유는 신이 믿을 수 없는 존재라는 첫 번째 거짓말, 너희가 신에 관한 진실이라 여기는 바로 그 거짓말에서 찾을 수 있다. 신의 사랑에 기댈 수 없으며, 신은 너희를 조건부로 받아들이며, 따라서 궁극의 결과는 불확실하다는 그 첫 번째 거짓말에서. 너희가 항상 거기에 있는 **신의 사랑**에 기댈 수 없다면 대체 누구의 사랑에 기댈 수 있단 말인가? 너희가 제대로 해내지 않는다고 해서 신이 뒤로 물러나 움츠린다면 평범한 인간들이야 더 말할 나위도 없지 않겠느냐?

……**그리하여 너희가 지고한 사랑을 맹세하는 바로 그 순간 너희는 가장 큰 두려움을 맞아들이게 된다.**

왜냐하면 너희는 "사랑한다"고 말하자마자 과연 상대방이 그 말을 되돌려줄 것인지를 걱정하기 때문이다. 그리고 설사 그 말을 되돌려받는다 해도 너희는 그 순간부터 이제 막 찾아낸 사랑을 잃게 될까봐 걱정하기 시작한다. 그리하여 너희의 모든 행동이 상실에 맞선 방어라는 반작용이 된다. **심지어 너희는 신의 상실에 맞서 자신을 지키려 한다.**

그러나 '자신이 누군지Who You Are'(이하 '자신'으로도 번역 – 옮긴이) 안다면, 자신이 신이 창조한 가장 장대하고 가장 비범하고 가장 멋진 존재임을 안다면, 너희는 결코 두려워하지 않으리라. 그토록 경이로운 장대함을 그 누가 거부할 수 있겠는가? 그런 존재에게서는 신조차도 흠을 찾아내지 못할 것이다.

그러나 너희는 자신이 누군지 알지 못하며, 엄청나게 못난 존재라고 생각한다. 그러면 너희는 자신이 그토록 못난 존재라는 생각을 어디에서 얻었을까? **온갖 것들에 대해서** 너희에게 자신들의 의견을 전해준 유일한 사람들, 즉 **너희의 어머니와 아버지에게서다.**

이들은 너희를 가장 사랑하는 사람들이다. 어째서 그들이 거짓말을 한단 말인가? 그러나 그들은 너희에게 이건 지나치고 저건 부족하다는 식으로 말해오지 않았던가? 너희는 그들이 너희를 바라보긴 하지만 받아들여주지는 않는다는 걸 몇 번이나 느끼지 않았던가? 그들은 너희가 가장 충만감을 느끼는 바로 그 순간에 종종 너희를 나무라곤 하지 않았던가? 그리고 그들은 너희의 더없이 분방한 상상 중 얼만가를 무시해버리도록 유도하지 않았던가?

너희가 받아온 메시지들이 바로 이런 것들이다. 이것들은 기준에 맞지도 않고, 따라서 신God에게서 나온 메시지가 아니긴 하지만, 그래도 상관없었다. 왜냐하면 그 메시지들은 너희 세계의 신들gods에게서 나왔음이 너무나 명백하기 때문이다.

너희에게 사랑이 조건부라고 가르친 사람들은 너희 부모들이다. 너희는 그들이 내세우는 조건들을 숱하게 경험했다. 또 너희의 사랑하는 관계에서조차 이런 체험을 고려해야 한다고 가르친 것도 너희 부모들이다.

그것은 또 너희가 내게 적용하는 체험이기도 하다.

이런 체험에서 너희는 나에 관한 결론을 이끌어내며, 이런 틀 속에서 너희는 너희의 진실을 이야기한다. "신은 사랑의 신이지. 하지만 우리가 그분의 계명을 어긴다면 그분은 우리를 영원히 추방하고 영원히 단죄하실 거야."

너희는 너희 부모가 내린 추방을 체험했고, 그들이 내린 단죄의 고통을 알고 있다. 그런데 어떻게 내가 그것과 다르리라고 너희가 상상할 수 있겠는가?

너희는 조건 없이 사랑받는 게 어떤 건지 잊어버렸다. 너희는 신의 사랑을 체험했던 걸 기억하지 못한다. 그리하여 너희는 세상에서 보는 사랑의 모습에 따라 신의 사랑이 어떤 것인지 상상해보려 애쓴다.

너희는 부모의 역할을 신에게 투사(投射)해왔기 때문에, 너희가 한 짓을 어떻게 받아들일지 심판한 다음, 상을 주거나 벌을 주는 신을 만들어냈다. 그러나 이것은 너희의 신화에 근거한, 지나치게 단순화된 신관(神觀)이다. 이것은 내 본질과는 아무 관계도 없다.

너희는 이렇게 영적 진리들이 아니라 인간의 체험에 근거한, 신에 관한 사유 체계 전체를 만들어낸 뒤, 사랑을 둘러싼 실체 전체도 창조해냈다. 그것은 복수심에 불타는 무서운 신이라는 개념에 뿌리를 둔 실체이며, 두려움에 그 근거를 둔 실체다. 그것의 받침 생각은 틀린 것이지만, 그런 생각을 부정한다면 너희의 신학 전체가 무너질 것이다. 그러므로 그런 신학을 대신할 새로운 신학이 참으로 너희를 구원해준다 할지라도, 너희는 그것을 받아들일 수 없다. **왜냐하면 두렵지 않은 신, 심판하지 않는 신, 벌줄 이유가 없는 신이라는 개념은 그냥 너무나 근사해서, 신의 본질에 관한 너희의 어떤 거창한 관념으로도 도저히 받아들일 수 없기 때문이다.**

이 두려움에 근거한 사랑의 실체가 너희의 사랑 체험을 지배하고 있고, 사실 그런 체험을 실제로 창조하고 있다. 왜냐하면 너희는 자신이 **받는 사랑**이 조건부라는 것도 알고 있으며, 나아가 자신이 같은 식으로 **사랑을 주는** 걸 경계하기 때문이다. 그래서 너희가 자신의 조건들을 굳게 지키거나 물리거나 설정하는 동안에도, 너희의 한 부분은 이런 게 진짜 사랑이 아님을 알고 있다. 그럼에도 너희는 사랑을 펼치는 그런 방식을 바꾸기에는 무력하다고 느낀다. 너희는 자신에게 말한다. '이제까지 나는 확고한 사랑법을 배워왔다. 이제 또다시 불안정한 상태로 되돌아간다면 나는 영원히 저주받을 것이다.' 그러나 진실은 정반대다. 불안정한 상태로 되돌아가지 않는다면 너희는 영원히 저주받을 것이다.

(사랑에 관한 너희의 [잘못된] 생각 때문에, 너희는 자신에게 끝내 순수한 사랑을 체험하지 못하리란 저주를 내리고 있으며, 또한 그 때문에 참된 나[神]를 끝내 알지 못하리란 저주를 내리고 있다. 하지만 너희가 나를 영원히 거부할 수는 없을 것이기에, 우리가 화해하는 순간은 반드시 올 것이기에, 너희는 결국 순수한 사랑을 체험하고 내 참모습을 알게 될 것이다.)

단순히 인간관계와 관련된 것들만이 아니라, 인간의 모든 행동은 사랑이나 두려움, 어느 한쪽에 뿌리박고 있다. 상업과 산업, 정치, 종교, 2세 교육, 너희 국가들의 사회 문제, 너희 사회의 경제 목표에 영향을 주는 결정들, 전쟁과 평화와 공격과 방어와 침략과 항복에 관련된 선택들, 즉 탐낼 것인지 양보할 것인지, 쌓아둘 것인지 분배할 것인지, 합칠 것인지 나눌 것인지에 대한 결정들—너희가 지금까지 내린 이 모든 자유로운 선택 중 있을 수 있는 단 두 가지 생각에서 나오지 않은 것은 하나도 없다. 즉 그것은 사랑이라는 생각이나 두려움이라는 생각이다.

두려움은 움츠러들고 닫아걸고 조이고 달아나고 숨고 독점하고 해치는 에너지다.

사랑은 펼치고 활짝 열고 풀어주고 머무르고 드러내고 나누고 치유하는 에너지다.

두려움은 우리 몸을 옷으로 감싸지만, 사랑은 우리가 발가벗고 설 수 있게 해준다. 두려움은 우리가 가진 모든 것을 틀어쥐고 집착하게 하지만, 사랑은 우리가 가진 모든 것을 나눠주게 한다. 두려움은 갑갑함을 지니지만, 사랑은 정을 지닌다. 두려움은 움켜잡지만, 사랑은 보내준다. 두려움은 사무치게 하지만, 사랑은 달래준다. 두려움은 공격하지만, 사랑은 치유한다.

인간의 모든 생각과 말과 행동은 이 두 가지 감정 중 어느 하나에 근거하고 있다. 그 외에 다른 감정이란 없기에 너희에게 다른 선택의 여지는 없다. 그러나 이 둘 중 어느 쪽을 선택하느냐는 너희의 자유다.

당신은 아주 쉽게 말씀하시지만, 우리가 결정을 내리는 순간에는 두려움이 이기는 경우가 훨씬 많습니다. 그건 왜입니까?

두려움 속에서 살도록 길들여졌기 때문이다. 너희는 가장 잘 적응하는 자가 살아남고, 가장 강한 자가 승리하며, 가장 영리한 자가 성공한다고 들어왔다. 너희는 지고한 사랑의 영광에 대해서는 거의 들어본 적이 없다. 그리하여 너희는 이런저런 방식으로 가장 잘 적응하고 가장 강하고 가장 영리한 사람이 되려고 발버둥치며, 어떤 상황이든 자신이 이에 못 미치는 것처럼 여겨지면 가진 걸 잃게 될까봐 두려워한다. 못 미치는 건 곧 잃는 것이라고 들어왔기 때문이다.

당연히 너희는 두려움이 뒷받침된 행동을 선택한다. 너희가 이제까지 배워온 게 바로 그런 것이기에. 그러나 내가 너희에게 가르치는 것은 이렇다. 너희가 사랑이 뒷받침된 행동을 선택할 때 너희는 생존 이상을 하게 될 것이고, 이기는 것 이상을 하게 될 것이며, 성공 이상을 하게 될 것이다. 그럴 때 너희는 '자신이 참으로 누구인지Who You Really Are'(이하에서 '참된 자신'으로도 번역-옮긴이), 또 자신이 어떤 존재가 될 수 있는지를 깨닫는 충만한 영광을 체험할 것이다.

이렇게 하려면 너희는 악의는 없으나 잘못 알고 있는 너희 속세 선생들의 가르침에서 벗어나, **다른 원천에서 나온 지혜를 지닌 사람들의 가르침을 들어야 한다.**

항상 그래왔던 것처럼 너희 중에도 그런 스승들은 많다. 너희에게 이런 진리들을 보여주고 가르치고 이끌어주고 깨우쳐주는 사람들 없이, 내가 너희를 그냥 버려두지는 않을 것이기에. 그러나 깨우쳐주는 자들 가운데서 가장 중요한 존재는 너희 외부에 있는 어떤 사람이 아니라 바로 너희 내면의 소리다.

이것은 가장 쉽게 접근할 수 있어 내가 첫 번째로 사용하는 도구다.

내면의 소리는 너희에게 가장 가까우니 내가 말하는 가장 큰 소리다. 그것은 자기 외의 다른 모든 것이 너희가 규정하는 식대로 참인지 거짓인지, 옳은지 그른지, 혹은 좋은지 나쁜지 말해주는 소리다. 그 소리는 너희가 그냥 내버려두기만 하면 스스로 알아서 방향을 정하고, 배의 진로를 잡고, 여정을 이끌어주는 레이더다.

그 소리는 너희가 읽고 있는 바로 그 말들이 사랑의 말인지 두려움의 말인지 당장 그 자리에서 이야기해준다. 너희는 그 이야기에 따라 그 말들을 유의해야 할지 무시해야 할지 결정할 수 있다.

당신은 내가 항상 사랑이 뒷받침된 행동을 선택한다면, 내가 누구고 어떤 존재가 될 수 있는지 깨닫는 충만한 영광을 체험할 거라고 하셨는데 이 점에 대해 좀 더 자세히 말씀해주시겠습니까?

모든 삶에는 단 하나의 목적만이 존재하는데, 그것은 너희와 살아 있는 모든 것이 충만한 영광을 체험하는 것이다.

그 밖에 너희가 말하고 생각하고 행하는 것들은 모두 이 기능의 부속물에 지나지 않는다. 그 외에 너희의 영혼이 해야 하고, 너희 영혼이 하고 싶어하는 것은 존재하지 않는다.

이 목적의 경이로움은 그것이 결코 끝나지 않는다는 데 있다. 끝남은 일종의 한계인데, 신의 목적에는 그런 한계가 없다.

더없이 충만한 영광 속에서 자신을 체험하는 순간, 너희는 바로 그 자리에서 더 큰 영광이 실현되기를 꿈꿀 것이다. 체험이 깊어질수록 너희는 더 깊게 체험할 것이며, 깊게 체험할수록 너희의 체험은 깊어질 것이다.

거기에 내재된 가장 심원한 비밀은 삶이 발견의 과정이 아니라 창조의 과정이라는 데 있다.

너희는 자신를 발견하고 있는 게 아니라 자신을 새롭게 창조하고 있는 것이다. 그러므로 '자신이 누구인지Who You Are' 찾아내려 애쓰지 말고 '자신이 어떤 존재가 되고 싶은지Who You Want to Be'(이하에서 '되고자 하는 자신'으로도 번역 – 옮긴이) 판단하라.

삶이란 일종의 학교 같은 것이고, 여기서 우리는 특정한 교훈들을 배우게 되어 있으며, 일단 '졸업'하고 나면 더 이상 육체에 얽매이지 않고 더 큰 것들을 추구해갈 수 있다고 말하는 사람들이 있습니다. 맞는 말인가요?

그것은 인간의 체험에 근거한, 너희 신화의 또 다른 부분이다.

삶은 학교가 아닌가요?

그렇다.

우리는 교훈을 배우기 위해 여기 있는 게 아니고요?

그렇다.

그럼 우리는 왜 여기 있죠?

'자신이 누구인지' 기억해내고 재창조하기 위해서지.
　너희에게 되풀이해서 말해주었는데도, 너희는 내 말을 믿으려 하지 않는다. 하지만 그러는 것도 당연하다. 사실 너희 스스로 '자신'을 창조해보지 않고서는 그 말을 믿을 수도 없으니까.

뭐가 뭔지 잘 모르겠군요. 학교 얘기로 다시 돌아가보죠. 저는 많은 선생들에게서 삶은 일종의 학교라고 들어왔습니다. 그런데 솔직히 말해 당신이 그걸 부정하는 것에 큰 충격을 받았습니다.

　학교는 너희가 알고자 하는 어떤 걸 모를 때 가는 곳이다. 너희가 어떤 걸 이미 알고 있고, 너희가 원하는 것이 그 **앎을 체험하고 싶은 것뿐이라면**, 너희가 가야 할 곳은 학교가 아니다.
　삶(너희의 표현대로)이란 너희가 이미 **개념으로** 알고 있는 것을 **체험으로** 알 수 있게 해주는 기회다. 이걸 하기 위해 뭔가를 배울 필요는 전혀 없다. 너희는 그저 이미 알고 있는 걸 기억해내고 **그에 따라 행동하면** 되는 것이다.

무슨 말씀인지 제대로 이해할 수가 없군요.

　이렇게 시작해보자. 영혼, 너희의 영혼은 언제나 알아야 할 모든 것을 알고 있다. 영혼에게 숨겨진 것, 미지의 것은 하나도 없다. 그러나 앎만으로는 충분하지 않다. 영혼은 체험하고자 한다.

네가 자신의 관대함을 **알 수는** 있다. 하지만 자신의 관대함을 펼치는 뭔가를 하지 않는다면, 너는 오직 개념만을 갖고 있을 뿐이다. 네가 자신의 친절함을 **알 수는** 있다. 하지만 누군가에게 친절을 베풀지 않는다면, 너는 자신에 관한 **개념**만을 갖고 있을 뿐이다.

네 영혼이 지닌 유일한 갈망은 자신에 관한 가장 위대한 **개념을** 가장 위대한 **체험으로** 전환시키는 것이다. 개념이 체험이 되기 전까지는 존재하는 모든 것은 사색에 불과하다. 나는 나 자신에 관해 오랫동안 사색해왔다. 너희와 내가 함께 기억할 수 있는 시간보다 더 오랫동안. 이 세상 나이의 몇 배나 되는 이 우주의 나이보다 더 오랫동안. 그러니 나 자신에 관한 내 체험이 얼마나 짧고 얼마나 새로운지 족히 짐작이 가리라!

또다시 뭐가 뭔지 모르겠군요. 당신 자신에 관한 당신의 체험이라고요?

그렇다, 나 자신에 관한 내 체험 말이다. 이런 식으로 설명해주마.

태초에 '존재Is'는 존재했던 모든 것all there was이었고 그 외의 것은 존재하지 않았다. 그런데 '존재 전체All That Is'는 자신을 알 수가 없었다. 왜냐하면 '존재 전체'가 곧 존재했던 모든 것이었고 그 밖의 것은 존재하지 않았기에. 그리하여 '존재 전체' 는…… **존재하지 않았다.** 왜냐하면 자신 외에 다른 것이 전혀 없는 상태에서는 '존재 전체'도 존재하지 않는 것이 되기에.

이것은 신비론자들이 시간이 시작된 이후로 줄곧 다뤄온 저 위대한 '존재/부재Is/Not Is'의 등식이다.

이제 '존재 전체'는 자신이 이미 존재했던 모든 것이라는 걸 **알게 되었다.** 하지만 이것만으로는 충분하지 않았다. 왜냐하면 자신의 더없는 장대함을 **체험이 아닌 개념으로만** 알고 있었기 에. 그러나 그것이 갈망한 것은 자신에 대한 체험이었다. 그것 은 그토록 장대하다는 게 어떤 느낌인지 알고자 했다. 그러나 "장대하다"는 용어 자체가 상대적인 용어이기에 그런 체험은 불가능했다. '존재 전체'는 **비(非)존재**가 없이는 장대함이 어떤 **느낌인지** 알 수 없었다. **비존재가 없는 상태에서는 존재도 존재 하지 않는다.**

이것을 이해하겠는가?

그런 것 같습니다. 말씀 계속하시죠.

좋다.

'존재 전체'가 알았던 단 한 가지는 **자기 말고 다른 것은 존재 하지 않는다**는 사실이었다. 그리하여 그것은 자기 외부에 있는 어떤 준거 지점에 비추어 자신을 알 수 없었다. 그런 준거점은 존재하지 않았기에 그것은 절대 불가능했다. 오직 단 하나의 준 거점만이 존재했는데, 그것은 자기 내부에 있는 유일한 거점,

즉 "존재—부재", '있음—없음'이었다.

그럼에도 '모든 것인 전체'는 **체험으로** 자신을 아는 쪽을 택했다.

이 **에너지**, 보이지 않고 들리지 않고 관찰되지 않는, 따라서 다른 어떤 에너지도 파악할 수 없는 이 순수 에너지는 더없는 장대함으로 자신을 체험하는 쪽을 택했다. 그것은 이렇게 하려면 **내부의** 준거점을 이용해야 한다는 걸 깨달았다.

그것은 자신의 어떤 **부분도** 필연적으로 **전체보다 못한 게** 될 수밖에 없으며, 따라서 단순히 자신을 여러 부분으로 **나누기만** 해도 전체보다 못한 각 부분은 자신의 나머지를 돌아보고 그것의 장대함을 목도할 수 있으리라는, 아주 정확한 추론을 내렸다.

그리하여 존재 전체는 영광스러운 한순간에 자신을 **이것과 저것**으로 나누었다. 처음에 이것과 저것은 서로 멀리 떨어져 존재했다. 그럼에도 둘은 함께 존재했다. **그 어느 쪽도 아닌** 전체가 그러했듯이.

그리하여 불현듯 **여기** 있는 것과 **저기** 있는 것, 그리고 **여기도 저기도 있지 않지만 여기와 저기가 존재하려면 반드시 있어야 하는 것**이라는 **세 가지 요소**가 존재하게 된 것이다.

모든 것을 지탱해주는 건 무nothing이고, 공간을 지탱해주는 건 비공간이며, 부분을 지탱해주는 건 전체다.

이걸 이해할 수 있겠느냐?

내 설명을 따라오고 있느냐?

제대로 따라가고 있는 것 같습니다. 그걸 믿고 안 믿고는 차치하고요. 당신은 아주 명쾌한 보기를 들어가면서 설명하셨기에 제대로 이해할 수 있을 것 같습니다.

좀 더 앞으로 나가보기로 하자. 지금 **모든 것**을 지탱해주는 이 **무(無)**를 신이라 부르는 사람들도 있다. 그런데 그것은 신이 **아닌** 어떤 것, 곧 "무"가 아닌 모든 것이 있다는 걸 뜻하므로 정확하지 않다. 나는 보이는 것과 보이지 않는 것을 망라한 '전부'다. 그러므로 나를 이렇게 '위대한 보이지 않음', 즉 '무' 또는 '사이 공간Space Between'으로 설명하는, 동양 특유의 신에 대한 신비주의 정의 역시 신을 보이는 모든 것으로 규정하는, 서양 특유의 실용주의 설명만큼이나 정확하지 않다. 나를 정확히 이해하는 사람들은 **신이 존재하는 모든 것과 존재하지 않는 모든 것**이라 믿는 사람들이다.

이제 신은 "여기" 있는 것과 "저기" 있는 것을 창조하여, 신 스스로 자신을 이해할 수 있게 만들었다. 내부로부터 일어난 이 엄청난 폭발의 순간에 신은 **상대성**relativity을 창조했으며 그것은 일찍이 신이 자신에게 안겨준 가장 큰 선물이었다. 따라서 관계relationship는 신이 일찍이 너희에게 안겨준 가장 큰 선물이라 할 수 있는데, 이 점은 나중에 상세히 논의하기로 하자.

그렇게 해서 '무'로부터 '모든 것'이 솟아났다. 덧붙여 말하면 이것은 너희 과학자들이 빅뱅 이론이라 부르는 것에 딱 들어맞는 영적인 사건이었다.

그 모든 요소가 앞으로 내달릴 때 **시간**이 창조되었다. 왜냐하면 어떤 것이 처음에는 **여기** 있다가 다음에는 **저기** 있으니, 여기에서 저기까지 가는 데 걸리는 기간을 측정할 수 있기 때문이다.

절대 존재의 보이는 부분들이 자신들을 서로 "관련된" 것으로 정의하기 시작한 것과 꼭 마찬가지로, 보이지 않는 부분들 역시 그렇게 했다.

신은 사랑이 존재하려면, 또 자신을 순수한 사랑으로 인식하려면 그것의 대립물도 존재해야 한다는 걸 알았다. 그리하여 신은 자진해서 그 위대한 극단, 사랑의 절대 대립물, 곧 사랑이 아닌 모든 것, 오늘날 두려움이라 부르는 것을 창조했다. 두려움이 존재하는 순간에야 비로소, 사랑은 자신을 **체험할 수 있는 것으로 존재**할 수 있었던 것이다.

사랑과 그 대립물 사이의 **이원성을 창조**한 이 사건이 바로 인간들이 여러 신화들 속에서 **악의 탄생**이니 아담의 타락이니 사탄의 반란 따위로 표현하는 것이다.

너희는 순수한 사랑을 신이라는 배역으로 의인화했던 것처럼, 비천한 두려움을 소위 악마라는 배역으로 의인화했다.

이 지구의 몇몇 사람들은 이 사건을 중심으로 투쟁과 전쟁, 천사의 군대와 악마의 전사들, 선과 악의 힘, 빛과 어둠의 힘들이 등장하는 시나리오를 갖춘, 꽤 정교한 신화들을 만들어냈다.

이 신화들은 인류가 그 혼soul으로는 **충분히 알고 있으나,** 그 **정신으로는 좀처럼 인식하기 힘든** 우주적 사건을 이해하고, 다른 사람들이 이해할 수 있는 방식으로 설명해주기 위해서 생겼다.

신은 자신의 **나눠진 변형**으로 우주를 있게 하면서 순수 에너지로부터 현재 존재하는 모든 것, 즉 보이는 것과 보이지 않는 것 모두를 만들어냈다.

달리 말해 그렇게 해서 신은 물질 우주뿐만 아니라 **형이상의 우주까지도** 창조한 것이다. 존재/부재 등식 중에서 부재를 이루는 신의 부분 역시 전체보다 작은, 무한히 많은 수의 단위들로 폭발했다. 이 에너지 단위들을 너희는 영spirit이라 부른다.

너희의 종교 신화들 중 일부는 이 사건을 "아버지 신"이 많은 영적 자식들을 가졌다고 표현한다. 스스로 번식하는 생명체라는, 인간의 체험에 견준 이 같은 비유는 현실에서 일반 대중에게 갑작스러운 출현이라는 개념, 즉 "하늘 왕국"에 무수한 영들이 갑자기 존재하게 되었다는 개념을 받아들일 수 있게 하는 유일한 방법이었던 것으로 보인다.

이 점에서 보면 너희 신화가 말하는 이야기들은 궁극의 진리와 크게 다르지 않다. 내 전체를 이루는 무수한 영들은 우주적인 의미에서 내 자식들이기 때문이다.

내가 나를 나눈 것은 **나 자신을 체험으로 알 수 있게** 해줄 내 부분들을 충분히 창조하기 위해서였다. 창조주가 자신이 창조주임을 체험으로 아는 방법은 딱 한 가지뿐이다. 그것은 창조하는 것이다. 그리하여 나는 내 무수한 부분들 각각에게(내 영적인 자식들 모두에게) 전체인 내가 갖고 있는 창조력과 **똑같은 창조력**을 부여해줬다.

너희의 여러 종교가 너희는 신의 "형상대로, 신과 닮은꼴로" 창조되었다고 말할 때의 의미가 바로 이것이다. 이 말은 일부 사람들이 주장하듯이 우리의 신체가 서로 닮았다는 뜻이 아니

다(신은 특정 목적을 위해 택하는 물질 형상이 어떤 것이든 다 받아들일 수 있지만). 그 말은 우리의 본질이 같다는 뜻이다. 우리는 같은 재료로 이루어져 있다. 우리는 "같은 성질"이다! 우리는 똑같은 속성들을 지니고 있으며, 허공에서 물질을 창조할 수 있는 능력을 비롯하여 같은 능력들을 지니고 있다.

내가 영적인 자식인 너희를 창조한 것은 나 자신을 신으로 인식하기 위해서였다. 나로서는 **너희를 통하는 것 말고는** 그럴 수 있는 방법이 없다. 그러므로 너희에 대한 내 목적은 너희가 자신을 나(神)로 인식하는 것이라고 말할 수 있다(그리고 이미 여러 차례 말해왔다).

이것은 굉장히 간단해 보이지만, 더 들어가면 아주 복잡해진다. 왜냐하면 너희가 자신을 나로 인식할 수 있는 딱 하나의 방법은, 우선 너희 자신을 나 아닌 존재로 인식하는 것이기 때문이다.

이제 이야기가 아주 미묘해질 테니 내 얘기를 따라오려면 정신을 바짝 차려야 한다. 준비되었느냐?

그런 것 같습니다.

좋다. 이런 설명을 요구해온 건 너라는 걸 명심하라. 너는 여러 해 동안 이것을 고대해왔다. 너는 신학 교리나 과학 이론이 아니라 속인(俗人)들의 평이한 용어로 이런 설명을 요청해왔다.

그랬죠—전 제가 뭘 요구했는지 알고 있습니다.

네가 청해온 것이니 받아들일 것이다.

자, 이제 문제를 단순화하기 위해, 논의를 위한 토대로 신의 자식이라는 너희의 신화 모델을 이용해보자. 그것이 너희에게 친숙한 모델이기도 하고, 또 여러 가지 면에서 진실과 크게 다르지 않기 때문이다.

이제 자기 인식이라는 이 과정이 어떻게 움직이는지 살펴보자.

내가 내 모든 영적인 자식에게 자신들을 내 부분으로 인식하게 해주는 한 가지 방법은 그것을 그냥 그들에게 얘기해주는 것뿐이다. 나는 그렇게 했다. 그러나 알다시피 영혼이 자신을 그냥 신 또는 신의 일부, 신의 자식, 또는 하늘 왕국의 상속자(또는 너희가 이용하는 신화가 어떤 것이든 간에)로 아는 것만으로는 충분하지 않았다.

내가 이미 설명했듯이, 뭔가를 안다는 것과 그것을 **체험한다는 건** 전혀 다른 문제다. 영혼은 자신을 체험으로 알고자 갈망했다(**내가** 그랬던 꼭 그대로!). 개념으로 안다는 것만으로는 너희에게도 충분하지 않았던 것이다. 그래서 나는 한 가지 계획을 세웠다. 그것은 온 우주에서 가장 비범한 착상이며 가장 빛나는 합작품이다. 내가 여기서 합작품이란 표현을 쓰는 이유는 **너희 모두가 나와 더불어 그 계획에 참여하고 있기** 때문이다.

그 계획하에서, 순수 영혼인 너희는 이제 막 창조된 물질 우주로 들어가게 된다. **물질성**이야말로 너희가 개념으로 아는 것을 체험으로 알게 해주는 유일한 길이기에. 내가 맨 먼저 물질 우주와 우주를 지배하는 상대성 체계와 그 밖의 온갖 피조물들을 창조한 까닭도 사실 거기에 있다.

내 영적 자식들인 너희가 일단 물질 우주로 들어가면, 너희는 자신에 관해 아는 바를 직접 체험할 수 있게 된다. 그러나 그보다 먼저 너희는 그 대립물을 알아야 했다. 이것을 아주 단순하게 설명하면, 너희는 키가 작다는 것을 깨닫지 못하면, 그것을 깨달을 때까지는 자신이 키가 크다는 걸 알 수 없다. 너희는 말랐다는 것을 알지 못하면, 퉁퉁함이라는 자신의 일부를 체험할 수 없다.

궁극의 논리에 따르면, 너희는 너희 아닌 것과 마주치기 전까지는 자신을 자신으로서 체험할 수 없다. 이것이, 즉 너희 아닌 것이 너희 자신을 규정하는 것이 바로 상대성 이론의 목적이자 모든 물질적 삶의 목적이다.

이제 궁극의 앎에서, 곧 너희 자신을 '창조주'로 인식하는 경우에, 너희는 직접 창조해보기 전까지는 자신을 창조주로서 체험할 수 없다. 또 너희가 자신을 창조하지 않을uncreate 때까지는 너희는 자신을 창조할 수 없다. 어떤 의미에서는, 존재하기 위해 너희는 먼저 "존재하지 않아야" 한다. 내 말을 잘 따라오고 있는가?

그런 것 같습니다만······

그 상태에 계속 머무르라.

물론 너희가 너희 아닐 수 있는 방법은 없다. 너희는 언제나 그래왔고 앞으로도 항상 그러할, 바로 그것(순수하고 창조할 수 있는 영혼)일 뿐이다. 그리하여 너희는 그 다음으로 할 수 있는 가장 멋진 일을 벌였다. 즉 '자신이 참으로 누구인지'를 스스로 잊게 만든 것이다.

너희는 물질계로 들어오면서 **자신에 관한 기억을 지웠다.** 덕분에 너희는, 말하자면 성(城) 안에서 그냥 깨어나는 게 아니라 '자신'이 되는 쪽을 선택할 수 있게 한 것이다.

너희가 완전한 선택권을 가진 존재, 즉 규정상 신(神)인 존재로서 자신을 **체험하게** 되는 것은, 단순히 너희가 신의 일부라는 얘기를 듣는 데서가 아니라 신의 일부가 되고자 선택하는 행동 속에서다. 하지만 선택의 여지가 전혀 없는 문제라면 너희가 어떻게 선택할 수 있겠는가? 너희가 아무리 애를 써도 너희가 내 자식이 아닐 수는 없다. 하지만 너희는 **잊을 수는 있다.**

너희는 지금껏 언제나 신성한 전체의 **신성한 일부, 그 몸체의 한 구성 부분**member이었고 앞으로도 언제나 그럴 것이다. 전체와 재결합하는 행동, 신에게로 돌아가는 행동을 **기억**remembrance이라 부르는 건 이 때문이다. 사실상 너희는 '자신이 참으로 누구인지'를 **재구성하는**re-member 쪽을, 너희의 전체인 내(神) 전체를 체험하기 위해 너희의 여러 부분들과 함께 결합하는 쪽을 선택하고 있는 것이다.

그러므로 이 지상에서 너희의 직무는 **배우는 것이 아니라**(너희는 **이미 알고 있으니**) '자신'을 **재구성하는**(기억하는–옮긴이) 것이며, 다른 모든 사람을 재구성하는 것이다. 다른 사람들 역시 자신들을 재구성할 수 있도록 깨우쳐주는remind 것(즉 그 사람들에게 **다시 마음 쓰는**re-mind 것)이 너희의 직무에서 큰 비중을 차지하는 이유가 바로 여기에 있다.

훌륭한 영혼의 스승들이 하나같이 해온 일이 바로 이것이다. 그것은 **너희의** 유일한sole 목적이다. 다시 말해 **너희 영혼**soul **의 목적이다.**

맙소사, 이건 정말 단순하군요. 또 정말…… **대칭적이고.** 제 말은 모든 게 다 아귀가 딱딱 **들어맞는다는** 겁니다! 갑자기 모든 게 다 그렇게 **맞아들어가다니!** 지금 저는 예전엔 한번도 끼워 맞춰보지 못했던 그림을 보고 있어요.

좋아. 좋아. 이 대화의 목적이 바로 그거니까. 너는 내게 대답을 청해왔고, 나는 네게 대답해주겠노라고 약속했다.
너는 이 대화를 책으로 만들어 많은 사람들이 내 말을 만날 수 있도록 할 것이다. 이것이 네가 할 일의 일부다. 자, 너는 인생에 관해 던질 많은 질문과 의문들을 갖고 있다. 우리는 여기서 그 기반을 다져놓았고, 다른 것들을 이해할 수 있는 터전을 깔아놓았다. 이제 다른 질문들로 넘어가보기로 하자. 그리고 걱정하지 마라. 우리가 이제까지 다뤄온 것들을 네가 완전히 이해하지 못한다 하더라도 금방 선명해질 터이니.

묻고 싶은 게 정말 많습니다. 묻고 싶은 것들이 워낙 많아서 우선 그중에서 가장 큰 문제들, 가장 두드러진 것들에서 시작해야 할 듯싶습니다. 예컨대 왜 세상이 지금 같은 모습을 하고 있나 하는 문제 같은 거요.

그것은 인간이 신에게 던진 질문들 가운데서 가장 자주 물어왔던 것이다. 인간은 그 질문을 태초부터 던져왔다. 그때부터 지금까지 줄곧 너희는 **세상이 왜 이 모양인지** 알고 싶어해왔다.

그 의문을 제기하는 방식의 전형은 대체로 이렇다. 만일 신이 더없이 완벽하고 더없이 애정 깊은 존재라면, 왜 전염병과 기근, 전쟁과 질병, 지진과 회오리 바람과 태풍을 비롯한 온갖 자연재해, 개인의 극심한 불행과 전 세계의 재난을 창조했는가?

이 질문에 대한 대답은 우주의 깊은 신비와 인생의 가장 깊은 의미 속에 들어 있다.

나는 너희 주변에 너희가 완벽함이라 부르는 것만을 창조하여 내 선함을 드러내지는 않는다. 나는 너희에게 자신들의 사랑을 증명할 수 없게 하여 내 사랑을 증명하지는 않는다.

이미 설명했다시피 너희는 사랑 아님not loving을 증명할 수 있을 때까지는 사랑을 증명할 수 없다. 절대계를 제외하고는 대립물 없이 존재할 수 있는 것은 하나도 없다. 그러나 절대계는 너희에게도 내게도 충분치 못했다. 나는 거기에서 언제나 그대로임 속에 존재했으며, 너희가 나온 곳도 거기다.

절대계 속에는 앎만 있을 뿐 체험은 없다. 앎은 신성한 상태이지만 가장 위대한 기쁨은 존재 속에 있다. 존재는 오로지 체험한 뒤에만 이루어질 수 있다. 그것을 순서대로 펼쳐놓으면 **앎, 체험, 존재**가 된다. 이것이 바로 '성삼위일체', '삼위일체'인 신이다.

성부(聖父)는 모든 이해의 부모요, 모든 체험의 원천인 **앎**이다. 왜냐하면 너희가 알지 못하는 것을 체험할 수는 없기 때문이다.

성자(聖子)는 아버지가 자신에 관해 알고 있는 모든 것의 체현 또는 육화(肉化, embodiment)인 **체험**이다. 왜냐하면 너희는 자신이 체험하지 못한 존재일 수는 없기 때문이다.

성신(聖神)은 아들이 자신에 관해 체험한 모든 것의 탈육화(脫肉化, disembodiment)인 **존재**다. 그것은 오직 알고 체험한 것에 대한 기억을 가질 때만 가능한, 소박하면서도 절묘한 있음 is-ness이다.

이 소박한 있음은 더없는 기쁨이다. 그것은 알고 체험한 뒤에 오는 신의 상태이며, 신이 태초에 갈망했던 상태다.

물론 너는 신을 아버지-아들로서 설명하는 게 성(性)과는 아무 관계도 없다는 걸 설명해야 하는 단계는 이미 지난 사람이다. 나는 여기서 너희의 가장 최근 경전들에 나오는 비유들을 사용하고 있을 뿐이다. 그보다 훨씬 더 앞서 나온 경전들은 이 비유를 어머니-딸의 관계로 표현했다. 하지만 그 어느 쪽도 정확하지 않다. 너희 사고방식에서는 그 관계를 부모-자식 관계로 보는 게 제일 좋을 것이다. 아니면 생기게 하는 것과 생긴 것 간의 관계로 보거나.

삼위일체의 세 번째 부분을 추가하면 다음과 같은 관계가 이루어진다.

생기게 하는 것/생긴 것/존재하는 것.

이 '삼중의 실체'는 신의 표지다. 그것은 신성한 패턴이다. 하나 속의 셋은 숭고한 영역 어디에서나 찾을 수 있다. 시간과 공간이든, 신과 의식이든, 혹은 그 외의 다른 모든 미묘한 관계들을 다루는 문제에서, 너희는 이것을 피할 수 없다. 반면에 너희는 삶의 모든 조악한 관계에서는 이 삼위일체 진리를 찾아내지 **못할 것이다.**

삶의 미묘한 관계들을 다루는 이들은 하나같이 그런 관계들 속에서 이 삼위일체 진리를 인식하고 있다. 너희 종교인들 가운데 일부는 삼위일체 진리를 성부와 성자와 성신으로 표현해왔다. 너희 정신과 의사들 중 일부는 초의식과 의식과 잠재의식이라는 용어들을 쓰고, 너희 심령주의자들 중 일부는 정신과 육체와 영혼을 이야기하며, 너희 과학자들 중 일부는 에너지와 물질과 에테르(氣 또는 精氣를 말함 - 옮긴이)를 본다. 너희 철학자들 중 일부는 어떤 것이 생각과 말과 행동 속에서 모두 진실일 때만 너희에게 진실한 것이 된다고 말한다. 시간을 말할 때 너희는 오로지 세 가지 시간, 곧 과거, 현재, 미래만을 이야기한다. 마찬가지로 너희의 지각 속에는 전(前)과 지금과 후(後)라는 세 순간이 존재한다. 우주 속의 지점들을 다루든 자기 방 안의 지점들을 다루든 간에, 너희는 공간 관계의 면에서 여기와 저기와 이것들 간의 사이 공간을 인식한다.

조악한 관계들에서는 너희는 어떤 "사이in-between"도 인식하지 못한다. 숭고한 영역의 관계들은 변함없이 3개 조(組)인 반면 조악한 관계들은 언제나 2개 조이기 때문이다. 그런 까닭에 왼쪽-오른쪽과, 위-아래, 크다-작다, 빠르다-느리다, 덥다-춥다, 그리고 일찍이 창조된 것 중에서 최대의 쌍인 남성-여성이 존재하는 것이다. 이 쌍들에는 사이라는 게 전혀 없다. 모든 것은 이것 아니면 저것이거나, 이 양극단 중 어느 하나의,

더하거나 덜한 변형일 뿐이다.

조악한 관계들의 영역에서는, 어떤 개념도 그 **대립물**의 개념화 없이는 존재할 수 없다. 너희의 일상 체험 대부분이 이런 현실에 토대를 두고 있다.

미묘한 관계들의 영역에서는, 존재하는 어떤 것도 대립물을 **갖지 않는다.** 모든 것은 하나이고, 모든 것은 결코 끝나지 않는 원을 그리며 하나에서 다른 하나로 나아간다.

시간이 바로 그런 절묘한 영역이다. 거기에서 소위 과거 현재 미래라는 것들은 이 상호 관계 속에서 존재한다. 즉 그것들은 **대립물이 아니라** 같은 전체의 부분들이요, 같은 개념의 진행들이며, 같은 에너지의 원들이고, 변치 않는 같은 진리의 측면들이다. 만일 여기에서 너희가 과거, 현재, 미래는 "동시에 존재한다는 결론을 내린다면, 너희의 결론이 옳다. (그러나 지금은 이 점을 논의할 때가 아니다. 나중에 시간 전체 개념을 탐구할 때 훨씬 더 상세하게 이 문제로 들어갈 수 있을 것이다.)

세상은 눈에 보이는 그대로다. 왜냐하면 세상은 여전히 조악한 물질성의 영역 속에 있기 때문에 이와 달리 존재할 수 없기 때문이다. 지진과 태풍, 홍수와 회오리, 그리고 그 밖의 소위 자연재해라는 것들은 원소element들이 한 극에서 다른 한 극으로 움직이는 것에 불과하다. 탄생-죽음의 전체 순환 역시 이런 움직임의 일부다. 이 움직임은 생명의 리듬이다. 조악한 현실 속에 있는 모든 것이 이 리듬을 따른다. 생명 그 자체가 하나의 리듬이기 때문이다. 생명은 파동이고 진동이며, 존재하는 전체의 심장부에서 울려나오는 고동이다.

병은 건강의 대립물로, 너희의 명령에 따라 너희의 현실에서 드러난다. 어떤 수준에서든 너희가 자신을 아프게 만들지 않았는데 아파질 수는 없으며, 건강해지기로 그저 마음먹는 것만으로도 너희는 한순간에 좋아질 수 있다. 개인의 극심한 불행은 그 개인 스스로 선택한 반응이며, 전 세계의 재난들은 세계 의식의 결과다.

너희의 질문에는 이런 사건들을 선택한 게 나(神)이고, 내 의지와 바람 때문에 그런 사건들이 일어났다는 암시가 담겨 있다. **하지만 나는 이런 사건들을 일으킬 생각이 없다. 나는 그저 너희가 그렇게 하는 걸 관조할 뿐이다.** 그리고 나는 그런 사건들을 막을 일도 하지 않는다. 그렇게 하는 것은 **너희 의지를 방해하는 것**이고, 너희의 신 체험, 곧 너희와 내가 함께 선택한 체험을 도로 빼앗는 것이 되기에.

그러니 너희가 세상에서 나쁘다고 말하는 어떤 것도 비난하지 마라. 그러기보다는 차라리 너희가 그것의 어떤 면을 나쁘다고 판단했는지, 그리고 정녕 나쁘다면 그것을 바꾸기 위해 뭘 하고 싶은지 물어보라.

외부가 아니라 내면을 향해 이렇게 물으면서 생각해보라. "지금 이런 재난을 당하면서 나는 자신의 어떤 부분을 체험하고자 하는가? 나는 존재의 어떤 측면을 불러내고자 하는가?" 왜냐하면 삶의 모든 것은 너희 자신의 창조 도구일 뿐이며, 삶의 모든 사건은 단지 '자신이 누구인지' 판단하고 '자신'이 될 기회를 제공해주는 것들에 불과하기 때문이다.

이것은 모든 영혼에게 적용되는 진리이므로, 이 우주에는 어떤 희생자도 없으며 오로지 창조자들만이 있음을 너희가 알게 되리라. 이 행성을 걸었던 모든 위대한 선각자Masters는 누구나 이 사실을 알고 있었다. 너희가 그들을 어떤 이름으로 부르든 간에, 그들 중 어느 누구도 자신을 희생자로 여기지 않은 게 바로 이 때문이다. 사실 그들 중 다수가 진실로 박해받았는데도 말이다.

하나하나의 영혼은 모두 선각자들이다. 자신의 기원과 자신의 유산을 기억하지 못하는 영혼들도 있긴 하지만, 개개의 영혼은 지금이라는 순간마다 자신의 더없이 고귀한 목적에 맞고, 가장 빨리 자신을 기억해내는 데 적합한 상황과 조건을 창조한다.

그러니 다른 사람들이 걷는 업보의 길을 판단하려 들지 마라. **너희는 영혼의 계산서 속에서 무엇이 성공이고 무엇이 실패인지 알지 못하니, 남들의 성공을 질투하지도 말고, 남들의 실패를 동정하지도 마라.** 어떤 것을 재난이라 부르지도 말며, 기쁜 일이라고 하지도 마라. 그것이 어떻게 쓰이고 있는지 판단하거나 목격할 때까지는. 한 죽음이 수천의 생명을 살릴 때 그 죽음이 과연 재난인가? 한 삶이 비탄만을 만들어낸다면 그것이 과연 기쁜 일인가? 그러나 너희는 이런 판단조차 내리지 말아야 한다. 언제나 남에게 충고하지 말며, 다른 사람들이 스스로 충고하게끔 내버려둬라.

이것은 남들이 도움을 청할 때 무시하라거나, 너희 영혼이 어떤 환경이나 조건을 바꾸려고 노력하는 걸 무시하라는 뜻이 아니다. 이것은 너희가 무슨 일을 하든 그 일을 하는 동안, 꼬리표 붙이기나 판단 내리기를 피하라는 뜻이다. 각각의 상황은 모두 하나의 축복이며, 체험 하나하나마다에는 진짜 진정한 보물이 감춰져 있기 때문이다.

옛날에 자신이 빛인 걸 아는 한 영혼이 있었다. 이것은 새로 생겨난 영혼이어서 체험을 갈망했다. 그것은 "나는 빛이다, 나는 빛이다"고 말했다. 그런데도 그것의 어떤 앎도, 또 그것의 어떤 말도 그것의 체험을 대신할 수는 없었다. 그리고 이 영혼이 생겨난 영역에는 빛 말고는 아무것도 없었다. 모든 영혼이 다 위대했고 모든 영혼이 다 장엄했으며, 내 외경스러운 광채로 빛나고 있었다. 그래서 문제의 그 작은 영혼은 햇빛 속의 촛불 같았다. 작은 영혼 자신이 그 일부인, 그 위대한 빛 속에서 그것은 자신을 볼 수도 없었고, 자신을 '참된 자신'으로 체험할 수도 없었다.

이제 그 영혼은 자신을 알기를 바라고 또 바라면서 지내게 되었다. 그 바람이 너무나 커서 하루는 내가 이렇게 말했다. "작은 영혼이여, 네 그런 바람을 충족시키려면 뭘 해야 하는지 아느냐?"

작은 영혼은 물었다. "오, 신이시여, 뭘 해야 합니까? 뭘요? 저는 뭐든지 다 할 겁니다!"

그래서 내가 "우리에게서 너를 떼내야 한다. 그리고 난 다음 자신을 어둠이라 불러야 한다"고 대답하자,

작은 영혼이 물었다. "오, 거룩한 분이시여, 어둠이 무엇입니까?"

"그것은 네가 아닌 것이다." 내가 이렇게 대답하자 작은 영혼은 그 말뜻을 이해했다.

그리하여 작은 영혼은 전체에서 자신을 떼어냈으며, 거기다 또 다른 영역으로 옮겨가는 일까지 해냈다. 그리고 그 영혼은 이 영역에서 자신의 체험 속으로 온갖 종류의 어둠을 불러들이는 힘을 행사하여 그것들을 체험했다.

　그러나 그 영혼은 더없이 깊은 어둠 속에서 소리쳤다. "아버지시여, 아버지시여, 어찌하여 나를 버리셨나이까?" 너희가 가장 암담한 순간에 소리치듯이 그렇게. 그러나 나는 한번도 너희를 버린 적이 없다. 나는 항상 너희 곁에 서 있다. 늘 변함없이 '참된 너희'를 기억시킬 채비를 갖춘 채, 너희를 집으로 불러들일 채비를 갖춘 채.

　그러므로 어둠 속에 존재하는 빛이 되어라. 하지만 어둠을 저주하지 마라.

　그리고 너희가 자기 아닌 것에 둘러싸인 순간에도 '자신이 누구인지' 잊지 말고, 그 같은 창조를 이룬 자신을 칭찬하라. 너희가 그걸 변화시키려고 애쓸 때조차도.

　그리고 가장 큰 시련의 순간에 행하는 것이 최대의 성공이 될 수 있음을 깨달아라. 너희가 창조하는 체험은 '자신이 누구인지'와 '자신이 어떤 존재가 되고 싶은지'에 관한 진술이기에.

　내가 너희에게 작은 영혼과 태양에 관한 이런 우화를 들려준 건 세상이 왜 이런 식인지 너희가 더 잘 이해하도록 만들기 위해서이며, 모든 이가 자신의 더없이 고귀한 본질에 관한 신성한 진리를 기억하는 그 순간, 세상은 한 찰나에 변화될 수 있다는 걸 너희가 더 잘 이해하도록 만들기 위해서다.

　지금, 인생은 학교이며 너희가 인생에서 관찰하고 체험하는 것들이 다 너희의 배움에 도움이 된다고 말하는 사람들이 있다. 전에도 이런 견해에 대해 얘기한 적이 있지만, 여기서 다시 너희에게 말해주겠다.

너희는 배워야 할 어떤 것도 갖지 않은 채 지금의 삶 속으로 들어왔다. 너희는 이미 알고 있는 걸 밝히기만 하면 된다. 그것을 밝힘으로써 너희는 그것이 제 기능을 다하게 만들고, 자신의 체험을 통해서 자신을 새롭게 창조할 것이다. 그렇게 해서 너희는 삶을 정당한 것으로 만들고 그것에 목적을 부여한다. 그렇게 해서 너희는 삶을 거룩한 것으로 만든다.

우리에게 일어나는 그 모든 나쁜 일이 우리 자신이 선택한 것이란 말씀인가요? 이 세상의 재앙과 재난들조차 어떤 면에서 보면 '참된 자신'의 대립물을 체험하기 위해서 우리 자신이 창조해낸 것이라고 말씀하시는 건가요? 만일 그렇다면 우리가 자신을 체험할 수 있는 기회를 창조하는, 좀 덜 고통스러운 방식, 우리 자신과 다른 사람들에게 좀 덜 고통스러운 방식은 없나요?

너는 여러 가지 질문을 던졌고 그 하나하나가 다 좋은 질문들이다. 자, 그것들을 한번에 하나씩 다뤄보기로 하자.

아니다. 너희에게 일어나는, 소위 나쁜 일들을 다 너희가 선택하는 것은 아니다. 네가 염두에 두고 있는 것처럼 자각된 감각으로는 아니다. 그것들은 모두가 너희 자신의 창조물들이다.

너희는 **항상 창조하는** 과정 속에 있다. 순간순간마다, 일분일분마다, 그리고 날마다. 너희가 **어떻게** 창조할 수 있는지는 나중에 다루기로 하자. 지금은 그것에 대한 내 이야기를 그저 받아들이기만 하라. 너희는 하나의 커다란 창조기(器)여서 말 그대로 너희가 생각하는 속도만큼이나 재빠르게 새로운 현상들을 보여주고 있다.

일과 사건과 조건과 상황들은 모두 의식에서 창조된다. 한 개인의 의식만으로도 이미 충분히 강력하다. 그렇다면 너희는 둘 이상의 의식이 내 이름으로 모일 때마다 어떤 종류의 창조 에너지가 분출될지 능히 상상할 수 있을 것이다. 나아가 대중 의식이라면? 우와! 그 힘은 너무나 막강하여 세계적인 중요성과 지구적인 결과를 낳는 사건들과 환경들을 창조할 수 있다.

네가 염두에 두고 있는 방식으로, **너희가** 그런 결과들을 **선택한다고** 말한다면 그것은 정확하지 않을 것이다. 내가 그것들을 선택하지 않는 만큼이나 너희도 그것들을 선택하지 않는다. 너희 역시 나처럼 그것들을 관찰하고, **그것들에 비추어** '자신이 누구인지' 판단하고 있을 뿐이다.

하지만 세상에는 어떤 희생자도 없고 어떤 악당도 없다. 그리고 다른 사람들의 선택으로 네가 희생되는 일도 없다.

어떤 면에서 보면 너희가 싫어한다고 말하는 것들 **전부를** 너희 자신이 창조해냈다. 그리고 너희는 그것들을 창조했기 때문에 그것들을 **선택한** 것이다.

이것은 앞선 수준의 사고방식으로, 모든 선각자가 늦든 빠르든 도달하게 되는 지점이다. 왜냐하면 그들이 그 **일부라도** 바꿀 힘을 얻는 것은 그들이 그 **모든 것**에 대한 책임을 받아들일 때라야 비로소 가능하기 때문이다.

너희에게 "그 따위 짓을 하는" 어떤 것이나 어떤 자가 저 밖에 있다는 관념을 즐기고 있는 한, 너희는 그것을 어떻게 해볼 수 있는 자신의 힘을 무력화하고 있다. "내가 이렇게 **했다**"고 말할 때라야 비로소 너희는 그것을 바꿀 힘을 얻을 수 있다.

네가 하는 걸 바꾸는 게 다른 사람이 하는 걸 바꾸는 것보다 훨씬 더 쉽다.

뭔가를 바꾸는 첫 단계는 네가 그렇게 되도록 선택했다는 사실을 깨닫고 받아들이는 것이다. 설사 너희가 개인 차원에서 이 말을 받아들일 수 없다 하더라도, 우리 모두가 하나라는 너희의 오성으로 이 말을 받아들이도록 하라. 그러고 나서는 어떤 것이 나빠서가 아니라, 그것이 더 이상 '자신'에 대한 정확한 진술을 해내지 못하기 때문에 바꾸고자 노력하라.

어떤 행동을 하는 데는 딱 한 가지 이유가 있을 뿐이다. 즉 우주에 '자신이 누구인지'를 진술하는 것으로서만.

삶을 이런 식으로 이용할 때 삶은 '자기' 창조가 된다. 너희는 자신을 '자신'으로, 그리고 '항상 되고자 했던 자신Who You've Always Wanted to Be'으로 창조하기 위해 삶을 이용한다. 어떤 일을 **하지 않는** 이유 역시 딱 한 가지뿐이다. 즉 그것이 **더 이상** '되고자 하는 자신'에 대한 진술이 되지 못한다는 이유. 그것은 더 이상 너희를 반영하지 않고, 더 이상 너희를 대변하지 represent 않는다(즉 그것은 너희를 **재표출해**re-present주지 않는다……).

만일 너희가 정확하게 재표출되기를 원한다면, **너희는 영원 속에 투영하고자 하는 자신의 모습과 맞지 않는, 삶의 모든 것**

을 변화시키려 노력해야 한다.

가장 넓은 의미에서 볼 때, 일어나는 모든 "나쁜" 일은 너희가 선택한 것들이다. 잘못은 그것들을 선택하는 데 있는 게 아니라, 그것들을 나쁘다고 규정하는 데 있다. 그것들을 나쁘다고 규정하는 것은 너희 자신을 나쁘다고 규정하는 것이다. 그것들을 창조한 것이 너희 자신이기 때문에.

너희는 이런 꼬리표를 받아들일 수 없다. 그래서 자신이 나쁘다는 꼬리표를 달기보다는 그것들이 **너희의 창조물이 아니라고 부인한다.** 너희가 세상을 지금 있는 그대로의 조건으로 받아들이게 되는 게 바로 이 지적(知的), 영적(靈的) 부정직함 때문이다. 만일 너희가 세상에 대한 **개인의 책임**을 받아들였다면, 혹은 책임감을 깊이 느끼기만이라도 했다면, 세상은 지금과는 전혀 다른 곳이 되었을 것이다. 모두가 다 같이 책임감을 느꼈다면 **틀림없이** 그렇게 되었을 것이다. 이것은 너무나 자명한 사실이라는 바로 그 점이, 그것을 그토록 완벽한 고통으로 만들고, 그토록 신랄한 역설로 만들고 있는 것이다.

세상의 자연재해와 재난들, 즉 회오리와 태풍, 화산 폭발, 홍수 따위의 물질적 소동들을 특별히 네가 창조하는 것은 아니다. 네가 창조하는 것은 이런 사건들이 네 삶에 미치는 강도(强度)다.

우주에서는 그 어떤 분방한 상상력으로도 네가 조장하고 창조했다고 주장할 수 없는 사건들이 일어난다.

이런 사건들을 창조해내는 것은 인류의 결합된 의식이다. 세상 전부의 공동 창조가 이런 체험들을 낳는다. 너희 각자가 하는 일은, 그것들이 뭔가 의미가 있다면 자신에게 뜻하는 바가 무엇이고, 그것들과 관련해서 '자신이 누구이고 무엇인지' 판단하면서 그것들을 경험하며 지나가는 것이다.

이렇게 해서 너희는 영적 진화라는 목적을 위해 집단으로, 또 개인으로 너희가 체험하는 삶과 시간들을 창조하고 있다.

너는 이런 과정을 좀 덜 고통스럽게 겪을 수 있는 방법이 있느냐고 물었는데 그 대답은 그렇다이다. 하지만 그렇다고 해도 외부 체험에서 바뀌는 것은 아무것도 없을 것이다. 너 자신과 다른 사람들이 겪는 세상 체험과 세상 사건들에서 연상하는 고통을 줄이려면, 너는 **그것들을 보는 방식을 바꿔야 한다.**

네가 외부 사건을 바꿀 수는 없다. (외부 사건은 너희 다수가 창조해낸 것이다. 집단이 창조한 것을 개인이 바꿀 수 있을 만큼 네 의식이 충분히 성숙하지는 못했기 때문이다.) 그러므로 너는 내면 체험을 바꾸어야 한다. 이것이 바로 삶을 깨닫는mastery 길이다.

저절로, 그리고 그 자체로 고통스러운 건 아무것도 없다. 고통은 잘못된 생각의 결과다. 그것은 생각의 오류다.

선각자들은 가장 쓰라린 고통도 사라지게 할 수 있다. 선각자들은 이런 식으로 치료한다.

고통은 너희가 어떤 것에 관해 내린 판단 때문에 생긴다. 그 판단을 제거해보라. 그러면 고통이 사라진다.

판단은 흔히 과거의 체험에 근거하고 있다. 어떤 것에 대한 너희의 관념은 그것에 관한 이전 관념에서 나온다. 이전 관념은 그보다 더 앞의 관념에서 나온 것이고, 또 그 관념은 다시 그보다 더 앞의 관념에서 나오고…… 마치 벽돌을 쌓듯이 말이다. 이 거울의 방 속에서 내가 '맨 처음 생각first thought'이라고 부르는 것으로 거슬러 올라갈 때까지.

모든 생각에는 창조하는 힘이 있으나 어떤 생각도 원래 생각 original thought보다 더 강하지는 못한다. 이따금 이 원래 생각을 원죄original sin라 부르는 이유가 바로 여기에 있다.

원죄는 어떤 것에 관한 너희의 맨 처음 생각이 틀렸을 때를 말한다. 그리고 나서 그 틀림은 너희가 그것을 두 번 세 번 생각함에 따라 몇 번이고 합성된다. 성신이 하는 일은 너희가 자신의 잘못에서 벗어나 새로운 오성에 이를 수 있도록 너희에게 영감을 주는 것이다.

당신은 내가 굶어 죽어가는 아프리카 아이들과, 미국에서 벌어지는 폭력과 불의, 브라질에서 수백 명의 목숨을 빼앗아가는 지진에 대해 유감스럽게 느끼지 말아야 한다고 말씀하시는 겁니까?

신의 세계에는 "해야 한다"거나 "하지 말아야 한다"는 없다. 네가 원하는 대로 하라. 너를 반영하는 것, 너 자신의 위대한 변형으로서 너를 재표출해주는 일을 하라. 유감스럽게 느끼고 싶으면 그렇게 하라.

그러나 심판하지도 비난하지도 마라. 왜냐하면 너희는 그런 일이 왜 일어나는지도, 어떤 식으로 끝날지도 모르기 때문이다.

그리고 이 점을 명심하라. 너희가 비난하는 것이 언제고 너희를 비난할 것이며, 너희가 심판하는 것이 언제고 너희를 심판하리란 것을.

차라리 네 가장 고귀한 '자신'을 더 이상 반영하지 않는 것들을 바꾸려 노력하거나, 그런 것들을 바꾸고 있는 사람들을 도와주도록 하라.

그러면서 살아가며 겪는 모든 것을 축복하라. 그 모든 것이 다 신의 창조이고, 그리고 그렇게 하는 것이야말로 최고의 창조이기에.

여기서 잠시 멈추고 제가 좀 따라잡게 해주시겠습니까? 좀 전에 신의 세계에는 "해야 한다"거나 "하지 말아야 한다"는 건 없다고 말씀하신 게 맞나요?

맞다.

어떻게 그럴 수 있나요? **당신의** 세계에 그런 게 존재하지 않는다면 그럼 어디에 존재하는 겁니까?

호오, 어디에……?

다시 물어보겠습니다. "해야 한다"와 "하지 말아야 한다"는 어디에 나타난다는 거죠? 당신 세계에 존재하지 않는다면요.

너희의 **상상** 속에.

하지만 옳다 그르다, 하라 하지 마라, 해야 한다 하지 말아야 한다는 것들에 대해 제게 가르쳐준 사람들은 그 모든 규칙을 **당신**, 곧 신이 설정해놓았다고 말했습니다.

그렇다면 너를 가르친 사람들이 틀렸다. 나는 한번도 "옳다"거나 "그르다"거나, "하라"거나 "하지 마라"는 걸 설정한 적이 없다. 그렇게 한다면 너희가 받은 최고의 선물, 즉 너희가 원하는 대로 하고 그 결과를 체험해볼 기회와, 너희가 '참된 자신'의 모습과 닮은꼴에 비추어 자신을 새롭게 창조할 기회와, 또 자신의 가능성에 기반을 두고 더욱 더 고귀한 자신을 만들어줄 공간이란 선물을 빼앗는 것이 되리라.

어떤 생각이나 말이나 행동이 "그르다"는 것은 너희가 그것들을 하지 않겠다고 말하는 것과 다를 바 없다. 그것들을 하지 않겠다는 것은 너희 자신을 금(禁)하는 것이다. 너희를 금하는 건 자신을 제한하는 것이며, 자신을 제한하는 건 '참된 자신'이라는 실체를 부정하는 것일 뿐 아니라, 그 실체를 창조하고 체험할 기회를 부정하는 것이기도 하다.

세상에는 내가 너희에게 자유의지를 주었노라고 말하는 사람들이 있다. 그런데 바로 이 사람들이 너희가 내게 복종하지 않는다면, 내가 너희를 지옥으로 보내리라고 주장한다. 무슨 그런 자유의지가 있단 말인가? 이런 주장은 우리 사이의 진짜 관계가 아닐 뿐 아니라, 신을 조롱하는 짓이기도 하다.

자, 이제 우리는 제가 논의하고 싶었던 또 다른 영역으로 들어가고 있군요. 천국과 지옥을 둘러싼 그 모든 논란의 영역으로요. 지금 제가 여기서 주워들은 것들로 보면 지옥 같은 건 없군요.

지옥은 있다. 하지만 너희가 생각하는 그런 것은 아니다. 그리고 너희는 세상이 너희에게 제공하는 여러 가지 이유들 때문에 지옥을 체험하는 건 아니다.

지옥이 뭐죠?

지옥은 너희의 선택과 결정과 창조들이 일으킬 수 있는, 최악의 결과를 체험하는 것이다. 그것은 나(神)를 부정하는 모든 생각, 즉 '자신'과 나의 관계를 부정하는 모든 생각의 당연한 귀결이다.

지옥은 "잘못된 사고"로 너희가 겪는 고통이다. 그러나 잘못된 사고란 용어조차도 틀린 것이다. 잘못된 것 같은 건 존재하지 않기 때문이지.

지옥은 기쁨과 정반대되는 것이다. 그것은 이루어지지 않음이다. 그것은 '자신이 누구인지' 알고는 있으되 체험하지 못하는 것이다. 그것은 못난 존재다. 그것이 바로 지옥이며, 너희 영혼에게 그보다 더 끔찍한 건 없다.

하지만 너희가 상상하는 **그런 곳**, 불길 속에서 영원히 불타거나, 고통스러운 상태에 영원히 갇히게 되는 그런 곳으로서의 지옥은 존재하지 않는다. 대체 내가 그런 것에 무슨 의미를 둘 수 있단 말인가?

설사 내가 너희는 천국에 "들어갈 자격이" 없다는, 지극히 신 (神)답지 못한 생각을 품고 있다 해도, 무엇 때문에 내가 너희의 실패에 대해 앙갚음하거나 벌하려 들겠는가? 너희를 처치하는 것쯤이야 나로서는 손쉬운 일이 아니겠느냐? 내 어떤 부분이 복수심에 불타서, 굳이 말로 형언할 수 없는 종류와 말로 형언할 수 없는 수준의 고통에 너희가 영원히 처하길 원하겠는가?

만일 너희가 정의의 필요성 때문이라고 답한다면, 천국에서 나와 가까이 지낼 수 없다는 것만으로도 정의라는 목적은 간단하게 달성되지 않겠는가? 끝없는 고통의 형벌도 필요하다고?

너희에게 말하노니, 너희가 두려움에 근거한 신학들 속에서 쌓아올린 식의, 죽음 뒤의 체험 같은 건 결코 존재하지 **않는다.** 그러나 지극히 불행하고 불완전하며, 전체보다 지극히 모자라고 신의 더없이 큰 기쁨과는 한참 거리가 먼 영혼의 체험이란 건 존재하니, 너희 영혼에게는 이것이 바로 지옥일 것이다. 그러나 너희에게 말하노니, **나는** 너희를 그곳으로 **보내지도 않으며,** 이런 체험이 너희를 찾아가게 만들지도 않는다. 그런 체험을 창조하는 것은 바로 너희 자신이다. 너희 자신을 자신에 대한 가장 고귀한 생각에서 떼어낼 때마다, 또 아무리 떼어낸다 해도, 그런 체험을 창조하는 것은 바로 너희 자신이다. 너희가 자신을 부정할 때마다, 너희가 '참된 자신'을 거부할 때마다, 너희는 그런 체험을 창조한다.

그러나 이런 체험조차도 결코 영원하지는 않다. 너희가 영원히 영원히 내게서 떨어져나가는 건 내 의도가 아니기에. 사실 그런 일은 불가능하다. 왜냐하면 그런 일이 일어나려면 너희가

'자신'을 부정해야 할 뿐 아니라 나 역시 그렇게 해야 하기 때문이다. 나는 결코 그렇게 하지 않는다. 그리고 우리 중 어느 한쪽이 너희에 관한 진실을 간직하는 한, 궁극에 가서는 그 진실이 이길 것이다.

그런데 지옥이 없다면, 그건 제가 응보를 두려워하지 않고 원하는 것을 하고, 하고 싶은 대로 하고, 무슨 행동이든 다 할 수 있다는 뜻인가요?

진정으로 옳은 것이 되고 옳은 것을 하고 옳은 것을 가지려할 때, 네게 필요한 것이 **두려움**인가? 너는 "착해"지려면 굳이 **협박을 받아야** 하느냐? 그리고 "착하다는 게" 무엇이냐? 누가그것에 관해 최종 판결권을 갖는가? 지침들을 정하는 건 누구이며, 규칙들을 만드는 건 누구인가?

내가 말하노니, 바로 네가 너 자신의 규칙을 제정하고, 바로네가 그 지침들을 설정한다. 그리고 자신이 얼마나 잘해왔고, 지금 얼마나 잘해나가는지 판단하는 사람도 너다. 왜냐하면 너야말로 '자신이 참으로 누구이고 무엇인지'와 '자신이 어떤 존재가 되고자 하는지'를 판단해온 당사자이기 때문이다. 그리고 너야말로 자신이 얼마나 잘해가는지 판단할 수 있는 유일한 사람이다.

너희 외에 어느 누구도 너희를 심판하지 않을 것이다. 신이왜, 어떻게 자신의 창조물을 심판하고 나쁘다고 규정하겠는가?만일 너희가 완벽하길 바라고 모든 걸 완벽하게 해내길 바랐더라면, 나는 너희를 너희의 고향인 절대 완벽 상태에 그대로 남겨뒀을 것이다. 이 과정의 전체 핵심은 너희가 자신을 발견하는 것이요, 참된 자신으로서, 그리고 너희가 참으로 되고자 하는 바대로 너희 자신을 창조하는 것이었다. 그러나 너희가 **다른 것이** 될 수 있는 선택권까지 갖지 않는다면 너희는 그렇게 될 수 없을 것이다.

따라서 나 스스로 너희 앞에 놓아준 선택권을 행사한다는 이유로 너희를 벌주어야 하는가? 너희가 두 번째 것을 선택하길 원치 않았다면, 왜 나는 첫 번째가 아닌 것을 창조했는가?

이것이 너희가 비난하는 신의 역할을 내게 배당하기에 앞서, 너희 자신에게 물어봐야 할 질문이다.

네 질문에 대한 직접적인 대답은 그렇다이다. 너희는 응보를 두려워하지 않고 원하는 대로 해도 좋다. 그러나 그 귀결을 깨닫는 것이 너희에게 도움이 되리라.

귀결consequence이란 결과result다. 당연한 결말outcome이다. 이것들은 응보나 징벌과는 전혀 다르다. 결말은 그저 단순히 결말일 뿐이다. 결말은 자연법칙의 자연스러운 적용의 결과다. 결말은 이미 **일어난 것**의 귀결로서, 충분히 예측할 수 있는 그런 것이다.

모든 물질적 삶은 자연법칙에 따라 움직인다. 일단 너희가 이 법칙들을 기억해내고 적용하기만 하면, 너희는 물질 수준에서 삶을 지배하게 된다.

너희에게 징벌처럼 비치는 것, 혹은 너희가 악이나 불운이라 부르는 것들은 스스로를 주장하는 자연법칙에 지나지 않는다.

그러면 제가 이 법칙들을 알게 되고 그것들을 따른다면 앞으로 단 한순간도 근심거리를 갖지 않게 되는 겁니까? 당신이 제게 말씀하시는 것이 그런 건가요?

너희는 소위 "근심거리" 속에 놓인 자신을 체험하는 일이 결코 없을 것이다. 너희는 삶의 어떤 상황이 문젯거리가 된다는 걸 이해하지 못할 것이다. 너희는 공포스러운 어떤 상황도 맞닥뜨리지 않을 것이며, 모든 근심과 의심과 두려움에 종지부를 찍을 것이다. 너희는 육체에서 벗어난 절대계의 영혼들로서가 아니라, 육체를 가진 상대계의 영혼들로서, 아담과 이브가 살았다고 너희가 상상하는 식대로 살게 될 것이다. 그럼에도 너희는 온갖 자유와 온갖 기쁨과 온갖 평온과, 너희 영혼의 온갖 지혜와 오성과 권능을 갖게 될 것이다. 너희는 완전히 실현된 존재가 될 것이다.

이것이 너희 영혼의 목표다. 육체 속에 머무는 동안 자신을 완전히 실현하는 것, 참된 모든 것의 화신(化身)이 되는 것, 바로 이것이 너희 영혼의 목적이다.

또한 이것이 너희를 위한 내 계획이다. 내가 너희를 통해 실현해야 하며, 그렇게 해서 개념을 체험으로 바꾸고, 나 자신을 체험으로 알게 되는 것, 이것이 내 이상이다.

우주의 법칙들은 내가 설정한 법칙들이다. 그것들은 물질 세계를 완벽하게 작용하게 하는 완벽한 법칙들이다.

너희는 눈송이보다 더 완벽한 것을 본 적이 있는가? 그 복잡함, 그 문양, 그 대칭성, 그것의 자기 동일성 그리고 다른 모든 눈송이에 대한 독창성—이 모든 게 하나의 신비다. 너희는 자연이 펼치는 이 외경스러운 기적에 감탄한다. 그런데 내가 겨우 눈송이 하나로도 이런 일을 해낼 수 있을 때, 내가 이 우주를 가지고는 무엇을 할 수 있으며, 해왔다고 생각하는가?

너희가 가장 큰 물체에서 가장 작은 입자에 이르기까지 우주의 대칭성, 그 도안의 완벽함을 알게 된다면, 너희의 현실로는 우주의 진리를 감당하지 못할 것이다. 너희가 그 진리에 흘깃 눈길을 주는 지금도, 너희는 아직 그것이 뜻하는 바를 상상하거나 이해할 수 없다. 그러나 뜻하는 바가 있다는 것, 너희의 현재 이해 능력으로 끌어안을 수 있는 것보다 훨씬 더 복잡하고 훨씬 더 놀라운 뜻들이 들어 있다는 건 알 수 있을 것이다. 너희의 셰익스피어는 이것을 멋지게 표현했다. **"호레이쇼, 이 천지간에는 자네의 지혜로 상상할 수 있는 것보다 더 많은 것들이 있다네."**(《햄릿》 1막 5장 - 옮긴이)

그렇다면 어떻게 해야 제가 이런 법칙들을 알 수 있습니까? 어떻게 해야 그것들을 배울 수 있죠?

그건 배움의 문제가 아니라 기억의 문제다.

어떻게 해야 그것들을 기억할 수 있나요?

고요히 있는 것에서 시작하라. 외부 세계를 가라앉혀라. 그러면 내면 세계가 네게 시야sight를 줄 것이다. 너희가 찾아야 하는 게 이 통찰력in-sight(내면 시야 - 옮긴이)이다. 하지만 너희가 외부 현실에 지나치게 깊숙이 빠져 있는 동안에는 그것을 가질 수 없다. 그러니 가능하면 자주 내면으로 들어가려고 애써라. 그리고 너희가 내면으로 들어가지 않을 때는, 바깥 세계를 다룰 때처럼 내면에서 나오게 된다. 다음 공리를 명심하라.

너희가 내면으로 가지 않는다면 너희는 바깥으로 가게 되리라.

이 공리를 외울 때는 좀 더 실감나도록 주어를 일인칭으로 바꾸어라.

내가
내면으로 가지 않는다면
나는
바깥으로 가게 되리라

너희는 평생 동안 바깥으로만 갔다. 하지만 너희는 그럴 필요도 없고, 그래봤자 뭔가 이루지도 못할 것이다.

너희가 될 수 없는 건 아무것도 없다. 너희가 할 수 없는 건 아무것도 없다. 너희가 가질 수 없는 건 아무것도 없다.

그 말씀은 그림의 떡을 약속하는 것처럼 들리는군요.

너는 신이 어떤 다른 약속을 하도록 만들고 싶은가? 이보다 못한 것을 약속한다면 너희는 내 말을 믿을 것인가?

수천 년 동안 사람들은 참으로 괴이한 이유로, 즉 그 약속들이 너무나 근사해서 진짜일 리 없다는 이유로, 신의 약속들을 믿지 않았다. 그리하여 너희는 이보다 못한 약속, 즉 이보다 못한 사랑을 선택해왔다. 신의 가장 고귀한 약속은 가장 고귀한 사랑에서 나오는 법이기에. 그러나 너희는 완벽한 사랑을 상상하지 못하며, 따라서 완벽한 약속 역시 상상하지 못한다. 그리고 완벽한 사람 또한 상상하지 못하기에, 너희는 자신조차 믿지 못한다.

　이 모든 수단을 믿지 않는 건 신을 믿지 않는다는 뜻이다. 신을 믿으면 신의 가장 큰 선물인 조건 없는 사랑과, 신의 가장 큰 약속인 무한한 잠재력을 믿게 되기 때문이다.

여기서 잠시 말을 끊어도 될까요? 신이 말씀하시는데 중간에 가로채기는 싫지만…… 하지만 전에도 무한한 잠재력에 관해 이런 얘기를 들었는데, 그건 인간의 체험과는 부합하지 않습니다. 보통 사람이 부딪치는 온갖 어려움들은 둘째 치고라도, 정신이나 육체에 장애를 안고 태어난 사람들이 겪는 고초에 대해서는 어떻게 생각하십니까? **그들의** 잠재 능력도 무한합니까?

　너희는 너희 경전에 그렇다고 적어놓았다. 여러 가지 방식으로, 여러 군데서.

한 가지 예를 들어주십시오.

　너희의 성서 〈창세기〉 11장 6절에 너희가 써놓은 것을 찾아보라.

이렇게 나와 있군요. "야훼께서 말씀하시길, 사람들이 한 종족이라 말이 같아서 안 되겠구나. 이것은 사람들이 하려는 일의 시작에 지나지 않겠지. 앞으로 하려고만 하면 못할 일이 없겠구나."

그렇다. 이제 너는 그 말을 믿을 수 있겠는가?

이 내용은 정신박약자와 허약자, 신체장애자 같은 장애를 가진 사람들에 관한 제 질문에 대답하는 게 아닌데요.

너는 그 사람들이 네 말처럼 장애를 가졌다고 생각하느냐? 그들 스스로 선택한 것이 아니고? 너는 한 인간의 영혼이, **그게 어떤 것이든 간에, 우연히** 삶의 도전들과 마주친다고 상상하느냐? **이게** 네가 상상하는 것이냐?

그럼, 한 영혼이 자신이 어떤 종류의 삶을 체험할지 미리 선택한다는 말씀인가요?

아니, 그렇게 한다면 마주침의 **목적**이 무산될 것이다. 마주침의 목적은 지금이라는 거룩한 순간에 너희 체험을 **창조하는 것**이고, 따라서 너희 자신을 창조하는 것이다. 그러므로 너희는 자신이 체험할 삶을 미리 선택하지 않는다.
그러나 너희는 자신의 체험을 창조하는 데 함께할 사람과 장소와 사건들, 즉 조건과 상황들과, 도전과 장애들, 그리고 기회와 선택 사항들을 선택할 수는 있다. 너희는 자신의 팔레트에 짜놓을 색깔들, 자신의 궤짝을 짜는 데 필요한 연장들, 자신의 작업장에 필요한 기계들을 선택할 수는 있다. 이런 것들을 써서 뭔가를 창조하는 것이 너희의 일거리다. 그것이 인생의 일거리다.

너희가 하기로 선택한 그 모든 일에서 너희의 잠재력은 **무한하다**. 소위 장애 있는 신체를 지닌 한 영혼은 자신의 잠재력을 완전히 실현한 것이 아니라고 억측하지 마라. 너희는 그 영혼이 **무엇을 하려는지** 모른다. 너희는 그것의 **진행 과정**을 이해하지 못하며, 그것이 **뜻하는 바**가 무엇인지 모른다.

그러므로 **모든** 사람과 **모든** 조건을 **축복하고** 그것들에 감사하라. 신이 창조한 것들의 완벽성을 인정하고 그 창조물들에 믿음을 보여라. 신의 세계에서는 어떤 것도 우연히 일어나지 않으며, 우연의 일치 같은 건 존재하지 않기 때문이다. 또한 마구잡이식 선택이나 너희가 운명이라 부르는 것들 역시 그 세계를 희롱할 수도 없다.

눈 한 송이가 더없이 완벽한 구조를 가졌다면, 너희의 삶만큼 장대한 것에 대해서도 같은 말을 할 수 있다고 생각하지 않느냐?

하지만 예수조차도 병자를 치료했습니다. 만일 그들의 상태가 그토록 "완벽"했다면 예수는 왜 그들을 치료했을까요?

예수는 그들의 상태가 불완전하다고 생각해서 그들을 치료한 게 아니었다. 그는 그 영혼들이 자기 과정의 일부로서 치료를 요청한다고 보았기 때문에 그렇게 한 것이다. 그는 그 과정의 완벽성을 알고 있었다. 그는 그 영혼이 뜻하는 바를 인정하고 이해했다. 만일 예수가 정신의 병이든 육체의 병이든 모든 질병이 불완전을 나타낸다고 느꼈다면, 그는 지구상의 모든 이를 그냥 한꺼번에 치료하지 않았을까? 너는 예수가 이런 일을 할 수 있다는 걸 의심하느냐?

아뇨. 예수는 능히 그럴 수 있었으리라 믿습니다.

좋다. 그런데 네 정신은 여전히, 왜 예수는 그렇게 하지 않았을까, 왜 그는 어떤 사람들은 그대로 고통받게 하고 또 어떤 사람들은 치료해주었을까, 몹시 알고 싶어하는군. 그렇다면 왜 신은 그것이 어떤 고통이든 항상 고통을 묵인하는가? 과거에도 줄곧 제기되어온 이 질문의 대답은 항상 똑같다. 그 과정 속에 완벽함이 존재한다는 것. 게다가 무릇 삶이란 선택에서 비롯된다. 선택에 간섭하거나 선택을 문제 삼는 건 적절하지 않다. 선택을 비난하는 건 특히나 더 적절하지 못하다.

그 선택을 관찰하고, 그런 다음 그 영혼이 좀 더 **고상한 선택**을 추구하고 더 고상한 선택을 내리고자 할 때, 그것을 도와줄 뭔가를 하는 것이 적절하다. 그러므로 남들의 선택을 주의 깊게 지켜보되 판단하지는 마라. 지금 이 순간의 선택이 완벽하다는 걸 그들이 깨닫게 해주라. 그러나 그들이 더 새로운 선택,

또 다른 선택, 즉 더 고상한 선택을 하려는 때가 오면 기꺼이 그들을 도울 수 있게 옆에 서 있어라.

타인들의 영혼과 깊이 교감하라. 그러면 너는 그 영혼들의 목적, 그 의도를 분명히 알 수 있을 것이다. 예수가 자신이 치료해준 사람들과, 자신이 그 삶에 접촉한 모든 이와 함께 한 일이 바로 이것이었다. 예수는 자기에게 온 사람들이나 다른 사람들을 보내 치료해달라고 간청하는 사람들을 모두 치료했다. 그는 닥치는 대로 마구 치료한 게 아니었다. 그렇게 했다면 그건 우주의 성스러운 법칙을 모독하는 일이었을 것이다.

즉 모든 영혼이 제 갈 길을 가게 하라는 법칙을.

그렇다면 그건 우리가 도와달라는 요청을 받지 않는다면 그 누구도 돕지 말아야 한다는 말씀인가요? 분명히 그건 아니겠지요. 그렇지 않다면 우리는 결코 인도의 굶주리는 아이들이나 아프리카의 고통당하는 민중들, 혹은 그 외 다른 곳의 가난한 사람들이나 학대받는 사람들을 도울 수 없을 겁니다. 모든 인도적인 노력은 없어질 테고, 모든 자선이 허용되지 않을 겁니다. 우리가 명백히 옳은 일을 할 수 있으려면, 어떤 개인이 절망에 빠져 우리에게 절규하거나 어떤 나라의 국민들이 도움을 간청할 때까지 기다려야 한다는 겁니까?

보다시피 그 질문에는 스스로 답하고 있다. 만일 어떤 일이 명백히 옳다면 그렇게 하라. 그러나 네가 "옳다"와 "그르다"에서 극단적인 판단을 내리고 있음을 기억하라.

모든 건 오로지 너희가 그렇다고 보기 때문에 옳거나 그를

뿐이다. 어떤 것이 그 본질에서부터 옳거나 그른 것은 아니다.

아니라고요?

　"옳음"이나 "그름"은 본래의 상태가 아니다. 그것은 개인의 가치 체계 속에만 있는 주관적인 판단이다. 너희의 주관적인 판단들로 너희는 자신의 자아를 창조한다. 너희는 너희 개인의 가치들로 '자신이 누구인지' 판단하고 증명한다.

　세계는 너희가 이런 주관적인 판단들을 내릴 수 있도록 하려고 지금 같은 모습으로 존재한다. 만일 세계가 완벽한 상태로 존재한다면 자기 창조라는 너희 삶의 과정은 종막을 고할 것이다. 그것은 끝날 것이다. 더 이상 소송이 없다면 변호사가 할 일은 내일이면 끝날 것이다. 더 이상 병이 없다면 의사가 할 일도 내일이면 끝날 것이다. 더 이상 의문이 없다면 철학자가 할 일도 내일이면 끝날 것이다.

　그리고 더 이상 **문젯거리가 없다면 신의 할 일도** 내일이면 끝나고요!

　맞다. 네가 아주 완벽하게 표현했다. 더 이상 창조할 게 없다면, 우리, 즉 우리 모두는 창조하기를 끝낼 것이다. 우리, 즉 우리 모두가 그 게임을 지속시키는 것에 기득권을 휘두르고 있는 것이다. 우리 모두가 그 모든 문제를 해결하고 싶다고 얘기하는 만큼이나 우리는 감히 그 문제들을 몽땅 해결하려고 나서지는 않는다. 그렇게 하지 않으면 우리가 할 일이 하나도 남아나지 않을 것이기에.

너희의 군산복합체(軍産複合體)는 이 점을 아주 잘 이해하고 있다. 그것이 세계 도처에서 더 이상 전쟁하지 않는 정부를 세우려는 모든 시도를 강력하게 막는 이유가 바로 여기 있다.

너희의 의료 기관들 역시 이 점을 잘 이해하고 있다. 그런 기관들이 기적의 가능성 자체에 대해서는 말할 것도 없고, 새로운 모든 기적의 약이나 치료법에 완강히 반대하는 이유가 여기 있다. 자신들의 생존을 위해서는 그렇게 **해야 하고** 그렇게 **할 수밖에** 없는 것이다.

너희의 종교 단체들 역시 이 점을 확실히 알고 있다. 그런 단체들이 한결같이 두려움과 심판과 응보가 들어 있지 않은 신에 대한 모든 정의(定義)와, 신에게 이르는 유일한 길과 관련하여 자기네 이념이 들어 있지 않은 모든 자아 규정을 공격하는 이유가 여기에 있다.

만일 내가 너희는 **신이라고** 말한다면 종교가 설 땅이 어디겠는가? 만일 내가 너희의 병이 나으리라고 말한다면 과학과 의학이 설 땅이 어디겠는가? 만일 내가 너희는 평화롭게 살리라고 말한다면 중재인들이 설 땅이 어디겠는가? 만일 내가 세상이 고쳐지리라고 말한다면 세상이 설 곳이 어디겠는가?

그럼 배관공들은 어찌 될까?

본질적으로 두 부류의 사람들이 이 세상을 채우고 있다. 너희가 원하는 것들을 너희에게 주는 사람들과, 사태를 고정시키는fix 사람들. 어떤 의미에서 보면 정육점 주인과 빵집 주인, 촛대 제조공들처럼 단순히 너희가 원하는 것들을 제공해주는 사람들 역시 고정시키는 사람들이다. 어떤 것에 욕구를 갖는다는 건 흔히 그것이 필요하다는 것을 뜻하기 때문이다. 마약 중독자들에게 필요한 마약주사를 fix라고 말하는 건 이 때문이다. 그러므로 욕구가 **중독**이 되지 않도록 조심하라.

세상에는 항상 문젯거리가 존재할 거라고 말씀하시는 건가요? 세상이 **그런 식인 걸** 당신이 참으로 **원한다고** 말씀하시는 거냐구요?

나는 눈송이가 지금 존재하는 방식 꼭 그대로 존재하듯이, 세상도 지금 존재하는 방식대로 존재할 거라고 말하는 중이다. 그런 식으로 세상을 창조한 건 너희다. 너희가 지금 있는 꼭 그대로의 너희 삶을 창조했듯이.

나는 너희가 원하는 걸 원한다. 너희가 진실로 굶주림의 종식을 원하는 바로 그날, 더 이상 굶주림은 존재하지 않을 것이다. 나는 너희에게 그렇게 할 수 있는 모든 자원을 주었다. 너희는 그런 선택을 내릴 수 있는 모든 도구를 갖고 있다. 너희는 그것을 선택하지 않았다. 너희가 그것을 선택할 수 **없었기** 때문이 아니다. 인류는 내일이면 이 세상의 굶주림을 끝장낼 수 있다. 그러나 너희는 그렇게 하지 않는 쪽을 **선택하고** 있는 것이다.

너희는 날마다 40,000명이 굶어 죽어야 할 만한 충분한 이유들이 있다고 주장한다. 충분한 이유란 건 없다. 그럼에도 너희가 날마다 40,000명씩이 굶어 죽어가는 걸 막을 아무 방도도 없다고 말하는 그 순간에, 너희는 날마다 50,000명씩을 세상에 데려와 새 삶을 시작하게 한다. 그리고 너희는 이것을 사랑이라 부른다. 너희는 이것을 신의 계획이라 부른다. 따뜻한 연민은 말할 것도 없고, 논리나 이성을 전혀 찾아볼 수 없는 이런 계획을.

나는 **너희가 선택했기 때문에** 세상이 지금 식대로 존재한다는 사실을 적나라한 용어들로 설명하는 중이다. 너희는 너희의 환경을 체계적으로 파괴하면서, 이른바 자연재해들을 신의 잔혹한 장난이나 자연의 냉혹한 법칙을 보여주는 증거로 들이대고 있다. 장난을 쳐온 쪽은 너희이고, 잔혹한 쪽은 바로 너희의 법칙이다.

어떤 것도, **다른 어떤 것도** 자연보다 더 온화하지는 않다. 그리고 어떤 것도, **다른 어떤 것도** 인간보다 더 자연에 잔혹하게 대하지는 않는다. 그런데도 너희는 여기에 절대 말려들지 않으려고 옆으로 비켜선다. 모든 책임을 부정한다. 너희는 그것이 자신의 잘못이 아니라고 말하는데, 이 점에서는 너희가 옳다. 그건 **잘잘못**의 문제가 아니다. 그것은 선택의 문제다.

너희는 내일이라도 열대우림의 파괴를 끝내는 쪽을 선택할 수 있다. 너희는 너희 행성 위를 떠도는 오존층의 고갈을 그만두는 쪽을 선택할 수 있다. 너희는 너희 지구의 정교한 생태계에 대한 쉼없는 공격을 멈추는 쪽을 선택할 수 있다. 너희는 눈송이를 다시 엉기게 하거나, 혹은 적어도 그것이 가차없이 녹는 걸 중단시키려고 애쓸 수 있다. 하지만 과연 너희가 그렇게 할까?

마찬가지로 너희는 **내일 당장 모든 전쟁을 끝낼 수 있다.** 쉽고도 간단하게. 필요한 것, 지금까지 항상 필요했던 것은 너희 모두가 동의하는 것뿐이다. 그러나 만일 너희가 서로 죽이는 짓을 끝내는 것처럼 극히 간단한 일에도 함께 합의를 **볼 수 없다면**, 어떻게 하늘에다 대고 종주먹을 치면서 너희의 삶을 질서 잡히게 해달라고 외쳐댈 수 있단 말인가?

너희 스스로 하지 않는 어떤 것도 내가 너희를 위해 하지는 않을 것이다. **이것은** 법칙이고 예언이다.

세상이 지금 상태대로 존재하는 것은 **너희** 때문이고, 너희가 내린 선택들 때문이다. 혹은 너희가 선택하지 않았기 때문이다.

(결정하지 않는 것도 결정하는 것이다.)

지구가 지금 모습대로 존재하는 것도 **너희** 때문이고, 너희가 내린 선택들 때문이다. 혹은 너희가 선택하지 않았기 때문이다.

너희의 삶이 지금 방식대로인 것도 **너희** 때문이고, 너희가 내린 선택들 때문이다. 혹은 너희가 선택하지 않았기 때문이다.

하지만 사람들은 이렇게 말할 겁니다. 저는 그 따위 트럭에 치이길 선택하지 않았습니다! 저는 그 강도에게 습격당하거나, 그런 미치광이에게 강간당하길 선택하지 않았습니다. 세상에는 이렇게 말할 사람들도 있기 마련입니다.

너희 **모두가** 도둑의 마음속에 훔치려는 욕구, 즉 감지된 필요를 만들어낸 상황의 원인 제공자들이다. 너희 모두가 강간을 가능케 하는 의식을 창조했다. 너희가 **자신에게서** 범죄를 일으킨 이런 면을 볼 때에야 비로소 너희는 그런 범죄가 일어나는 상황을 치유할 수 있다.

굶주린 사람들에게 먹을 걸 주고 가난한 사람들에게 존엄성을 부여하라. 운 나쁜 사람들에게 기회를 줘라. 더 나은 내일이라는 사소한 약속으로 대중을 움츠러들게 하고 화나게 만드는 편견을 끝장내라. 성(性) 에너지에 대한 무의미한 금기와 억압들을 치워버려라. 그보다는 성 에너지의 경이를 진실로 이해할 수 있게, 그것이 자연스럽게 흐를 수 있게 사람들을 도와주어라. 그러면 너희는 강도와 강간을 영원히 종식시키는 사회로 나아가는 긴 여정에 들어설 것이다.

모퉁이에서 느닷없이 트럭이 튀어나오고 하늘에서 벽돌이 떨어지는, 이른바 "사고란 것"에 대해서는 그런 개개 사건을 더 큰 모자이크의 작은 일부로 받아들이는 법을 배워라. 너희는 자신을 구원하려는 각자의 계획을 실행하고자 이곳에 왔다. 그러나 구원이란 게 악마의 함정에서 벗어난다는 뜻은 아니다. 악마 같은 건 결코 없으며 지옥은 존재하지 않는다. 너희는 실현되지 않음이라는 망각의 늪에서 자신을 구해내고 있는 것이다.

너희는 이 싸움에서 패배할 수 없다. 너희는 실패할 수 없다. 그러므로 그것은 결코 싸움이 아니다. 그저 하나의 과정일 뿐이다. 그러나 이 점을 알지 못하면 너희는 그것을 끊임없는 투쟁으로 볼 것이다. 너희는 그 투쟁을 둘러싸고 웬만한 종교 하나를 창조해내기에 족할 만큼 **오래도록 그 투쟁을 신봉할 수도 있다. 이런 종교는 투쟁이 모든 것의 핵심**이라 가르칠 것이다. 그 가르침은 틀렸다. 그 과정을 진행시키는 것은 **투쟁이 아니다.** 오히려 승리는 지는 데서 얻어진다.

사고는 그것이 일어나기 때문에 일어난다. 사고란 삶의 특정 요소들이 특정한 방식으로 특정한 시간에 특정한 결과들, 너희가 나름의 이유로 불운이라 부르기로 선택한 결과들을 가지고 함께 모여든 것이다. 그러나 사고는 전혀 불운이 아닐 수도 있다. 너희 영혼이 나아갈 일정이란 면에서 보면.

내가 너희에게 말하노니, 우연의 일치란 **없으며**, 어떤 일도 우연히 일어나지는 **않는다**. 각각의 사건이나 모험은 '참된 자신'을 창조하고 체험하기 위해서 너희 스스로 불러들인 것이다. 모든 참된 선각자는 이것을 알고 있다. 신비주의 선각자들이 최악의 체험들(**너희가** 규정하는 식대로 하면)에 직면해서도 흔들리지 않는 게 바로 이 때문이다.

기독교의 위대한 선각자들은 이 점을 이해하고 있다. 그들은 예수가 십자가에 못박히면서도 동요하지 않았고, 오히려 그것을 원했다는 걸 알고 있다. 예수는 달아날 수도 있었지만 그렇게 하지 않았다. 그는 어떤 시점에서 그 과정을 중단시킬 수도 있었다. 그에게는 그럴 수 있는 힘이 있었다. 하지만 그는 그렇게 하지 않았다. 그는 **스스로** 인간의 영원한 구원의 상징이 되기 위해 **십자가에 못박히는 걸 허용했다**. 그는, **내가 어떤 일을 할 수 있는지 보라**, 무엇이 **진실인지** 잘 보라, 그리고 너희 역시 이런 일들, 아니 이보다 더한 일들도 할 수 있다는 걸 깨달아라, 그러기에 내가 너희가 바로 신이라 하지 않았더냐, 그런데도 너희는 믿지 않는다, 너희가 정 **자신을** 믿지 못하겠다면 **나를** 믿으라고 말했다.

예수의 연민은 그토록 커서 모두가 다 하늘나라(자기 실현)

에 이를 수 있게끔 세상에 강력한 충격을 줄 수 있는 방법을 청했고, 다른 방법이 전혀 없다면 **자기**를 써서 그렇게 해달라고 청했다. 그는 불행과 죽음을 굴복시켰기에 드디어 그 방법을 창조할 수 있었다. 그리고 너희 역시 그렇게 할 수 있다.

예수의 가장 큰 가르침은 너희가 앞으로 영원한 삶을 누리리란 것이 아니라, **바로 지금** 누리고 있다는 것이었으며, 너희가 앞으로 신과 형제가 되리란 것이 아니라, **바로 지금** 그렇게 되고 있다는 것이었고, 앞으로 너희가 구하는 건 뭐든지 갖게 되리란 것이 아니라 **바로 지금** 그렇게 하고 있다는 것이었다.

이것을 아는 게 너희에게 필요한 전부다. 왜냐하면 너희 현실의 창조자는 너희이며, 삶은 너희가 그렇게 되리라고 **생각하는** 꼭 그대로 실현될 수 있기 때문이다.

너희가 **생각하는 것이** 현실이 된다. 이것이 창조의 첫 단계다. 성부(聖父)는 생각이다. 너희의 생각은 모든 것을 낳아주는 부모다.

그건 우리가 명심해야 할 법칙의 하나군요.

그렇다.

다른 것들도 말씀해주실 수 있습니까?

나는 다른 것들도 말해줬다. 시간이 시작된 이래로 줄곧 그것들 전부를 너희에게 얘기해왔다. 나는 수도 없이 되풀이했으며, 수많은 선각자들을 너희에게 보내주었다. 너희는 내가 보낸 선각자들의 얘기를 귀담아듣지 않는다. 너희는 그들을 죽인다.

하지만 **왜죠?** 왜 우리는 우리 중 가장 거룩한 이들을 죽일까요? 우리는 그들을 죽이거나 욕되게 합니다. 그건 같은 행동이겠죠. 하지만 **왜** 그렇게 하는 거죠?

나를 부정하고자 하는 너희의 모든 생각에 그들이 맞서기 때문이다. 그리고 너희 자신을 부정하자면 너희는 나를 부정할 수밖에 없다.

어째서 저희는 당신이나 우리 자신을 부정하고 싶어할까요?

두려워하기 때문이다. 그리고 내 약속들이 너무나 훌륭해서 도저히 믿어지지 않기 때문이며, 가장 위대한 진리를 받아들일 수 없기 때문이다. 그리하여 너희는 사랑과 권능과 수용보다는 두려움과 의존과 편협함을 가르치는 영성spirituality으로 자신을 축소해야 한다.

너희는 두려움으로 **가득 차 있다.** 그리고 너희의 가장 큰 두려움은 내 가장 큰 약속이 인생의 가장 큰 거짓말일지도 모른다는 것이다. 그리하여 너희는 자신을 지킬 수 있는 가장 큰 환상을 창조해낸다. 즉 너희는 너희에게 권능을 부여해주고 사랑을 보장해주는 신의 모든 약속은 **악마의 거짓된 약속**임이 틀림없다고 주장한다. 너희는 이렇게 중얼거린다. 신은 결코 그런 약속을 하지 않을 거라고, 두렵고, 심판하고, 질투하고, 복수하고, 벌주는, 실체 중의 실체로서의 신의 참 면모를 부정하게끔 너희를 유혹하려는 건 오직 악마뿐이라고.

이런 식의 묘사가 악마(그런 게 존재한다고 치면)에 대한 규정으로 더 잘 들어맞긴 하지만, 너희는 너희 창조주의 신다운 약속들, 혹은 너희 자신의 신다운 속성들을 받아들이지 않는 까닭을 자신에게 납득시키고자 **악마의 속성들을 신**에게 덮어 씌워왔다.

바로 이런 것이 두려움의 힘이다.

저는 두려움을 떨쳐버리려 애쓰고 있습니다. 더 많은 법칙들에 대해 다시 한번 말씀해주시겠습니까?

너희는 자신이 상상하는 건 무엇이든 될 수 있고 무엇이든 가질 수 있다는 게 첫 번째 법칙이다. 두 번째 법칙은, 너희는 두려워하는 걸 끌어당긴다는 것이다.

왜 그런가요?

감정은 끌어당기는 힘이다. 너희는 크게 두려워하는 걸 체험할 것이다. 너희가 열등한 생명체로 간주하는 동물들(동물들이 인간보다 더 완벽하고 더 일관성 있게 행동하는데도)도 너희가 자기들을 두려워하면 당장 그것을 안다. 너희가 더 한층 열등한 생명체로 간주하는 식물들도 전혀 관심이 없는 사람들보다 자기네를 아껴주는 사람들에게 훨씬 더 잘 반응한다.

이중 어떤 것도 우연의 일치가 아니다. 우주에는 어떤 우연의 일치도 없다. 단 하나의 위대한 설계, 경이로운 "눈송이"만 존재할 뿐이다.

감정은 움직이는 에너지다. 너희가 에너지를 움직이면 결과가 창조된다. 만일 너희가 그만큼 충분한 에너지를 움직이면 너희는 물질을 창조한다. 물질은 응축된 에너지다. 둥글게 모아졌다가 함께 떠밀린 에너지. 만일 특정한 방식으로 충분히 오랫동안 에너지를 조작한다면, 너희는 물질을 얻을 수 있다. 선각자들은 모두 이 법칙을 이해하고 있다. 그것이 우주의 연금술이다. 그것이 모든 생명의 비밀이다.

생각은 순수 에너지다. 너희가 갖고 있고, 일찍이 가졌으며, 앞으로 가질 모든 생각에는 창조하는 힘이 있다. 너희의 생각 에너지는 영원히 죽지 않는다. 영원히. 그것은 너희라는 존재와 머리를 벗어나 우주 속으로 영원히 퍼져나간다. 생각은 영원하다.

모든 생각은 모여든다. 즉 모든 생각은 엄청나게 복잡한 에너지의 미로 속에서 서로 교차하면서, 형언할 수 없을 만큼 아름답고, 믿을 수 없을 만큼 복잡하면서도, 끊임없이 변화하는 무늬를 이루면서 다른 생각들과 만난다.

비슷한 에너지는 비슷한 에너지를 끌어당긴다. 그렇게 해서 비슷한 종류의 에너지 "덩어리들"을 이룬다(쉬운 말로 하면). 충분히 비슷한 "덩어리들"이 교차하여 서로 부딪칠 때 그들은 서로 "달라붙는다"(이번에도 역시 쉬운 용어를 사용하면). 그러므로 물질을 형성하려면 "서로 달라붙는", 믿기지 않을 만큼 엄청난 양의 비슷한 에너지가 필요하다. 물질은 이런 순수 에너지에서 형성된다. 사실 물질이 형성**될 수 있는** 건 이 길뿐이다. 일단 에너지가 물질이 되면 그것은 아주 오랫동안 물질로 남아 있는다. 대립하는, 즉 닮지 않은 에너지가 형성되어 그 구조가 **무너지지** 않는 동안은. 물질에 작용하는 이 닮지 않은 에너지는 물질을 이루고 있던 원래 에너지를 방출하면서, 사실상 그 물질을 해체한다.

이것이 바로 너희의 원자폭탄 뒤에 있는 기초 이론이다. 아인슈타인은 그 전의, 또 그 후의 어떤 사람보다도 우주의 창조 비밀에 가깝게 접근하여, 그것을 발견하고 설명하고 적용한 사람이다.

이제 **비슷한 마음**을 가진 사람들이 함께 일하면 어떻게 마음에 드는 현실을 창조할 수 있는지 더 잘 이해하게 되었을 것이다. "단 두세 사람이라도 내 이름으로 모이는 곳에는"(《마태복음》 18:20-옮긴이)이란 구절도 훨씬 더 의미심장해졌을 테고.

전체 **사회가** 특정한 방식으로 생각할 때, 놀라운 일들—그 일들이 하나같이 바람직하지는 않겠지만—이 그토록 자주 벌어지는 건 당연한 일이다. 예컨대 두려움 속에서 사는 사회는 실제로, 또 **불가피하게** 그 사회가 가장 두려워하는 형식으로 가장 두려워하는 것을 만들어내는 일이 무척 자주 있다.

비슷하게 대규모 공동체들이나 집단들은 종종 결합된 생각(혹은 일부 사람들이 공동 기도라 부르는 것)으로 기적을 일으키는 힘을 찾아낸다.

그래서 개인의 생각(기도, 소망, 바람, 꿈, 두려움)이 놀랄 만큼 강하다면, 개인들 역시 당연히 그런 결과들을 빚어낼 수 있다. 예수는 일상적으로 이런 일을 했다. 그는 에너지와 물질을 어떻게 다루며, 어떻게 재배열하고, 어떻게 재분배하며, 어떻게 하면 완전히 지배할 수 있는지 이해하고 있었다. 대다수 선각자들 역시 이것을 알고 있었다. 지금은 많은 사람들이 이것을 알고 있다.

너 역시 이것을 알 수 있다. 지금 당장이라도.

이것이 바로 아담과 이브가 함께 나눈 선악에 관한 지식이다. 그들이 이것을 이해하기 전까지는 **너희가 아는** 바대로의 삶은 존재하지 않았다. 너희가 '최초의 남자'와 '최초의 여자'를 나타내기 위해 붙인 가공의 이름들인 아담과 이브는 인간 체험의 아버지 어머니였다.

아담의 타락으로 표현되어온 것은 사실은 아담의 상승이었다. 이것은 인류사에서 가장 위대한 단일 사건이었다. 왜냐하면 그 사건이 없었다면 상대계는 존재하지 않았을 것이기 때문이다. 아담과 이브의 행동은 원죄가 아니라 사실은 최초의 축복이었다. 너희는 아담과 이브가 인류 최초로 "잘못된" 선택을 했기 때문에, **선택 자체를 할 수 있게 해줬다는** 점에서 그들에게 진심으로 감사해야 한다.

너희 **신화**는 여기서 이브를 "나쁜" 사람, 즉 선악의 지식을 아는 열매를 따먹고, 아담을 몰래 꾀어내 함께 그 짓을 하게 만든 요부로 설정했다. 신화의 이런 상황 설정에 힘입어 그때 이후로 계속 너희는 남성이 "타락"한 것이 여성이라는 설정을 해왔다. 그로 인해 성(性)에 대한 왜곡된 관점과 혼란은 말할 것도 없고, 온갖 종류의 비뚤어진 현실이 생겨났다(너희는 어떻게 그렇게 **나쁜** 것에 그렇게 좋은 감정을 품을 수 있는가?).

너희가 가장 두려워하는 것이 너희를 가장 크게 괴롭힐 것이다. 두려움은 자석처럼 그것을 너희에게 끌어다줄 것이다. 너희가 창조해낸 모든 종교 교리와 전통에서 나온 너희의 성스러운 경전들에는 하나같이 두려워하지 말라는, 누구에게나 명백한 충고가 담겨 있다. 너는 이것이 우연이라고 생각하는가?

법칙들은 지극히 간단하다.

1. 생각에는 창조하는 힘이 있다.
2. 두려움은 에너지처럼 끌어당긴다.
3. 존재하는 건 오직 사랑뿐이다.

아니, 그 세 번째 법칙은 좀 이상하군요. 두려움이 에너지처럼 끌어당기는 판에 어떻게 사랑만이 존재할 수 있단 말입니까?

사랑은 궁극의 실체다. 그것만이 유일하고 그것만이 전부다. 사랑의 감정은 너희가 신을 체험하는 것이다.

지고한 진리 중에 지금 존재하고, 일찍이 존재했으며, 앞으로도 영원히 존재할 것은 사랑뿐이다. 너희가 절대계로 들어갈 때 너희는 사랑 속으로 들어가는 것이다.

내가 상대계를 창조한 것은 나 자신을 체험하기 위해서였다. 이 점에 대해서는 이미 네게 설명했다. 그렇다고 이것이 상대계를 **진짜로** 만들어주지는 않는다. 상대계는 너희와 내가 우리 자신을 체험으로 알기 위해서 지어냈고 지금도 지어내고 있는, **창**

조된 현실이다.

그럼에도 그 창조물은 흡사 진짜처럼 보인다. 그것을 창조한 목적 자체가 정말 진짜처럼 만들어서, 우리가 그것을 실제 존재하는 것으로 받아들이도록 하는 데 있었기 때문이다. 이런 식으로 신은 자신이 아닌 "다른 어떤 것"을 창조해왔다(엄밀한 의미에서 볼 때 사실 이것은 불가능하다. 왜냐하면 신인 나는 존재하는 전체이기에).

"다른 어떤 것", 즉 상대계를 창조하면서 나는 단순히 너희가 신이라는 얘기를 듣는 게 아니라, 너희 스스로 신이 되는 쪽을 택할 수 있는 환경을 만들어냈다. 이 속에서만 너희는 신성(神性)을 그냥 개념이 아닌 창조 행동으로서 체험할 수 있으며, 이 속에서만 햇빛 속의 작은 촛불, 그 가장 작은 영혼 역시 자신을 빛으로서 인식할 수 있다.

두려움은 **사랑의 다른 한 끝**이다. 그것은 **가장 기본되는 극**이다. 상대계를 창조하면서 나는 가장 먼저 나 자신의 대립물을 창조했다. 지금 너희가 사는 물질 차원의 그 영역에서 존재가 자리 잡을 수 있는 장소는 오직 두 곳뿐이다. 즉 두려움과 사랑. 두려움에 뿌리박은 생각들은 현실에서 한 종류의 드러냄을 만들어내고, 사랑에 뿌리박은 생각들은 또 다른 종류의 드러냄을 만들어낸다.

이 행성 위를 걸었던 선각자들은 상대계의 비밀을 발견한 사람들이어서 그것의 실체성을 인정하지 않았다. 요컨대 **선각자들은 어떤 경우에도, 어떤 순간에도, 어떤 환경에서도, 오직 사랑만을 선택한 사람들이다.** 죽임을 당할 때조차 그들은 그 살인자들을 사랑했다. 박해를 받을 때조차 그들은 그 압제자들을 사랑했다.

너는 이것을 흉내 내는 건 고사하고 이해하기조차 대단히 힘들 것이다. 그럼에도 불구하고 이것이 바로 지금껏 모든 선각자들이 해온 일이다. 그들의 철학이 무엇이며, 그들의 전통이 어떤 것이고, 그들의 종교가 무엇인지는 중요하지 않다. 중요한 것은 모든 **선각자가 지금껏 해온 일**이 이것이라는 데 있다.

나는 이런 예와 교훈들을 너희에게 아주 선명하게 펼쳐 보여주었다. 재삼재사 되풀이해서 보여주었다. 모든 시대에 걸쳐, 모든 곳에서. 너희의 전 생애에 걸쳐, 모든 순간에. 우주는 온갖 장치를 다 써서 너희 앞에 이 진리를 펼쳐놓았다. 노래와 이야기에서, 시와 춤에서, 말과 동작에서, 너희가 활동사진이라부르는 움직이는 영상에서, 그리고 너희가 책이라 부르는 말의 모음집에서.

그 진리는 가장 높은 산정에서 터져나왔고 가장 낮은 골짜기에서도 그 진리의 속삭임을 들을 수 있었다. 사랑만이 모든 것의 해답이라는 이 진리는 **인간 체험의 모든 회랑(回廊)을 지나길게 길게 울려퍼졌다. 그러나 너희는 귀담아듣지 않았다.**

이제 너는 이 책으로 다가와, 신이 무수히 많은 방식으로 셀수 없을 만큼 많이 너희에게 말해준 것을 또다시 묻고 있다. 그래도 나는 여기, 이 책의 문맥 속에서 다시 한번 말해주겠노라. 이제는 귀담아듣겠는가? 진실로 듣겠는가?

너는 무엇이 너를 이 자료로 데려왔다고 생각하는가? 너는 어떻게 해서 이 자료를 지니게 되었는가? 너는 네가 뭘 하고 있는지 내가 모르리라 생각하는가?

우주에는 어떤 우연의 일치도 존재하지 않는다.

나는 네 마음이 울부짖는 걸 들어왔다. 나는 네 영혼이 찾아 헤매는 걸 봐왔다. 나는 네가 얼마나 간절히 진리를 바랐는지 안다. 너는 고통 속에서 그것을 달라고 소리쳤으며, 기쁨 중에도 소리쳤다. 너는 끝없이 내게 간청해왔다. 나(神)를 보여주고, 나를 설명해주고, 나를 드러내달라고.

지금 여기서 나는 그렇게 하고 있다. 네가 결코 오해할 수 없는 지극히 평이한 용어들로, 네가 결코 혼동할 수 없는 지극히 단순한 언어로, 네가 결코 장황함 속에서 헤맬 리 없는 지극히 평범한 어휘들로.

그러니 이제 앞으로 나아가라. 내게 뭐든지 다 물어보라. 무엇이든 다. 내 힘껏 대답해주리라. 나는 이 일을 위해 온 우주를 동원할 것이다. 그러니 정신을 바짝 차려라. 이 책이 내 유일한 도구는 아니다. 네가 어떤 질문을 던지기만 하고 대답을 듣지 못할 수도 있다. 하지만 눈을 열고 귀를 기울여라. 네가 듣는 노랫말과 네가 읽는 다음번 신문기사와, 네가 보는 다음번 영화의 줄거리와, 네가 만나는 다음번 사람의 우연한 중얼거림에. 혹은 네 귀를 간지럽히는 다음번 강과 바다와 바람의 속삭임에. 이 모든 장치가 다 내 것이다. 이 모든 길이 다 내게로 열려 있다. 네가 귀담아듣는다면 나는 네게 말할 것이며, 네가 나를 초대하면 나는 네게 갈 것이다. 그러면 내가 **언제나**always 그 자리에 있다는 걸 네게 보여주리라. **모든 방법으로**all ways.

Conversations with God

2

삶의 길을 몸소 가리켜주시니

당신 모시고 흡족할 기꺼움이,

당신 오른편에서 누릴 즐거움이 영원합니다.

—〈시편〉 16:11

저는 평생토록 신에게 이르는 길을 찾아 헤맸습니다.

알고 있다, 네가 그랬다는 걸—

—그리고 이제 그 길을 찾았습니다만, 좀처럼 믿어지지가 않습니다. 이건 마치 제가 저 자신에게 이 글을 쓰고 앉아 있는 기분입니다.

너는 그렇게 하고 있다.

신과 대화할 때 느낌직한 그런 기분이 들지 않습니다.

북 치고 장구 치길 원한다고? 내가 어떤 악기들을 마련할 수 있는지 알아봐야겠군.

당신도 이 책 전체를 불경(不敬)스럽다고 할 사람들이 있다는 걸 아시잖습니까? 특히 당신이 이렇게 이 정도의 지혜로만 나타날 때는요.

내가 설명해주지. 너희는 신이 오직 한 가지 방식으로만 삶에 나타난다는 관념을 갖고 있다. 그건 대단히 위험한 관념이다.

그런 관념이 너희가 어디서나 신을 보는 걸 막는다. 만일 신이 오직 한 가지 방식으로만 보거나, 오직 한 가지 방식으로만 소리내거나, 오직 한 가지 방식으로만 존재한다고 생각한다면, 너는 밤낮으로 내 바로 옆을 지나가면서도 나를 보지 못할 것이다. 너희는 신을 찾는 데 평생을 보내겠지만, 그녀를 찾지는 못할 것이다. 너희는 그녀가 아니라 그를 찾고 있으니까. 이것(신을 남자로만 생각하는 것 - 옮긴이)은 한 가지 예에 지나지 않는다.

너희가 범속함과 심오함 모두에서 신을 보지 못한다면 이야기의 반은 놓치고 있다는 속담이 있다. 이것은 위대한 진리다.

신은 슬픔과 웃음 둘 다에, 괴로움과 즐거움 둘 다에 존재한다. 모든 것 뒤에는 신성한 목적이 있고, 따라서 신성한 존재는 모든 것 속에 존재한다.

저는 한때 '신은 살라미(이탈리아 소시지 – 옮긴이) 샌드위치다'라는 책을 쓰려 한 적이 있습니다.

그건 아주 좋은 책이 되었을 것이다. 내가 네게 그런 영감을 주었다. 왜 너는 그 책을 쓰지 않았느냐?

신을 모독하는 것 같아서요. 아니면 기껏해야 끔찍할 만큼 불손한 짓이 되거나요.

경탄할 만큼 불손한 짓이겠지! 신은 "경건"하기만 하다는 관념을 어디서 얻었는가? 신은 높기도 하고 낮기도 하며, 뜨겁기도 하고 차갑기도 하며, 왼쪽이기도 하고 오른쪽이기도 하며, 불손하기도 하고 경건하기도 한 존재다!

신은 웃을 줄 모른다고 생각하느냐? 신은 멋진 농담을 즐길 줄 모른다고 생각하느냐? 신은 유머가 없다고 알고 있느냐? 분명히 말하지만 유머를 발명한 것은 신이다.

너희가 나한테 말할 때는 꼭 숨죽인 어조로 말해야 하는가? 상스러운 말이나 거친 언어는 내 영역 밖에 있는가? 너희에게 말하노니, 너희는 가장 친한 친구에게 이야기하듯이 내게 말할 수 있다.

내가 지금껏 들어보지 못한 말, 내가 지금껏 보지 못한 광경, 내가 알아듣지 못하는 소리가 있을 거라고 생각하느냐?

그중 일부는 내가 경멸하지만 다른 것들은 사랑하리란 게 너희 생각이냐? **분명히 말하노니, 나는 어떤 것도 경멸하지 않는다. 나한테는 그 어떤 것도 불쾌하지 않다.** 그것이 **삶이며,** 삶은 선물이자, 형언할 수 없는 보물이요, 신성한 것들 중의 신성함이다.

나는 삶이다. 왜냐하면 내가 곧 삶을 구성하는 재료이기 때문이다. 삶의 모든 측면은 신성한 목적을 가지고 있다. 신이 이해하지 못하고 인정하지 못할 까닭이 있는 건 **아무것도,** 정말 아무것도 없다.

어떻게 그럴 수 있죠? 인간이 창조해낸 악의 경우에는요?

너희는 신의 계획 밖에 있는 것을 창조할 수 없다. 단 한 가지 생각도, 단 하나의 물체도, 단 한 가지 사건도, 즉 **어떤 종류의 체험도. 너희가 원하는 건 뭐든지 다** 창조하게 해주는 것이 신의 계획이니까. 신이 스스로를 신으로서 체험하는 것은 이런 자유 속에서다. 그리고 내가 **너희와 삶 자체를 창조한 이유가** 이런 체험을 위해서였다.

악은 너희가 악이라 **부르는 것이다.** 그러나 나는 악도 사랑한다. 왜냐하면 너희가 선을 인식하는 것은 너희가 악이라 부르는 것을 통해서만 가능하고, 너희가 신의 일을 인식하고 행하는 것은 너희가 악마의 짓이라 부르는 것을 통해서만 가능하기 때문이다. 나는 추위를 사랑하는 것 이상으로 더위를 사랑하지는 않으며, 낮음보다 높음을, 오른쪽보다 왼쪽을 더 사랑하지는 않는다. 그것들은 모두 상대적이고, 그것들은 모두 존재 전체의 부분들이다.

나는 "악"을 사랑하는 것 이상으로 "선"을 사랑하지는 않는다. **히틀러는 천국으로 갔다.** 이 점을 이해할 때 너희는 신을 이해할 것이다.

하지만 저는 선과 악이 존재하고, 옳은 것과 그른 것은 서로 반대이며, 괜찮지 않고 좋지 않으며 신이 보시기에 받아들일 수 없는 것들이 있다고 믿도록 교육받아왔습니다.

신이 보기에는 **모든 게** 다 "받아들일 만"하다. 어떻게 신이 존재하는 걸 받아들일 수 없겠는가? 어떤 것을 거부하는 건, 그것의 존재를 부정하는 것이다. 어떤 것이 괜찮지 않다고 말하는 건 그것이 내 일부가 아니라고 말하는 것이다. 따라서 그런 일은 불가능하다.

그러나 너희의 믿음을 고수하고, 너희의 가치에 충실하도록 하라. 왜냐하면 이것은 너희 부모의 가치이고, 너희 조부모의 가치이며, 너희 친구들과 너희 사회의 가치이니까. 그것들은 너희 삶의 틀을 형성한다. 그래서 그것들을 잃으면 너희의 체험으로 짠 천은 다 풀리고 말 것이다. 하지만 그것들을 하나하나 검토하고, 그것들을 한 조각 한 조각 조사하도록 하라. 집을 통째로 헐지는 마라. 하지만 벽돌 하나하나를 살펴보고 깨진 것처럼 보이는 것들, 더 이상 구조를 지탱하지 않는 벽돌들을 바꿔 끼워라.

옳고 그름에 관한 너희의 관념들은 그냥 그것, 즉 관념일 뿐이다. 그것들은 '자신'의 모습을 이루고 '자신'의 내용을 창조하는 생각들이다. 이것들 중 어떤 것을 바꿀 까닭, 또는 변경하려는 목적은 딱 한 가지뿐이다. 너희가 자신에게서 행복을 느끼지 않을 때.

자신이 행복한지 아닌지는 오로지 너희만이 알 수 있다. 오직 너희만이 자신의 삶에 대해, "이건 내 창조물, 내 아들이다. 이 상태에서 나는 대단히 즐겁다"고 말할 수 있다.

만일 너희의 가치가 너희에게 도움이 되면 그것을 고수하라. 그것을 옹호하고, 그것을 지키기 위해 싸워라.

그러나 누구에게도 해(害)를 입히지 않는 방식으로 싸우도록 하라. 해침은 치료의 필수 성분이 아니다.

당신은 우리의 가치가 몽땅 잘못되었다고 말씀하시면서, 그와 동시에 "너희의 가치를 고수하라"고 말씀하십니다. 이 점을 어떻게 이해해야 할지 설명해주십시오.

나는 너희 가치들이 그르다고 말한 적이 없다. 그렇다고 옳다고 말한 적도 없다. 가치란 건 단지 견해일 뿐이며, 평가요 판단일 뿐이다. 그것들은 대체로 너희 아닌 다른 사람들이 내린 판단이다. 아마도 너희 부모와 너희 종교와 너희 선생들과 역사가들과 정치가들이 내린 판단들일 것이다.

너희가 자신의 진리로 포함시킨 가치판단들 가운데 너희 자신의 체험에 근거해서 내린 것들은 아주 적다. 너희가 이곳에

온 것은 체험하기 위해서였고, 너희는 체험을 통해서 자신을 창조한다. 그런데도 너희는 다른 사람들의 체험으로 자신을 창조해왔다.

만일 죄라는 게 있다면, 다른 사람들의 체험을 빌려 자신을 현재의 자신으로 만드는 게 죄일 것이다. 이것이 너희가, 너희 모두가 저질러온 "죄"다. 너희는 자신의 체험을 기다리지 않고, 다른 사람들의 체험을 복음(福音)으로(말 그대로) 받아들인다. 그리고 나서 너희가 처음으로 실제 체험과 만날 때, 너희는 그 만남을 이미 알고 있다고 생각하는 것으로 덮어버린다.

만일 그러지 않았다면 너희는 전혀 다른 체험, 너희 선생의 원래 가르침이나 원래 근거를 틀렸다고 할 수 있는 체험을 가졌을 것이다. 대체로 너희는 너희 부모와 너희 학교와 너희 종교와 너희 전통과 너희 경전들을 틀린 것으로 만들고 싶어하지 않는다. 그래서 너희는 자신이 들었다고 여기는 것을 편들어 **자신의 체험을 부정한다.**

이것이 너희가 인간의 성(性)을 다룰 때보다 더 잘 드러나는 때는 없다.

사람들은 누구나 성 체험이야말로 사람이 경험할 수 있는, 가장 사랑스럽고 가장 짜릿하며 가장 강렬하고 가장 황홀하며 가장 신선하고 가장 기운차며 가장 확실하고 가장 친밀하며 가장 일체가 되고 가장 기분전환이 되는, 단일의 **신체 체험**일 수 있다는 걸 알고 있다. 너희는 이것을 체험으로 깨닫고 나서도, 오히려 다른 사람들이 퍼뜨린, 성에 관한 기존 판단과 견해와 관념들을 받아들이고 만다. 그런 것들 모두가 너희의 사고방식에 기득권을 휘둘러왔다.

이런 견해와 판단과 생각들은 너희 자신의 체험과는 완전히 다르다. 너희는 너희 선생들을 **틀린 사람들로 만드는 걸 몹시 꺼려하면서**, 잘못된 건 자신의 체험인 게 틀림없다고 확신한다. 그 결과 너희는 성에 관한 자신의 진정한 진실을 배반해왔고, 그것은 파괴적인 결과들을 불러일으켰다.

너희는 돈에 대해서도 같은 짓을 저질러왔다. 너희는 살아오면서 돈을 많이 벌 때마다 매우 흡족해했다. 너희는 돈이 들어올 때도, 그것을 쓸 때도 매우 흡족해했다. 결코 돈 자체가 나쁘거나 악하거나 본래 "잘못된" 것은 아니다. 그런데도 너희는 이 주제에 관한 다른 사람들의 가르침을 너무 깊이 받아들인 나머지, 소위 "진리"를 편들어 자신의 체험을 거부해왔다.

너희는 소위 이 "진리"를 자신의 것으로 받아들이고 난 다음에는, 이것을 중심으로 생각들을, 창조적인 생각들을 쌓아왔다. 그렇게 해서 너희는 돈과 관련한 개인적인 현실, 즉 너희에게서 돈을 밀쳐내는 현실을 창조해왔다. 좋지 않은 것을 굳이 끌어들일 이유는 없지 않겠는가?

놀랍게도 너희는 신에 관해서도 이와 똑같은 모순을 창조해왔다. 신에 관한, 너희 마음의 모든 체험은 신이 좋다고 말한다. 너희 선생들이 가르치는, 신에 관한 모든 것은 신이 나쁘다고 말한다. 너희 마음은 신을 두려움 없이 사랑하라고 말한다. 너희 선생들은 신은 복수심으로 가득 차 있으니 신을 두려워하라고 가르친다. 그들은 말한다. 너희는 신의 분노를 두려워하면서 살아야 한다. 너희는 신의 존재 앞에서 떨어야 한다. 너희는 평생토록 주(主)의 심판을 두려워해야 한다. 왜냐하면 신은 "정의"이기에. 주의 그 무서운 정의에 맞설 때 너희는 고통당할 것이다. 그러므로 너희는 신의 명령에 "순종"해야 한다······

　무엇보다 너희는 "만일 신이 자신의 법에 엄격하게 복종하길 원했다면, 왜 신은 그것을 어길 가능성을 창조했는가" 같은 논리적인 질문들을 던져서는 안 된다. 참, 아니지. 너희 선생들은, 신이 너희에게 "자유선택권"을 주고자 했기 때문이라고 설명한다. 하지만 둘 중 어느 하나를 선택했기 때문에 벌을 받아야 한다면 그게 무슨 자유로운 선택인가? 자신의 의지가 아니라 다른 누군가의 의지에 따라 행동해야 한다면 그게 어떻게 "자유의지"인가? 그러니 너희에게 이런 가르침을 주는 사람들은 신을 위선자로 만들고 있다.

　너희는, 신은 용서이고 자비이지만, 너희가 "올바른 방식"으로 용서를 구하지 않는다면, 너희가 **합당하게** "신에게 다가가지" 않는다면, 너희의 탄원은 들리지 않을 것이고, 너희의 외침은 무심하게 지나쳐지고 말리라는 말을 듣는다. 그러나 합당한 방법이 딱 한 가지만 있다면 이것도 그리 나쁘진 않을 것이다. 하지만 이 세상에는 그것들을 가르치는 선생들의 수만큼이나 많은 "합당한 방법들"이 존재한다.

　그리하여 너희 대다수는 신을 예배하고 복종하고 섬기는 "올바른" 방법을 찾는 일에 어른이 된 이후 삶의 상당 부분을 허비한다. 그러나 **이 모든 것의 역설은 나는 너희의 예배를 원치 않고, 너희의 복종이 필요하지 않으며, 따라서 너희는 나를 섬길 필요가 없다는 데 있다.**

이런 행동들은 너희의 역사에서 군주들, 그것도 대개 독선적이고 불안정하고 전제적인 군주들이 자기네 백성들에게 요구해온 것들이다. 그것들은 결코 신의 요구가 아니다. 세상이 지금까지도 그런 요구가 터무니없고, 신의 요구나 바람과는 전혀 무관하다는 결론을 내리지 않은 건 참으로 놀라운 일이 아닐 수 없다.

신에게는 그 무엇도 필요하지 않다. 존재 전체(신-옮긴이)**는 말 그대로 존재하는 모든 것이다. 그러므로 규정 자체에서 이미 신은 아무것도 원하지 않거나 아무것도 부족하지 않다.**

만일 너희가 뭔가 어느 정도 필요한 신, 그리고 그것을 얻지 못하면 마음이 몹시 상해 그것을 주기로 했던 사람들을 벌하는 신을 믿는다면, 너희는 나보다 훨씬 더 왜소한 신을 믿는 것이다. 진실로 너희는 훨씬 더 못한 신의 자식들이 되는 것이다.

내 자식들아, 그렇지 않다. 내 다시 이 글을 통해 너희에게 다짐하노니, 나는 필요한 게 없다, 나는 그 무엇도 요구하지 않는다.

그렇다고 해서 내가 아무 바람도 없다는 뜻은 아니다. 바람과 요구는 같은 게 아니다(너희 현생에서 너희 중 다수가 그 둘을 같은 것으로 만들긴 했지만).

바람은 모든 창조의 시작이다. 그것은 맨 처음 생각이다. 그것은 영혼의 내면에서 일어나는 숭고한 느낌이다. 그것은 다음 번에 창조할 것을 택하는 신이다.

그러면 신의 바람은 무엇이겠는가?

우선 나는, 내 모든 영광 속에서 **나 자신을 알고 체험하기를**,

다시 말해 '내가 누구인지' 알기를 바란다. 내가 너희와 우주의 온갖 세계들을 발명하기 전에는 그렇게 하는 것이 불가능했다.

두 번째로 나는, 그것이 어떤 방식이 되든, 너희가 선택하는 방식으로 너희 자신을 창조하고 체험할 수 있도록 내가 너희에게 준 힘을 가지고, **너희가 '자신이 참으로 누구인지' 알고 체험하기를 바란다.**

세 번째로 나는, 삶의 전 과정이 지금이라는 순간순간마다 끊임없는 기쁨과 계속되는 창조와 결코 끝나지 않을 확장과 완전한 성취를 체험하는 것이 되길 바란다.

나는 이런 바람들이 실현될 수 있는 완벽한 체계를 세워놓았다. 그 바람들은 지금, 바로 이 순간에 실현되고 있는 중이다. 너희와 나의 유일한 차이는 나는 이 사실을 안다는 데 있다.

너희가 완전한 앎에 이르는 순간(이런 순간은 언제라도 올 수 있다)에는 너희 역시 내가 항상 느끼는 대로 느낄 것이다. 즉 너희 역시 오로지 기뻐하고 사랑하고 수용하고 축복하고 감사하게 느낄 것이다.

이것들이 바로 신의 '**다섯 가지 마음 자세**다. 우리가 이 대화를 다 끝내기 전에 나는 이런 마음 자세들이 네 지금 삶에서 어떻게 적용될 수 있을지 보여주겠노라. 그리하여 네게 신성 Godliness을 느끼게 해주겠노라.

이것들이 짧은 네 질문에 대해 내가 주는 긴 대답이다.

그렇다, 네 가치들을 고수하라. 그것들이 네게 도움이 되는 걸 체험하는 한. 그러나 네가 소중히 여기는 가치들이, 네 생각과 말과 행동과 더불어 네 체험 공간에 지금까지의 너 자신에 대한 관념들 중 가장 고귀하고 가장 좋은 관념을 가져오는지 주의해서 살펴보라.

네 가치들을 하나하나 검토하라. 그것들을 높이 들어 공공의 검증이라는 빛에 비춰보라. 만일 네가 주저하거나 머뭇거리지 않고, 있는 그대로의 자신과 네가 믿는 바를 세상에 말할 수 있다면, 너는 자신에게 만족하고 있는 것이다. 너는 전혀 개선할 필요가 없는 자아와 그 자아를 위한 삶을 창조했기에, 나와 이런 대화를 더 이상 계속할 이유가 없다. 너는 완벽한 상태에 도달했다. 이 책을 내려놓아라.

제 삶은 완벽하지도 않고, 완벽에 가까이 다가가지도 못했습니다. 저는 완전하지 않습니다. 사실 저는 온갖 불완전 덩어리입니다. 저는 이 불완전함들을 바로잡고 싶습니다. 때로는 온 마음으로 간구합니다. 그리고 어떤 것이 제 행동의 원인이 되고, 실패를 불러일으키고, 제 앞길을 가로막는지 알고 싶습니다. 제가 당신께 온 이유도 이 때문일 겁니다. 제 힘으로는 그 해답을 찾을 수가 없었습니다.

네가 와서 기쁘다. 나는 너를 돕기 위해 늘 여기 있었다. 지금도 나는 여기에 있다. 네가 굳이 혼자 힘으로 해답을 찾아야 하는 건 아니다. 예전에도 꼭 그래야 했던 건 아니다.

그러나 책상 앞에 앉아 이런 식으로 당신과 대화한다는 건 너무…… **주제넘은**…… 짓인 것 같습니다. 당신, 곧 신이 응답해준다고 상상하는 건 더 말할 나위도 없고요. 제 말은 이건 **미친 짓**이란 겁니다.

나도 안다. 성서의 저자들은 하나같이 제정신이었는데, **너는 미쳤구나.**

　성서 저자들은 예수의 생애를 목격했고, 자기네가 보고 들은 걸 충실히 기록한 사람들이었습니다.

　정정할 것. 신약성서의 저자들 대부분은 자기 생애에 예수를 만난 적도 본 적도 없는 사람들이었다. 그들은 예수가 지상을 떠나고 나서 한참 세월이 흐른 뒤에 태어났다. 그들이 길에서 나사렛 예수를 만났더라도 그를 알아보지 못했으리라.

하지만……

　성서 저자들은 위대한 신자들이고 위대한 역사가들이었다. 그들은 다른 사람들, 즉 나이 든 사람들이 나이 든 사람들에게서 듣고 자기네와 자기네 친구들한테 전해준 이야기들을 모았다. 그렇게 해서 마침내 글로 적힌 기록이 만들어진 것이다.
　그렇다고 그 최종 문서(성서 – 옮긴이) 속에 성서 저자들이 적은 모든 기록이 다 들어간 것은 아니었다.
　그 당시 이미 예수의 가르침을 중심으로 해서 "교회들"이 생겨났다. 그래서 강력한 이념을 중심으로 사람들이 집단을 이루며 모일 때와 모이는 곳이면 으레 그렇듯이, 이런 교회 혹은 집단 속에도 특정한 몇몇 사람들이 있어 예수의 이야기 중 어떤 부분을 어떻게 들려줄지 결정했다. 고르고 편집하는 이 과정은 복음서들과 성서의 내용을 모으고 기록하고 발간하는 전 시기에 걸쳐 계속되었다. 성경 전체의 경우에도 마찬가지고.

원래의 경전들이 글로 옮겨지고 나서 **몇 세기가** 흐른 뒤에도, '교회 최고회의'는 당시의 공식 성경 속에 어떤 교리와 진리들을 포함시킬지, 그리고 어떤 것들이 대중에게 드러내 보이기에 "건전하지 않거나 설익은" 교리와 진리들인지 다시 한번 판단했다.

그리고 다른 성스러운 경전들 역시 존재해왔다. 그것들 하나하나도, 그렇지 않았더라면 지극히 평범했을 사람들이 영감을 느낀 순간에 문자로 기록해놓은 것들이다. 하지만 그들 중 어느 누구도 너만큼 미치지는 않았다.

이 글이 언젠가는 "성스러운 경전"이 될 수도 있다는 말씀을 하시는 건가요? 설마 그런 말씀은 아니겠지요?

내 아들아, 삶의 모든 것이 다 성스럽다. 그런 의미에서는 그렇다, 이것도 성스러운 글이다. 하지만 나는 네 말뜻을 잘 알고 있기에 말꼬투리를 잡지는 않겠다.

아니다. 나는 이 글이 언젠가는 성스러운 경전이 될 거라고 얘기하는 게 아니다. 적어도 몇백 년 동안은. 그리고 이 글에 쓰인 언어가 시대에 뒤떨어진 골동품이 될 때까지는.

너도 보다시피 여기서 쓰고 있는 언어는 너무 일상어투이고 너무 대화체이며 또 너무 현대적이다. 그게 문제다. 사람들은 만일 신이 직접 너와 이야기하고자 했다면 이웃집 남자처럼 말하진 않았을 거라고 가정한다. 언어에 뭔가 통일된 구조가 깃들어 있어야 한다, 신성한 구조는 둘째 치고라도 뭔가 권위가 있어야 하고 뭔가 신성한 느낌이 있어야 한다고 생각한다.

내가 전에 말했다시피 이런 사고방식 역시 문제의 일부다. 사람들은 오로지 한 가지 형식으로 "드러나는" 신만을 느낄 수 있다. 그런 형식에 어긋나는 것은 뭐든지 불경으로 비치는 것이다.

제가 전에 말씀드렸다시피요.

그래, 네가 전에 말했다시피.

그건 그렇고 네 질문의 핵심으로 들어가보자. 너는 왜 자신이 신과 대화할 수 있는 게 미친 짓이라고 생각하느냐? 너는 기도를 믿지 않느냐?

믿죠. 하지만 그건 다릅니다. 저한테 기도는 늘 일방통행이었습니다. 저는 묻고 신은 늘 침묵을 지키시죠.

신이 기도에 응답해준 적이 한번도 없다고?

아니, 있습니다. 하지만 아시다시피 **말로** 응답하신 적은 한번도 없습니다. 아, 물론 이제까지 살아오는 동안 기도에 대한 응답, 그것도 아주 직접적인 응답이라는 확신이 드는 **온갖 종류의 일들**이 일어나긴 했죠. 하지만 신이 **말을 건 적은** 한번도 없었지요.

알겠다. 네가 믿는 이 신은, 뭐든지 **다 할 수** 있는 이 신은 단지 말하는 것만 못하는 거로군.

물론 신은 말씀하실 수 있겠죠. 원하시기만 하면요. 다만 신이 제게 말씀하고 싶어하신다는 게 가당치 않은 일인 것 같다는 거죠.

그것이 바로 네가 살아오면서 체험한 모든 문제의 뿌리다. 왜냐하면 너는 자신을 신이 말을 걸 만큼 가치 있는 존재로 여기지 않으니까.

그런데 굉장하군! 자신을 신이 말을 걸 만큼 가치 있는 존재로 생각하지도 않으면서, **내 목소리를 듣길 기대하다니!**

이런 식으로 말해주마. 나는 지금 이 순간 기적을 행하고 있다. 나는 네게만이 아니라 이 책을 집어들고 이 글을 읽는 모든 사람에게 이야기하고 있으니까.

나는 지금 그들 한 사람 한 사람에게 이야기하는 중이다. 나는 그 사람들 하나하나를 다 알고 있다. 나는 지금 누가 이 말들에서 나름의 길을 찾아낼지도 알고 있다. 그리고 나는(내 다른 모든 교류에서 그러하듯이) 어떤 이들은 마음으로 들을 것이고, 또 어떤 이들은 그저 듣기만 할 뿐 무엇 하나 귀담아듣지 않으리란 것도 알고 있다.

그렇다면 그건 또 다른 문제를 제기하는군요. 저는 이미 이 자료를 책으로 출판할 생각을 품고 있습니다. 이 글을 쓰고 있는 지금 이 순간에도요.

그렇지. 그게 뭐 "잘못"됐는가?

제가 돈을 벌려고 이 모든 걸 지어냈다고 주장할 수도 있지 않겠습니까? 그렇게 하면 이 대화 전체를 의심받게 만들지 않을까요?

뭔가를 써서 돈을 벌겠다는 것이 네 동기인가?

아뇨. 제가 이 일을 시작한 이유는 그게 아닙니다. 제가 이 대화를 종이에 적기 시작한 건 제 마음이 지난 30년간 수많은 의문들에 시달려왔고, 제가 **굶주려왔던** 그 의문들의 해답을 얻으려 몸부림쳐왔기 때문입니다. 이 모든 것을 책으로 만들려는 발상은 나중에 나왔습니다.

나한테서 나왔지.

당신한테서요?

그렇다. 너도 내가 이 경이로운 질문들과 답변들이 몽땅 이대로 버려지게 놔둘 거라곤 생각하지 않을 것이다. 그렇지 않은가?

그 점에 대해서는 생각해보지 않았습니다. 처음엔 그저 질문에 대한 답변을 얻고 싶었을 뿐이죠. 제 좌절을 끝내고 탐구를 마치고 싶었을 뿐입니다.

좋아. 그럼 네 동기들을 의문스러워하는 짓은 그만두고(너는 계속 그 짓을 하고 있다), 대화를 **계속** 진행해보자.

Conversations with God

3

저는 수백 가지 질문거리들을 갖고 있습니다. 아니, 수천, **수만 가지**요. 그래서 종종 어디서 시작해야 좋을지 모른다는 게 문제입니다.

그냥 질문들을 나열해보라. **어디에서건** 그냥 시작하라. 지금 당장 시작해보자. 우선 네 마음에 떠오르는 질문 목록을 만들어보라.

좋아요. 그중 몇 가지는 아주 유치하고 아주 진부해 보일 겁니다.

자신에 대해 판단하는 짓은 그만둬라. 그냥 나열하라.

알겠습니다. 지금 제 마음속에서 떠오르는 질문들은 이렇습니다.

1. 제 인생이 마침내 도약하는 건 언제쯤일까요? '훌륭히 해내서' 약간의 성공이나마 거두려면 뭐가 필요합니까? 그 투쟁이 과연 끝날 수 있기는 한 겁니까?

2. 저는 언제쯤에나 남들과 원만하게 지낼 수 있을 만큼 인간관계에 능숙해질까요? 관계 속에서 행복해질 수 있는 무슨 방법이 있나요? 아니면, 그건 늘 힘겨운 과제일 수밖에 없나요?

3. 왜 저는 한번도 생활하기에 충분한 돈을 벌 수 없는 겁니까? 저는 늘 이렇게 쪼들리며 살아야 할 팔자입니까? 돈과 관련된 제 잠재력을 충분히 발휘하는 걸 방해하는 게 뭡니까?

4. 왜 저는 제가 진짜로 하고 싶은 일을 하면서 생활비를 벌 수 없는 겁니까?

5. 제가 직면하고 있는 일부 건강 문제들은 어떻게 해결할 수 있습니까? 저는 평생 고질병들을 충분히 앓아왔습니다. 왜 저는 지금까지도 그 모든 병을 지니고 있는 겁니까?

6. 제가 이 생에서 배우기로 되어 있는 업장(業障)은 무엇인가요? 제가 터득하려고 애써야 할 것은 무엇입니까?

7. 환생이란 게 있습니까? 저는 얼마나 많은 과거생을 거쳤나요? 그 생들에서 저는 무엇이었나요? "업보"라는 게 진짜로 있는 겁니까?

8. 저는 가끔 신들린 것 같은 기분을 강하게 느낍니다. "신들린 것" 같은 현상이 정말로 존재합니까? 제가 그런가요? 자신이 신들렸다고 주장하는 사람들은 "악마와 거래하는" 겁니까?

9. 좋은 일을 하고 돈을 받아도 될까요? 제가 이 세상에서 치유하는 일, 신의 일을 하기로 선택한다면 그 일을 하면서 재정적으로도 부유해질 수 있나요? 아니면 그 두 가지는 서로 배타적인가요?

10. 섹스를 해도 괜찮나요? 이 체험의 배후에 깔린 진정한 의미는 뭔가요? 성행위는 몇몇 종교에서 가르치듯이 순전히 생식을 위한 건가요? 참된 성스러움과 자각은 성 에너지의 부정 혹은 변형으로 얻어지는 건가요? 사랑 없이 성행위를 해도 괜찮나요? 단지 육체적인 쾌감만으로도 성행위를 할 만한 충분한 이유가 될 수 있을까요?

11. 우리 모두가 가급적 섹스를 멀리해야 마땅하다면, 당신은 왜 섹스를 그렇게 근사하고 황홀하고 강렬한 체험이 되게 하셨나요? 무엇을 주시려고요? 그와 관련된 문제로, 온갖 즐거운 일들은 어째서 "부도덕하거나 불법이거나 탐욕스러운" 걸까요?

12. 다른 행성들에도 생명체가 있습니까? 그런 것이 우리를 찾아온 적이 있나요? 우리는 지금 관찰 대상이 되고 있는 중인가요? 우리는 사는 동안 누구도 부정할 수 없는 외계 생명체의 증거를 보게 될까요? 우주의 모든 생명체는 각기 나름의 신을 갖고 있나요? 아니면 당신이 그 모든 것의 신인가요?

13. 이 지구 행성에 언제고 유토피아가 도래하기는 하는 겁니까? 신은 약속한 대로 언젠가 지구 사람들에게 자신을 드러낼 겁니까? 재림(再臨)이란 게 있습니까? 성경에 예언된 대로 세상의 종말, 혹은 계시록의 대재난이란 게 과연 오는 겁니까? 이 세상에는 단 하나의 참된 종교만이 존재합니까? 만일 그렇다면 그건 어떤 종교인가요?

이상은 제가 품고 있는 질문들 가운데 몇 가지에 불과합니다. 이미 말씀드린 대로 저는 몇백 가지의 질문거리들을 갖고 있으니까요. 적고 보니 질문들 가운데 일부는 나를 당황하게 만듭니다. 너무 유치해서요. 하지만 제발 대답해주십시오. 한번에 하나씩, 그것들에 대해서 "얘기"해주십시오.

좋다. 지금 우리는 그곳으로 가고 있는 중이다. 이 질문들에 변명할 필요는 없다. 이것들은 과거 몇백 년 동안 수많은 남녀들이 청해온 바로 그 질문들이었으니까. 만일 그 질문들이 어리석은 것이었다면, 그렇게 대를 이어가면서까지 묻고 또 묻지는 않았을 것이다. 그러니 우선 첫 번째 질문(인생의 도약과 성공에 관한 질문 - 옮긴이)으로 가보자.

나는 이 우주에 너희가 선택한 꼭 그대로 가질 수 있게 해주는 법칙들, 즉 창조할 수 있게 해주는 법칙들을 설정해놓았다. 너희는 이 법칙들을 위반할 수도 무시할 수도 없다. 이 책을 읽는 지금 이 순간에도 너희는 이 법칙들을 따르고 있다. 이 법칙들은 만물이 작용하는 방식이기에 너희가 이것들을 따르지 않을 도리는 없다. 너희는 이 법칙에서 물러설 수도 없고, 이 법칙 밖에서 움직일 수도 없다.

너희는 삶의 모든 순간마다 이 법칙 안에서 움직여왔다. 그러므로 너희가 지금껏 체험한 것들은 모두 너희가 창조해온 것이다.

너희는 신과 동업하고 있다. 우리는 영원한 계약을 맺은 사이다. 너희에게 주는 내 약속은 너희가 요구하는 건 언제나 주겠다는 것이다. 너희의 약속은 구하는 것, 구함과 응답의 과정을 이해하는 것이다. 나는 이 과정을 이미 한번 네게 설명한 바 있지만, 여기서 다시 한번 설명하겠다. 네가 그 점을 분명하게 이해할 수 있도록.

너희는 삼중(三重)의 존재다. 너희는 **몸과 마음과 영혼으로** 이루어져 있다. 너희는 이것들을 **육체, 비육체, 초육체**라 부를 수도 있을 것이다. **성삼위일체란 게 바로 이것이며, 너희는 이 것을 온갖 이름으로 불러왔다.**

이것이 바로 너희이고 나다. 나는 삼위일체로서 나타난다. 너희 신학자들 중 일부는 이것을 성부, 성자, 성신으로 불러왔다.

너희 정신과 의사들 역시 이 3개조를 인정하고 그것을 의식, 잠재의식, 초의식이라 불러왔다.

너희 철학자들은 그것을 '이드'와 '에고'와 '슈퍼에고'로 불러 왔다.

과학자들은 그것을 에너지, 물질, 반(反)물질이라 부른다.

시인들은 생각, 감정, 영혼에 대해 이야기하고, 뉴에이지 (1950년대 미국에서 일어난 운동으로, 지난 400년간 서구를 풍미해온 물질 주의 사고방식의 폐해를 반성하고 동양의 정신, 지혜들을 통해 물질문명의 문 제점들을 극복하려는 운동을 말한다 – 옮긴이) 사상가들은 몸, 마음, 영 혼에 대해 이야기한다.

너희의 시간은 과거, 현재, 미래로 나뉜다. 이것이 잠재의식, 의식, 초의식과 같은 것일 수는 없을까?

공간 역시 비슷하게 '여기'와 '저기'와 '사이 공간', 셋으로 나 누어진다.

어렵고 잘 잡히지 않는 게 이 "사이 공간"을 규정하고 설명하 는 일이다. 너희가 규정하거나 설명하기 시작하는 순간, 너희가 가리키는 공간은 "여기" 아니면 "저기"가 되어버린다. 그럼에도 우리는 이 "사이 공간"이 존재한다는 걸 **안다.** 영원한 지금이 "전"과 "후"를 제대로 받쳐주듯이, 그것은 "여기"와 "저기"를 제 대로 받쳐주는 구실을 한다.

너희의 이 세 측면들은 사실은 세 가지 에너지다. 그것들을 **생각, 말, 행동**이라 부를 수도 있을 것이다. 그 세 가지가 함께 합쳐져서 하나의 결과를 낳는다. 그것을 너희의 언어 혹은 이해 방식으로는 느낌 혹은 체험이라고 한다.

너희 영혼(잠재의식, 이드, 혼, 과거 등등)**은 너희가 일찍이 가졌던**(창조했던) **모든 느낌의 총합이다.** 그 느낌들 중 자각하는 일부를 너희는 기억이라 한다. 기억memory할 때 너희는 재구성한다re-member, 즉 함께 다시 놓는다, 다시 모은다reassemble고 말한다.

너희가 자신의 모든 부분을 다시 모을 때, 너희는 '자신'을 재구성하게 될 것이다.

창조 과정은 생각, 즉 발상, 개념, 시각화에서 시작된다. 너희가 지금 보는 모든 것이 한때는 누군가의 발상이었다. 너희 세계에 존재하는 어떤 것도 처음에 순수한 생각으로만 존재하지 않은 것이 없다.

이 점은 우주에도 똑같이 적용된다.

생각은 창조의 첫 단계다.

그 다음에 **말**이 온다. 너희의 모든 말은 밖으로 표현된 생각이다. 말에는 창조력이 있고, 말은 창조 에너지를 우주 속으로 내보낸다. 말은 생각보다 더 역동적이다(따라서 좀 더 창조적이라고 말할 수도 있다). 말은 생각과 진동 수준이 다르다. 말은 생각보다 더 강한 충격으로 우주를 뒤흔든다(바꾸고 변화시키고 영향을 미친다).

말은 창조의 두 번째 단계다.

그 다음에 **행동**이 온다.

행동은 움직이는 말이다. 말은 표현된 생각이다. 생각은 형성된 발상이고, 발상은 한데 모인 에너지들이다. 에너지는 풀려난 힘이고, 힘은 존재하는 요소들이다. 요소들은 신(神)의 조각들이고, 전체의 일부들이며, 모든 것의 재료다.

그 시작은 신이다. 그 끝은 행동이다. 행동은 창조하는 신, 즉 체험된 신이다.

너희는 자신이 신의 일부가 되고 신과 동업 관계를 맺기에 충분할 만큼 훌륭하지도 않고 경이롭지도 않고 죄 없지도 않다고 생각한다. 너희는 너무 오랫동안 '자신'을 부정해온 탓에 '자신이 누구인지' 잊고 말았다.

이것은 우연의 일치로 일어난 일이 아니며, 어쩌다 그렇게 된 것도 아니다. 그 모두가 신성한 계획의 일환이다. 너희가 이미 너희 자신이라면 너희는 '자신'을 불러낼 수도 창조할 수도 체험할 수도 없기 때문이다. 너희가 '자신'을 충분히 창조함으로써, 즉 불러냄으로써 '자신'을 충분히 체험하자면, 우선 나와의 연결을 끊는(부정하거나 잊는) 게 필요했다. 너희의 가장 원대한 소망이자 내 가장 위대한 바람은, 너희 자신을 너희이기도 한 나Me you are의 일부로 체험하는 것이기 때문이다. 그러므로 너희는 모든 단일한 순간마다 자신을 새롭게 창조하면서 자신을 체험하는 과정 속에 있다. 내가 너희를 통해 그러하듯이.

이 동업 관계를 이해하겠는가? 그 의미를 파악하겠는가? 그것은 신성한 협력, 참으로 성스러운 교섭이다.

네가 인생이 "도약하는" 걸 선택할 때, 네 인생은 너를 위해 그렇게 할 것이다. 너는 지금까지 그렇게 하길 선택하지 않았다. 너는 꾸물거리고 미루고 연기하고 항의해왔다. 이제 내가 네게 약속한 걸 공표하고 만들어낼 때가 왔다. 이렇게 하려면 너는 약속을 믿어야 하고, 또 그것에 따라 살아야 한다. **너는 신의 약속을 실천해야 한다.**

신의 약속은 네가 그의 아들이요, 그녀의 자식이며, 신과 닮은꼴이고, 신과 동등한 존재라는 것이다.

아하…… 네가 걸려 있는 지점이 바로 여기군. 너는 "그의 아들"이니, "자식"이니, "닮은꼴"까지는 받아들이지만, "신과 동등한 존재"에서는 움츠러드는구나. 너무 버거운 얘기라, 너무 엄청나고 너무 놀랍고, 너무 **부담스러운** 얘기라 받아들일 수 없다는 게로군. 왜냐하면 네가 신과 **동등하다면**, 그건 그 무엇도 너를 어쩌지 못한다는 뜻이고, 모든 것이 네 손으로 창조되었다는 뜻이니까. **이 세상에는 희생자도 없고, 악당도 없다.** 오로지 네 생각의 결말들만 있을 뿐이다.

네게 말해주마. 너희가 세상에서 보는 모든 것은 너희가 그것들에 대해 생각한 것의 결말이다.

너는 자신의 인생이 정말로 "도약하길" 원하는가? 그렇다면 자신의 인생에 관한, 자신에 관한 생각을 바꾸어라. '너이기도 한 신God you are'으로서 생각하고 말하고 행동하라.

물론 이것은 너를 주위 사람들 다수, 아니 대다수에게서 떼어놓을 것이다. 그들은 너를 미쳤다고 할 것이다. 그들은 네가 신을 모독한다고 말할 것이다. 결국 그들은 네게 질색하면서 너를 십자가에 매달려 할 것이다.

그들이 이렇게 하는 것은 네가 너 자신의 환상세계 속에 살고 있다고 생각해서가 아니라(대다수 사람들은 네가 혼자만의 즐거움에 빠지는 걸 허용해줄 만큼은 관대하다), 조만간 다른 사람들이 네 진리에 끌릴 것이기 때문이다. 왜냐하면 그 약속들은 그들에게도 유효한 것이기에.

네가 주위 사람들을 위협하는 지점이 바로 여기이기에, 그들은 이 지점에서 네게 간섭하려들 것이다. 네 단순한 진리, 단순한 삶은 이 지상의 네 동료들이 만들어낼 수 있는 그 어떤 것보다 더 많은 아름다움과 더 많은 안락과 더 많은 평온과 더 많은 기쁨을 주고, 자신과 타인들에 대한 더 많은 사랑을 주는 것이기에.

그리고 네 진리가 받아들여지는 건 그 사람들 방식의 종말을 뜻할 것이다. 그것은 미움과 두려움과 완고함과 전쟁의 종말을 뜻하고, **내 이름**으로 행해져온 비난과 살인의 종말을 뜻하며, 힘이 정의가 되는 현실의 종말을 뜻할 것이다. 그리고 그것은 힘으로 손에 넣는 행동의 종말을 뜻하고, 두려움에서 비롯된 충성과 경배의 종말을 뜻하며, 너희가 알고 있는 대로의 세상, 한참 멀리까지 창조해낸 대로의 세상의 종말을 뜻할 것이다.

그러니 어진 영혼이여, 마음의 준비를 하라. 네가 자기 실현이라는 성스러운 대의(大義)를 인정하고 받아들이는 그 순간부터, 그들은 너를 비방하고 경멸하고 야유하고 버릴 것이며, 마침내는 자기네가 아는 온갖 방법을 다 동원하여 너를 고발하고 심문하고 재판할 것이다.

그렇다면 왜 그렇게 하겠는가?

네가 이 세상을 받아들이고 인정하는 데 더 이상 관심이 없기 때문이다. 너는 세상이 네게 가져다준 것들에 더 이상 만족하지 않는다. 너는 세상이 다른 사람들에게 제공해준 것들을 놓고 기뻐하지 않는다. 너는 고통과 괴로움을 멎게 하고 환상을 끝장내고자 한다. 너는 지금대로의 세상에 질려 있다. 너는 더 새로운 세상을 추구한다.

하지만 **더 이상** 새로운 세상을 **구하지 마라.** 이제 **그것을 불러내도록 하라.**

그렇게 하려면 어떻게 해야 하는지 좀 더 알기 쉽게 말씀해주시겠습니까?

그러지. 우선 자신에 관한, 네 가장 고귀한 생각(자신이 신과 동등한 존재라는 생각 – 옮긴이)을 갖도록 하라. 네가 날마다 그런 생각을 갖고 산다면 되리라고 생각되는 네 모습을 상상해보라. 네가 무엇을 생각하고 행동하고 말할지, 그리고 다른 사람들이 행동하고 말하는 것에 네가 어떻게 반응할지 상상해보라.

그 모습과 네가 현재 생각하고 행동하고 말하는 것 사이에 차이가 있다는 걸 알겠느냐?

예. 아주 큰 차이가 있다는 걸 알겠습니다.

좋다. 지금 이 순간의 너는 자신에 관한 고귀한 전망으로 살고 있지 않다는 걸 너도 나도 알고 있기에, 당연히 그럴 것이다.

이제 네가 지금 있는 곳과 되고자 하는 곳 사이의 차이를 알았으니, 네 생각과 말과 행동을 네 가장 고귀한 전망에 걸맞게 바꾸기 시작하라. 의식적으로 바꾸기 시작하라.

그렇게 하려면 실로 엄청난 정신과 육체의 노력이 필요하다. 네 모든 생각과 말과 행동을 순간순간 끊임없이 관찰하는 일도 해야 한다. 또 여기에는 계속해서 의식적으로 선택하는 것도 포함된다. 이 모든 과정이 자각으로 가는 위대한 발걸음이다. 만일 네가 이 도전을 받아들인다면, 너는 **평생의 반을 아무 의식 없이 보내왔다는 사실**을 깨닫게 될 것이다. 즉 너는 지금까지의 과정에서 자신의 생각과 말과 행동이 만들어낸 결과들을 체험할 때까지는, 네가 무엇을 선택하는지 의식 차원에서 자각하지 않았다는 사실을 깨달을 것이며, 또 이 결과들을 체험하고 나면, 그 결과들이 자신의 생각과 말과 행동과 관련 있음을 부정했다는 사실을 깨달을 것이다.

내가 지금 하는 얘기는 그런 의식 없는 삶을 그만두라는 외침이다. 이것은 너희의 영혼이 태초부터 너희에게 일깨우고자 했던 과제다.

그런 식으로 자신을 계속 관찰해나간다는 건 끔찍할 정도로 피곤한 일이 될 것 같은데……

그럴 수 있다. 그것이 제2의 천성(天性)이 되기 전까지는. 사실 그것은 너희의 두 번째 천성이다. 너희의 첫 번째 천성은 조건 없이 사랑하는 것이다. 너희의 첫 번째 천성, 즉 너희의 참된 천성을 의식적으로 표현하고자 하는 게 두 번째 천성이다.

죄송합니다만, 제가 생각하고 말하고 행동하는 모든 걸 이런 식으로 끊임없이 의식하는 게 사람을 "멍청하게 만들지" 않을까요?

절대 그렇지 않다. 전과 달라지기는 할 것이다. 하지만 우둔해지지는 않는다. 예수가 멍청했는가? 나는 그렇게 생각하지 않는다. 부처가 함께 있기에 따분한 존재였는가? 수많은 사람들이 그에게 몰려들었고 함께 있어달라고 간청했다. 깨달음을 얻는 그 누구도 멍청하지 않다. 아마 남다르고 비범하긴 하겠지. 하지만 결코 멍청하지는 않다.

그래, 네 삶이 "도약하길" 바란다고? **그렇다면 지금 당장 네가 되기 바라는 대로 네 삶을 그려보고 그 속으로 옮겨가라. 그것과 조화를 이루지 않는 모든 생각, 모든 말, 모든 행동을 점검하라. 그런 것들에서 떨어져라.**

네 고귀한 전망에 걸맞지 않은 생각을 하게 되면, 바로 그 자리에서 새로운 생각으로 바꾸라. 네 가장 위대한 이상에 어울리지 않는 말을 하게 되면 다시는 그런 말을 하지 않게끔 적어두어라. 네 가장 좋은 의도에 어긋나는 행동을 하게 되면, 다시는 그렇게 하지 않겠다고 다짐하라. 그리고 할 수만 있다면 연관된 사람들과 함께 그런 행동을 바로잡아라.

전에도 이런 얘기를 들은 적이 있는데, 저는 그럴 때마다 너무 솔직하지 않은 것 같아서 싫었습니다. 예컨대 속이 몹시 메스껍더라도 그 사실을 인정하지 마라, 쫄딱 망해서 빈털터리가 되었더라도 그 사실을 입밖에 내지 마라, 기분이 아무리 산란해도 그런 티를 내지 마라는 식의 얘기들 말입니다. 이런 얘기를 들으면 지옥으로 보내진 세 사람에 관한 농담이 생각납니다. 한 사람은 가톨릭교도였고, 한 사람은 유대인, 또 한 사람은 뉴에이지 사상가였지요. 악마가 가톨릭교도에게 조롱하듯 물었습니다. "자, 어떤가? 뜨뜻한 게 즐길 만한가?" 그랬더니 가톨릭교도는 코를 훌쩍거리면서, "온도를 더 높여달라고 신께 부탁하는 중이요"라고 대답했답니다. 그 다음에 악마는 유대인에게 물었지요. "자넨 어떤가? 뜨뜻한 게 즐길 만한가?" 그러자 유대인은, "내가 이보다 더한 지옥만 빼고 달리 뭘 더 바라겠소?"라고 대답했답니다. 마지막으로 악마가 뉴에이지 사상가에게 가서 "뜨겁지?" 하고 물었더니 뉴에이지 사상가는 진땀을 흘리면서 "뜨거워? 뭐가 뜨거워?" 하고 반문했답니다.

재미있는 농담이다. 하지만 나는 문제를 무시하거나 문제가 없는 척하라는 얘기를 하는 게 아니다. 나는 상황을 제대로 알아차리고, 그 상황에 관련된 네 가장 고귀한 진실을 말하라는 얘기를 하고 있다.

만일 네가 망했다면 너는 망한 것이다. 그 사실을 놓고 거짓말을 하는 건 무의미한 짓이다. 사실 그 사실을 받아들이지 않으려고 얘기를 지어낸다는 건 속을 허하게 만드는 짓에 지나지 않는다. 네가 "망했다"는 사실을 체험하는 잣대는 그 사실에 관한 네 생각, 예를 들면, "망한 건 나쁜 일이다", "이건 끔찍한 일이다", "괜찮은 사람들은 열심히 일해서 실제로 망하기까지 하는 일은 절대 없는데, 나는 못난 놈이다" 따위의 생각이다. 네가 얼마나 오랫동안 망한 상태로 있을 것인지 보여주는 건 그 사실에 관한 네 말, 예를 들면, "나는 망했어", "나는 땡전 한 푼 없어", "내 수중에는 돈이 말랐어" 따위의 말이다. 네 현실이 그런 식으로 지속되게 만드는 것은 그 사실을 둘러싼 네 행동들, 예를 들면 자신에게 연민을 느끼고, 잔뜩 기가 죽어 앉아 있고, "그래봤자 소용없다"는 이유로 빠져나갈 길을 찾으려들지 않는 따위의 행동이다.

우주에 관해 이해해야 할 첫 번째 사실은 어떤 상황도 "좋거나 나쁘지" 않다는 것이다. 그건 그냥 있을 뿐이다. 그러니 가치 판단 내리길 그만둬라.

두 번째로 알아둬야 할 사실은 **모든 상황이 다 한순간이라는 것이다. 항상 똑같이 머무는 것도 없고, 정지된 채 남아 있는 것도 하나도 없다. 그러니 뭔가를 어떤 식으로 변화시키느냐는 너희에게 달려 있다.**

죄송합니다만, 여기서 또 말씀을 끊어야겠군요. 병이 들었지만 산도 움직일 만한 믿음을 갖고 있어서 자기 몸이 곧 나을 걸로 생각하고 말하고 **믿고** 있었는데…… 불과 6주 뒤에 죽은 사람의 경우는 어떻습니까? 이건 그 모든 낙관적인 생각이나 긍정적인 행동 양식들하고 어떻게 부합되는 겁니까?

아주 좋다. 너는 계속 까다로운 질문들을 던지고 있다. 이건 좋은 일이다. 그러고 보면 너는 단순히 내 얘기가 네가 든 예들

(가톨릭교도와 유대교도와 뉴에이지 사상가의 사고방식을 꼬집은 앞의 농

담—옮긴이) 중 하나에 해당된다고 오해하는 것이 아니다. 선을 따라 내려가다 보면 언제고 너는 내 얘기를 이런 식으로 받아들여야 할 때가 올 것이다. 왜냐하면 너는 결국에 가서는 "내 말을 믿어보거나 부정하는" 것 말고는 할 일이 아무것도 남아 있지 않을 때까지, 우리가, 즉 너와 내가 이 일을 놓고 영원히 논란을 벌일 수 있다는 걸 알게 될 것이기 때문이다. 하지만 우리는 아직 그 지점까지는 이르지 않았다. 그러니 대화를 계속해보자.

"산도 움직일 만한 믿음"을 가졌으나 6주 뒤에 죽은 사람은 6주 동안에 산을 움직였다. 아마 그에게는 그걸로 충분했을 것이다. 아마도 그 사람은 마지막 날 마지막 시간에, "좋아, 이만큼 했으면 충분해. 이제 나는 또 다른 모험을 떠날 준비가 됐어"라고 결정했을 것이다. 그가 너희에게 그런 결심을 말해주지 않았을 테니 너희가 그 결심을 모를 수도 있다. 사실 그 사람은 좀 더 빨리, 죽기 며칠 전이나 몇 주 전에 그런 결정을 내렸으나 너희에게 말하지 않았을 수도 있다. 누구에게도 말하지 않았을 수 있다.

너희는 죽고자 하는 것이 전혀 괜찮지 않은 사회, 죽음에 대해 아무렇지도 않아 하는 것이 전혀 괜찮지 않은 사회를 창조해냈다. 너희가 죽고 싶지 않기 때문에, 너희는 그 환경이나 조건에 상관없이, 누군가가 죽고 싶어한다는 걸 상상할 수 없다.

하지만 죽음이 삶보다 더 나은 상황은 무수히 많다. 나는 너희가 조금이라도 이 문제에 대해 생각해보면 그런 상황을 얼마든지 상상할 수 있다는 걸 안다. 그러나 너희가 죽기를 택하는 다른 누군가를 눈앞에서 보고 있을 때는 이런 진리들이 떠오르지 않는다. 그 진리들이 그렇게 자명한 것들은 아니니까. 죽어가는 사람도 너희가 그렇다는 걸 안다. 그 여자는 그 방 안에서 자신의 결정을 어떤 수준에서 인정받을 수 있을지 눈치챈다.

너는 얼마나 많은 사람들이 죽기 전에 방이 비기를 기다리는지 눈치챈 적이 있는가? 심지어 어떤 이들은 사랑하는 사람들에게 "정말로 괜찮으니 어서 가. 가서 뭐 좀 먹어"라거나 "가서 눈 좀 붙여. 난 괜찮아. 내일 아침에 와"라고 말해야 할 때도 있다. 그러고 나서 그 충성스러운 감시자들이 떠나고 나면 비로소 영혼도 감시당하던 몸을 떠난다.

만일 그들이 방에 모여든 친척들과 친구들에게, "난 이대로 죽고 싶어"라고 말한다면, 거기 모인 사람들은 정말로, "오, 그건 진심이 아닐 거야"라거나 "그런 말 하지 마"라거나 "이대로 있어줘"라거나 "제발 날 두고 가지 마"라고 말할 것이다.

모든 의료인은 환자가 위엄을 잃지 않고 죽을 수 있도록 마음을 편하게 해주는 게 아니라, 무조건 목숨을 부지하게 만들도록 훈련받는다.

너도 알다시피 의사나 간호사에게 죽음은 실패를 뜻한다. 친구나 친척에게 죽음은 재앙이다. 오로지 영혼에게만 죽음은 구원이고 해방이다.

죽어가는 사람들에게 너희가 줄 수 있는 최대 선물은 그들이 평온하게 죽을 수 있게 해주는 것이다. 그들 생의 가장 결정적인 순간에 그들이 "견뎌야 한다"거나, 계속 힘들어해야 한다거나, 자신들을 염려해줘야 한다고 생각하는 게 아니라.

그러므로 자신이 살 거라 말했고, 살 거라 믿었으며, 심지어 살게 해달라고 기도까지 한 그 사람은 아마도 십중팔구 영혼의 차원에서 "마음을 바꾸는" 경험을 했을 것이다. 이제는 다른 목표들을 추구하기 위해 영혼이 몸에서 벗어날 때가 왔다는 결정을 내리는 것 말이다. 영혼이 이런 결정을 내릴 때 몸의 어떤 행동도 그 결정을 바꿀 수 없다. 마음의 어떤 생각도 그것을 변경할 수 없다. 우리는 죽음의 순간에 이르러서야 몸-마음-영혼의 3개조 중에서 어느 것이 만사를 경영하는지 깨닫게 된다.

너희는 평생토록 자기 몸이 자기라 여긴다. 너희는 간혹 자기 마음이 자기라 여기기도 한다. 너희는 죽음의 순간에 이르러서야 비로소 '자신이 참으로 누구인지' 찾아낸다.

그런데 몸과 마음이 영혼에게 고분고분 **귀 기울이지 않는** 경우들도 있다. 이런 상황도 네가 묘사한 시나리오(믿음을 가졌지만 6주 후에 죽은 사람 이야기 – 옮긴이)를 만들어낼 수 있다. 사람들이 가장 하기 어려운 일이 자기 영혼의 말을 듣는 것이다(극소수의 사람들만이 그렇게 한다는 데 유의하라).

이제 영혼이 앞장서서 몸을 떠날 때가 왔다는 결정을 내리는 경우가 자주 일어난다. 영혼의 영원한 하인들인 몸과 마음은 이 말을 듣게 되며, 그와 더불어 유리(遊離) 과정이 시작된다. 그런데 마음(에고)은 그 결정을 받아들이고 싶어하지 않는다. 결국 이것은 마음이라는 존재의 종말을 뜻한다. 그래서 마음은 몸에게 죽음에 저항하라고 지시한다. 몸 역시 죽고 싶지 않기 때문에 이 지시를 기꺼이 이행한다. 몸과 마음(에고)의 창조물인 외부 세계는 몸과 마음의 이런 결정을 크게 격려하고 크게 칭찬한다. 그렇게 해서 그 책략은 확정된다.

이제 이 지점에서는 영혼이 얼마나 간절히 떠나고 싶어하는지에 모든 것이 달려 있다. 만일 여기서 떠나는 게 그렇게 급하지 않다면 영혼은, "좋다, 너희가 이겼다, 너희와 함께 좀 더 머무르겠다"고 말할 수도 있다. 그러나 그대로 머무는 것이 더 높은 일정에 아무 도움도 되지 않음이 분명할 때면, 즉 자신이 그 몸을 통해서는 더 이상 **진화할** 방법이 없다는 게 분명할 때면, 영혼은 떠날 것이고 그 무엇도 막을 수 없을 것이다. 그렇게 하려 해서도 안 될 것이고.

영혼은 자신의 목표가 진화라는 걸 확실히 알고 있다. 진화야말로 영혼의 **유일한**sole 목표이자 그것의 **영적**soul 목표다. 그것은 몸의 성취나 마음의 성숙에는 관심이 없다. 영혼에게는 이런 것들이 전혀 무의미하다.

또 영혼은 몸을 떠나는 일이 별다른 비극이 아니란 것도 분명하게 알고 있다. 여러 가지 면에서 비극은 몸속에서 일어난다. 그러므로 너희는 영혼이 이 죽음 전체를 다르게 본다는 사실을 이해해야 한다. 물론 영혼은 "삶" 전체도 다르게 본다. 이 때문에 사람들은 살면서 심한 좌절과 불안을 느낀다. 너희의 좌절과 불안은 영혼의 말을 귀담아듣지 않는 데서 비롯된다.

어떻게 해야 제 영혼의 말을 가장 잘 들을 수 있을까요? 설사 정말 영혼이 보스 같은 존재라 해도 제가 수뇌부(영혼을 뜻한다 - 옮긴이)에서 내려온 지시문들을 받고 있음을 어떻게 확신할 수 있습니까?

아마도 너는 영혼이 추구하는 바를 파악하는 일을 가장 먼저 해야 할 것이다. 영혼에 대해 판단하는 짓을 그만두고.

제가 저 자신의 영혼에 대해 판단하고 있다구요?

끊임없이. 나는 방금 전에 죽고 싶어하는 자신에 대해 너희가 어떤 식으로 판단하는지 보여주었다. 너희는 자신이 **살고** 싶어한다고, 참으로 살고 싶어한다고 판단한다. 또 너희는 자신이 웃고 싶어한다고 판단하고, 울고 싶어한다고 판단하며, 이기고 싶어하고 지고 싶어한다고 판단한다. 즉 기쁨과 사랑을 체험하고 싶어한다고 판단한다. **특히** 너는 자신이 지고 싶어한다는 판단을 잘 내린다.

제가요?

너는 어디선가 자신의 기쁨을 **부정하는 게** 신성한 태도요, 삶을 찬양하지 **않는 게** 성스러운 태도라는 사고방식을 만난 적이 있다. 너는 자신에게 말해왔다. 부정하는 건 좋은 일이라고.

부정하는 게 나쁘다고 말씀하시는 건가요?

그건 좋은 것도 아니고 나쁜 것도 아닌, 그냥 부정일 뿐이다. 만일 너 자신을 부정하고 나서 기분 좋게 느낀다면 네 세계에서 그것은 좋은 것이다. 만일 네가 기분 나쁘게 느낀다면 그것은 나쁜 것이다. 대개의 경우엔 너는 판단하지 못한다. 너는 그래야 한다고 자신에게 속삭이면서 자신을 이런저런 식으로 부정한다. 그러고 나서 너는 그렇게 한 건 좋은 일이었다고 말한다. 하지만 왜 자신이 기분 좋게 **느끼지 못하는지** 의아해한다.

그러므로 맨 먼저 할 일은 자신에 대한 이런 판단들을 그만두는 것이다. 영혼이 바라는 것이 무엇인지 깨닫고 그 바람과 함께 가라. 영혼과 더불어 가라.

영혼이 추구하는 것은 네가 상상할 수 있는 것 중에서 가장 고귀한 사랑의 느낌이다. 바로 이것이 영혼의 바람이다. 바로 이것이 영혼의 목표다. 영혼은 그 느낌을 추구한다. 지식이 아니라 느낌을. 지식은 이미 갖고 있지만, 지식은 개념에 불과하다. 느낌은 체험이다. 영혼은 자신을 느끼고자 하며, 직접 체험하여 자신을 알고자 한다.

가장 고귀한 느낌이란 '존재 전체'와 하나가 되는 체험이다. 이러한 체험은 영혼이 갈망하는, 진리로의 위대한 복귀(復歸)다. 이것이 완벽한 사랑의 느낌이다.

완벽한 사랑이란 완벽한 흰빛이 일반 빛깔에 대해 어떤 관계인지 느끼는 것이다. 사람들은 흔히 흰빛을 아무 빛깔도 없는 상태라고 생각한다. 그렇지 않다. 흰빛은 **모든 다른 빛깔을 다 포함한다.** 흰빛은 존재하는 모든 다른 빛깔이 섞인 것이다.

사랑 역시 감정(증오, 분노, 정욕, 질투, 탐욕)이 전혀 없는 상태가 아니라 모든 감정의 합(合)이다. 그것은 그 모든 감정의 총화이며, 모든 것everything이다.

그러므로 영혼이 완벽한 사랑을 체험하려면 **인간의 모든 감**

정을 다 맛봐야 한다.

내가 이해하지 못하는 것에 무슨 수로 연민을 느낄 수 있겠는가? 내가 한번도 체험하지 못한 감정을 다른 사람이 품고 있을 때 무슨 수로 그것을 용서할 수 있겠는가? 그러므로 우리는 영혼이 밟아나가는 여행의 단순함과 그 외경스러운 위대함을 함께 보는 것이다. 우리는 마침내 그것이 무엇에 이르고자 하는지 이해한다.

인간 영혼의 목표는 그 모든 것을 체험하는 것이다. 그 모든 것이 될 수 있도록.

인간의 영혼이 한번도 아래에 있어보지 않았다면 어떻게 위에 있을 수 있겠는가? 한번도 오른쪽에 있어보지 않았다면 어떻게 왼쪽에 있을 수 있겠는가? 차가움을 알지 못하고 어떻게 따뜻해질 수 있으며, 악을 거부하고서 어떻게 선해질 수 있겠는가? **만일 선택할 것이 아무것도 없다면**, 그 영혼은 뭔가가 될 수도 없다. 영혼이 자신의 숭고함을 체험하려면, **숭고함이 무엇인지 알아야** 한다. 그리고 숭고함 외에 아무것도 존재하지 않는다면, 영혼은 숭고함을 체험할 수 없다. 그러므로 영혼은 숭고하지 않은 공간에서만 숭고함이 존재한다는 걸 깨닫는다. 따라서 영혼은 숭고하지 않음을 절대로 비난하지 않는다. 영혼은 그것을 축복한다. 자신의 다른 부분이 드러나기 위해서는 **반드시 존재해야 하는 자신의 일부를** 그 속에서 보기 때문에.

물론 영혼이 하는 일은 우리가 숭고함을 선택하도록 만드는 것, 최상의 '자신'을 고르도록 만드는 것이다. 너희가 고르지 않는다 해도 비난하는 일 없이.

이것은 많은 생을 들여야 할 만큼 엄청난 과제다. 왜냐하면 너희는 자신이 선택하지 않은 것을 축복하기보다는, 판단 내리기에 급급하고, 뭔가를 "잘못됐다"거나 "나쁘다"거나 "충분치 않다"고 규정하는 데 급급하기 때문이다.

너희는 비난하는 것보다 더 고약한 일을 하고 있다. 사실 너희는 자신이 선택하지 않은 것에 해를 입히려 한다. 너희는 그것을 파괴하려 한다. 너희가 동의하지 않는 사람이나 장소나 사물이 있으면, 너희는 그것을 공격한다. 자신의 종교에 맞서는 종교가 있으면, 너희는 그것을 틀린 것으로 만들어버린다. 자신의 생각과 상반되는 생각이 있으면, 너희는 그것을 비웃는다. 자신의 이념과 다른 이념이 존재하면, 너희는 그것을 배척한다. 너희는 잘못하고 있다. 왜냐하면 이렇게 하는 건 반쪼가리 우주를 창조하는 것이기에. 그래서 다른 반을 거부하며 내칠 때 너희는 자신의 반조차 이해할 수 없게 된다.

이건 정말 하나같이 심오하군요. 감사합니다. 그 누구도 제게 이런 얘기를 해준 일이 없습니다. 적어도 이렇게 간단명료하게요. 그래서 저는 그 말씀을 이해하려 애쓰고 있습니다. 진심입니다. 하지만 이 중 일부는 이해하기 어렵습니다. 예컨대 당신은 우리가 "옳은 것"을 이해하려면 "그른 것"을 사랑해야 한다고 말씀하시는 듯합니다. 그건 예를 들면 우리가 악마도 끌어안아야 한다는 뜻인가요?

악마를 치유할 또 다른 방법이 있는가? 물론 진짜 악마 같은 건 없지만, 네가 선택한 용어로 대답한다면 말이다.

치유란 모든 걸 받아들이고 나서 그중 가장 좋은 걸 선택하는 과정이다. 이걸 이해하겠느냐? 신 말고는 선택할 것이 전혀 없다면, 너희는 신이 되길 **선택할 수도 없다**.

아니, 잠깐만요! 신이 되길 선택한다는 얘기를 한 게 전혀 아닌데요.

가장 고귀한 느낌은 완벽한 사랑이다. 그렇지 않은가?

예, 그럴 거라고 생각합니다.

그리고 너는 신에 관한 묘사로 그보다 더 나은 걸 찾을 수 있겠느냐?

아뇨, 없습니다.

자, 네 영혼은 가장 고귀한 느낌을 찾고 있다. 그것은 완벽한 사랑을 체험하고자, 완벽한 사랑이고자 한다.

네 영혼은 이미 완벽한 사랑이다. 네 영혼은 **이 사실을 알고 있다**. 하지만 네 영혼은 그것을 **아는 것 이상을** 하고 싶어한다. 그것은 자신의 **체험 속에서** 완벽한 사랑이 되고자 한다.

당연히 너희는 신이 되려 하고 있다! 그것 외에 네가 이르고자 하는 다른 어떤 것이 있었다고 생각하느냐?

전 잘 모르겠습니다. 확신할 수가 없습니다. 그런 식으로는 한번도 생각해본 적이 없는 것 같습니다. 저로서는 그런 식의 생각엔 그냥 뭔가 불경스러운 면이 있는 것 같습니다.

악마처럼 되려는 데서는 불경을 전혀 찾아내지 못하면서 신처럼 되려는 것에는 질겁을 하다니, 그거 재미있군—

잠깐만요! 누가 악마처럼 되려 한다는 말씀입니까?

네가! 너희 **모두가!** 너희는 심지어 자신의 악함을 자신에게 납득시키려고, 너희가 죄 속에서 태어났고, **태어날 때부터 죄인**이라고 이야기하는 종교까지 창조해냈다. 그런데도 내가 너희는 신에게서 태어났다, 태어날 때부터 순수한 신이고 여신이며, **순수한 사랑**이라 말하면, 너희는 내 말을 거부할 것이다.

너희는 자신이 나쁘다는 걸 자신에게 납득시키는 일에 한평생을 허비해왔다. 자신이 나쁠 뿐 아니라, 자신이 원하는 것들도 나쁘다. 성행위도 나쁘고, 돈도 나쁘고, 기쁨도 나쁘고, 권력도 나쁘고, 많이 가지는 것도 나쁘다. **뭐든지** 많이 가지는 건 나쁘다. 너희의 몇몇 종교들은 심지어 너희에게 **춤추는 것도 나**쁘고, **음악**도 나쁘며, **삶**을 찬양하는 것도 나쁘다고 믿게 만들었다. 얼마 안 가 너희는 미소 짓는 것도 나쁘고, 큰 소리로 웃는 것도 나쁘며, **사랑하는 것**도 나쁘다는 데 동의할 것이다.

아니, 천만의 말씀, 내 친구여. 네가 다른 것들은 아마 확신하지 못할 수도 있겠지만, 한 가지 점만은 확실하게 알고 있다.

네 자신과 네가 바라는 것 대부분이 **나쁘다는** 것만은. 너는 자신을 이렇게 판단했기 때문에, 앞으로 해야 할 일을 더 착해지는 걸로 결정한 것이다.

뭐, 그래도 상관없다. 어떻게 가든 목적지는 똑같으니까. 더 빠른 길, 더 짧은 길, 더 쉬운 길이 있다는 게 다를 뿐.

어떤 길이 그런 길인가요?

지금 당장 '자신이 누구이고 무엇인지'를 받아들이고, 그것을 증명하는 것.

예수가 한 일이 이것이다. 그것이 바로 부처의 길이고, 크리슈나의 방법이며, 이 행성에 나타난 모든 선각자의 발자취다.

그리고 모든 선각자는 하나같이 이런 가르침을 전했다. 나는 곧 너희다, 내가 할 수 있는 건 너희도 할 수 있다, 또한 너희는 이 이상 가는 것도 하게 되리라.

하지만 너희는 귀담아듣지 않았다. 대신 너희는 훨씬 더 어려운 길, 자신을 악마라 생각하고 **자신을 악하다고 상상하는 길을** 선택해왔다.

너희는 예수의 길을 밟는 것, 부처의 가르침을 따르는 것, 크리슈나의 빛을 간직하는 것, 위대한 선각자가 되는 것은 어렵다고 말한다. 그러나 내가 말하노니, '자신'을 받아들이기보다 부정하기가 훨씬 더 어렵다.

너희는 선이요, 자비요, 연민이요, 이해다. 너희는 평화요, 기쁨이요, 빛이다. 너희는 용서요, 인내요, 강함이요, 용기다.

필요할 때는 도와주는 이요, 슬퍼할 때는 달래주는 이요, 다쳤을 때는 치료해주는 이요, 혼란스러워할 때는 가르쳐주는 이다. 너희는 가장 심오한 지혜이고, 가장 고귀한 진리이며, 가장 위대한 평화이고, 가장 숭고한 사랑이다. 바로 이런 것이 너희다. 그리고 살면서 순간순간 너희는 자신을 이런 것들로 인식하기도 한다.

이제는 자신을 항상 이런 것들로 인식하도록 하라.

Conversations with God
4

휴! 당신은 제 기운을 북돋워주시는군요!

신이 기운을 북돋워줄 수 없다면 도대체 누가 그렇게 할 수 있겠느냐?

당신은 늘 이렇게 튀는 편이신가요?

나는 경박하게 말하려던 게 아니었다. 다시 읽어보아라.

예, 그렇군요.

좋다.

그러나 내가 튀었다면 그것도 괜찮지 않은가?

잘 모르겠습니다. 저는 제 신에게 좀 더 진지하게 대했던 편이라서.

부탁하는데, 나를 틀에 가두려 하지 마라. 그리고 너 자신도 좀 봐줘라.

이런 일들이 워낙 자주 일어나니, 덕분에 나도 대단한 유머 감각을 지니게 되었다. 네가 이때껏 해온 일들을 돌아본다면 너 역시 그럴 수밖에 없을 것이다. 내 말인즉슨, 이따금 나는 그런 걸 보고 그저 웃을 수밖에 없다는 뜻이다.

하지만 그래도 괜찮다. 왜냐하면 너도 알다시피, 결국은 모든 게 잘되리라는 걸 알고 있으니까.

그게 무슨 뜻인가요?

너희가 이 게임에서 지는 일은 없다는 뜻이다. 너희는 길을 잘못 들 수 없다. 그런 건 계획의 일환이 아니다. 너희가 가고 있는 곳에 이르지 않을 방도는 없다. 너희의 목적지를 놓칠 방도는 없다. 신이 너희의 표적이라면, 너희는 운이 좋다. 왜냐하면 **신은 너무 커서 절대로 놓칠 리 없을 것이기에.**

사실 그게 큰 걱정거리입니다. 우리가 어쩌다 일을 망쳐 두 번 다시 당신을 보지 못하게 되거나 당신과 함께 있지 못하게 될까봐서요.

"천국에 간다는" 뜻이냐?

예. 우리는 누구나 지옥에 갈까봐 두려워합니다.

그러니까 너희는 지옥에 **가는 걸** 피하려고 애초에 자신들을
지옥에 갖다놓는 거군. 흐으음, 재미있는 전략이야.

당신은 또 튀고 있어요.

나도 어쩔 수 없다. 지옥 얘기만 나왔다 하면 심사가 뒤틀려!

맙소사, 당신은 진짜 **코미디언**이군요.

그걸 이제서야 알았느냐? 너는 요즘 세상을 유심히 살펴보
았느냐?

세상 얘기를 하시니 또 다른 의문이 떠오르는군요. 왜 당신은 세상
을 **고치지** 않고 지옥으로 빠져들게 내버려두시는 겁니까?

너는 왜 하지 않느냐?

저는 그럴 힘이 없습니다.

말도 안 되는 소리. 너희에게는 지금 당장 온 세상의 굶주림

을 끝장내고, 온갖 병들을 고칠 수 있는 힘과 능력이 있다. 너희 의료인들은 **치료를 보류하고 있으며**, 대체의약이나 대체의술 (한방이나 침술 등을 말한다-옮긴이)이 "치료하는" 직업의 구조 자체를 위협하기 때문에, 그것들을 인정하려 하지 않는다고 내가 말한다면 어떡하겠느냐? 내가 이 세상 정부(政府)들은 세상의 굶주림을 끝장내고 싶어하지 않는다고 말한다면 어떡하겠느냐? 내 말을 믿을 텐가?

저는 그런 문제로 한동안 골머리를 앓았더랬습니다. 저는 그게 인민당(미국의 인민당을 뜻한다-옮긴이)의 견해라는 걸 압니다. 하지만 그게 진짜라고 믿을 수 없습니다. 어떤 의사도 환자의 치료를 거부하고 싶어하지 않습니다. 어느 나라의 국민도 자기 동포들이 죽어가는 걸 보고 싶어하지 않습니다.

의사 개인이라면 그 말이 맞다. **국민 개개인이라면** 그 말이 옳다. 그러나 의료 행위와 정치 행동은 **제도화되어 있고**, 이런 식으로 싸우는 건 바로 그 제도화된 기관들이다. 때로는 매우 교묘하고 때로는 의식하지 않기도 하지만, 그러나 필연적으로 그렇게 한다…… 왜냐하면 이런 기관들에 그건 생존의 문제이기 때문이다.

그렇다면 네게 아주 단순하고 명백한 예 하나만 들어주겠다. 서양 의사들은 동양 의사들의 치료 효과를 부정한다. 그들을 받아들이고 이 대체의학이 그저 약간의 치료 효과를 보인다는 사실을 인정하는 것만으로도, 이제까지 쌓아올린 자기네 제도의 바탕 자체를 흔들 수 있기 때문이다.

이런 행태는 악의는 아니지만 교활하다. 그들이 그렇게 하는 것은 악해서가 아니라 겁이 나서다.

모든 공격은 도와달라는 외침이다.

《기적수업A Course in Miracles》이란 책에서 그 말을 읽은 적이 있습니다.

내가 거기다 그렇게 썼다.

맙소사, 당신은 무슨 일에든 대답을 갖고 계시는군요.

그러고 보니 생각난다. 우리가 네 질문들을 이제 막 다루기 시작하던 참이라는 게. 우리는 어떻게 하면 네 인생을 제 궤도에 올려놓을지 논의하던 중이었지. 어떻게 해야 그게 '도약하도록' 할 수 있을지를. 나는 창조 과정에 대해 얘기하던 중이었다.

그랬습니다. 그런데 제가 자꾸 방해를 했죠.

그건 상관없다. 하지만 너나 나나 그 중요한 문제의 실마리를 잃고 싶지 않을 테니 이제 그만 그리로 돌아가기로 하자.

삶은 발견이 아니라 창조다.

너희가 하루하루를 살아가는 건 인생이 너희를 위해 지니고 있는 것을 **발견하기** 위해서가 아니라, 그것을 **창조하기** 위해서

다. 너희는 순간순간 너희 현실을 창조하고 있다. 아마 그것을 의식하진 못하겠지만.

어째서 그런지, 그리고 그 과정이 어떻게 이루어지는지가 여기 있다.

1. 나는 너희를 신의 형상대로, 신과 닮은꼴로 창조했다.

2. 신은 창조자다.

3. 너희는 하나 속에 셋인 존재들이다. 너희는 이 세 측면을 너희가 원하는 대로, 성부, 성자, 성신이라 할 수도 있고, 마음, 몸, 영혼이라 할 수도 있으며, 초의식, 의식, 잠재의식이라 부를 수도 있다.

4. 창조는 너희 몸의 이 세 부분들에서 진행되는 과정이다. 달리 말해 너희는 세 가지 차원에서 창조한다. 생각과 말과 행동은 이 창조의 도구들이다.

5. 모든 창조는 생각에서 시작된다("아버지에게서 시작된다"). 그러고 나면 모든 창조는 말로 옮겨간다("구하라, 그러면 받을 것이요, 말하라, 그러면 이루어질 것이다"[〈마태복음〉 7:7-옮긴이]). 모든 창조는 행동에서 완료된다("말씀은 육신이 되어 우리 가운데 거주했다" [〈요한복음〉 1:14-옮긴이]).

6. 너희가 생각은 하지만 한번도 말하지 않는 것은 한 차원에서만 창조한다. 너희가 생각하고 말하는 것은 또 다른 차원에서 창조한다. 너희가 생각하고 말하고 행동하는 것은 너희 현실에 구현된다.

7. 너희가 진정으로 믿지 않는 어떤 것을 생각하고 말하고 행하기는 불가능하다. 그러므로 창조 과정에는 반드시 믿음, 즉

깨달음이 들어가야 한다. 절대믿음이 바로 그것이다. 이것은 소망 너머에 있는 것이다. 이것은 **확실성에 대한 깨달음**이다("네 믿음이 너를 낫게 했다"[〈마태복음〉 9:22 - 옮긴이]). 따라서 창조에는 언제나 깨달음이 수반된다. 깨달음이란 본능적인 명확성, 완벽한 확실성, 어떤 것의 **현실성**에 대한 완벽한 인정이다.

8. 깨달음의 이 자리는 믿을 수 없을 정도로 강력한 감사의 자리다. 그것은 **미리 하는 감사**다. 그리고 아마도 창조하기 전에 창조한 것에 대해 감사하는 이것이야말로 창조의 최대 열쇠일 것이다. 그 같은 당연시는 신이 용서하는 것일 뿐 아니라 격려하는 것이기도 하다. 그것은 **깨달음의 확실한 표지**다. 모든 선각자는 **그 행동이 이미 이루어졌음을 안다.**

9. 너희가 창조하고 또 창조했던 모든 것을 찬양하고 즐겨라. 그것의 일부를 거부하는 건 자신의 일부를 거부하는 것이다. 너희 창조물의 일부로서 지금 모습을 드러내고 있는 것은 그것이 무엇이든 간에, 너희가 그것의 주인임을 인정하고, 그것을 옹호하고, 그것을 축복하고, 그것에 감사하라. 그것을 비난하지("빌어먹을! God damn it!") 마라. 그것을 비난하는 것은 자신을 비난하는 것이니.

10. 설사 창조의 일부 측면이 네 마음에 들지 않는다 해도, 그것을 축복하면서 그냥 다른 것으로 바꾸어라. 다시 선택하라. 새로운 현실을 불러오라. 새로운 생각을 하고, 새로운 말을 하고, 새로운 행동을 하라. 이것을 장대하게 해내라. 그러면 온 세상이 너를 따를 것이다. 너를 따를 것을 온 세상에 요구하고 크게 외쳐라. "나는 길이요 생명이니, 나를 따르라"(〈요한복음〉

14:6 – 옮긴이)고 **말하라.**

이것이 바로 신의 의지가 "하늘에서 이루어진 것같이 땅에서도" 이루어지게 하는 길이다.

그게 그처럼 간단한 일이라면, 우리에게 필요한 게 이 10단계의 과정뿐이라면, 어째서 우리 중 더 많은 사람들이 그런 식으로 해내지 못하는 겁니까?

너희 **모두가** 그런 식으로 **해내고 있다.** 너희 중 일부는 의식적으로 확실히 자각하면서 이 "시스템"을 쓰고 있고, 다른 일부는 무의식적으로, 자신이 뭘하는지도 모르면서 이 "시스템"을 쓰고 있다.

너희 중 일부는 맑은 정신으로 걷고 있으나, 다른 일부는 자면서 걷고 있다. 그럼에도 너희 모두는 내가 너희에게 준 힘을 이용해서, 내가 이제 막 설명한 과정을 거쳐 자신의 현실을 창조하고 있다. **발견하는** 게 아니라 **창조하고** 있다.

자, 이렇게 해서 너는 네 인생이 언제 "도약하겠느냐"고 물었고, 나는 그 질문에 답해주었다.

네 인생을 "도약하게" 하려면 먼저 그것에 대한 자신의 생각이 아주 명확해져야 한다. 자신이 되고 싶고 하고 싶고 갖고 싶은 게 무엇인지 생각하라. 이에 대한 네 생각이 아주 명확해질 때까지 자꾸자꾸 생각하라. 그렇게 해서 네 생각이 아주 명확해지면, **다른 것들은 일절 생각하지 마라.** 어떤 다른 가능성도 생각하지 마라.

네 의식구조에서 부정적인 생각들을 모조리 떨쳐버려라. 모든 비관주의를 잊고, 모든 의심을 버리고, 모든 두려움을 거부하라. 애초의 창조적인 생각을 굳게 지킬 수 있도록 네 마음을 훈련시켜라.

네 생각들이 명확하고 확고부동할 때, 그것들을 진리라고 말하기 시작하라. 그것들을 큰 소리로 외쳐라. 창조력을 불러오는 위대한 명령, 곧 '나는I am'을 이용하라. 다른 사람들에게 '나는'을 진술하라. "나는"은 우주에서 가장 강력한 창조력을 지닌 진술이다. "나는"이란 말 다음에 네가 생각하는 것이 무엇이든, 그 말 다음에 네가 말하는 것이 무엇이든, "나는"은 그 체험들에 시동을 걸고, 그 체험들을 불러내며, 그 체험들을 네게 가져다준다.

우주가 아는 작동법으로 이것 외에 다른 방법은 없다. 우주가 아는, 취할 방도로 이것 외에 다른 길은 없다. 우주는 호리병 속에 든 요정(아라비아 동화에 나오는 요정으로 주인이 무슨 명령을 내리든 그대로 실행한다-옮긴이)처럼 "나는"에 응답한다.

당신은 마치 저한테 빵 한 덩어리를 집으라고 말씀하시듯, "모든 의심을 버리고, 모든 두려움을 거부하고, 모든 비관주의를 잊어라"고 말씀하십니다. 하지만 이런 일들은 말하기는 쉬워도 행하기는 어렵습니다. "네 의식구조에서 부정적인 생각들은 모조리 떨쳐버려라"는 말씀은 "점심 먹기 전에 에베레스트 산에 오르라"는 얘기나 다를 바 없이 들립니다. 그건 실로 엄청난 주문입니다.

생각을 길들이고 다스리는 건 보기만큼 어렵지 않다. (에베레스트 산을 오르는 문제는 더더욱 아니고.) 그것은 오로지 훈련의 문제이고 열의의 문제다.

그 첫 단계는 네 생각을 점검하는 법을 배우는 것, 자신이 생각하는 것에 **대해 생각하는** 법을 배우는 것이다.

부정적인 생각들, 어떤 것에 대해 네 가장 고귀한 관념을 부정하는 생각들을 하는 자신을 발견하면, 다시 생각하라! 나는 네가 **문자 그대로** 이렇게 하길 바란다. 네가 자신이 우울하고 곤경에 빠져 있으며, 이런 상태에서는 어떤 좋은 일도 생길 리 없다고 생각하고 있으면, **다시 생각하라.** 세상을 좋지 않은 사건들로 가득 찬 몹쓸 곳으로 생각하고 있다면, **다시 생각하라.** 자신의 삶이 조각나고 있어서 두 번 다시 그것을 도로 모을 수 없을 것처럼 생각하고 있다면, **다시 생각하라.**

너는 이렇게 하도록 자신을 훈련시킬 수 있다. (그렇게 하지 **않도록** 네가 자신을 얼마나 잘 훈련시켰는지 보라!)

고맙습니다. 저로서는 그 과정을 그토록 명확하게 시작해본 적이 없습니다. 그 일이 당신이 말씀하신 것처럼 쉽게 이루어졌으면 좋겠습니다. 하지만 이제 적어도 그것을 명확하게 이해할 수는 있습니다. 제 생각엔 말입니다.

좋다, 네가 재음미할 시간이 필요하다 해도 우리에게는 아직도 많은 생이 남아 있다.

신에게 이르는 참된 길은 어떤 것입니까? 일부 요가 수행자들이 믿듯이 극기(克己)로 가능합니까? 그리고 고행이라고 하는 것은요? 많은 금욕주의자들이 말하듯이 고행과 봉사가 신에게로 가는 길인가요? 많은 종교들이 가르치듯이 우리는 "선해져야" 천국에 가게 되나요? 아니면 많은 뉴에이지 주창자들이 말하듯이 우리는 자유롭게 원하는 대로 행동하고, 온갖 규칙을 어기거나 무시하고, 전해오는 모든 가르침을 제쳐두고, 온갖 방종에 빠지는 것으로 해탈에 이르게 되나요? 어느 쪽입니까? 엄격한 도덕 기준들입니까, 아니면 하고 싶은 대로 하라입니까? 전해오는 가치들입니까, 아니면 내키는 대로 만들어내라입니까? '십계명'입니까, 아니면 '깨달음으로 가는 7단계'입니까?

너는 그것이 이 길 아니면 저 길이어야 한다는 강박감에 사로

잡혀 있다. 그렇지 않은가?…… 그것이 모든 것일 수는 없는가?

전 모르겠습니다. 그래서 묻고 있고요.

그럼 네가 가장 잘 이해할 수 있게끔 대답해주리라. 너는 이미 네 답을 지니고 있다는 사실을 지적하지 않을 수 없긴 하지만…… 나는 내 말을 귀담아듣고 내 진리를 구하는 모든 사람에게 이 이야기를 하겠다.

신에게로 이르는 길이 무엇이냐고 열렬히 묻는 모든 마음에게 그 길을 보여주겠다. 그들 한 사람 한 사람에게 가슴 벅찬 진리를 주리라. 너희 정신의 여정이 아닌 너희 마음의 길을 따라 내게로 오라. 너희 정신으로는 결코 나를 찾지 못하리니.

너희가 참으로 신을 알고자 한다면 정신에서 벗어나야 한다.

그럼에도 네 질문이 대답을 간절히 구하고 있으니, 나는 그 질문 공세에서 벗어나지 않겠노라.

우선 나는 너희를 깜짝 놀라게 하고, 아마도 많은 사람들의 민감한 감성을 건드릴 진술에서 시작하겠다. **십계명 따위는 없다.**

오, 맙소사, 없다고요?

그렇다, 없다. 내가 누구에게 명령한단 말인가? 나 자신에게? 게다가 왜 그런 계명들이 필요하단 말인가? 내가 원하는 건 뭐든지 다 있는데. **그렇지 않은가?** 그러니 누군가에게 명령하는 것이 왜 필요하겠는가?

그리고 만일 내가 계명들을 선포했다면 그것들은 저절로 지켜지지 않겠는가? 어떻게 내가 어떤 것이 이루어지기를 간절히 원한 나머지 명령까지 내리고, 또 그러고 나서는 지키고 앉아서 그것이 그렇게 되지 않을까봐 조바심을 낼 수 있단 말인가?

도대체 어떤 왕이 그런 짓을 한단 말인가? 어떤 통치자가?

그러나 너희에게 말하노니, 나는 왕도 통치자도 아니다. 나는 단지 창조주일 따름이며, 경외스럽게도 창조주일 따름이다. 하지만 창조주는 지배하지 않는다. 그저 창조하고 또 창조한다. 계속해서 창조하기만 한다.

나는 너희를 내 형상대로, 내 닮은꼴로 창조했고, 축복했다. 그리고 나는 너희에게 몇 가지 약속과 서약을 했다. 나는 너희에게 나와 하나 될 때 너희에게 어떤 일이 일어날지 평이한 언어로 말해준 바 있다.

너는 모세가 그랬던 것처럼 열심히 구하는 자다. 모세 역시 네가 지금 그러하듯이, 내 앞에 서서 대답을 간구했다. 그는 외쳤다. "오, 제 조상들의 신이시여, 제 신 중의 신이시여, 제게 모습을 보여주십시오. 제가 제 백성들에게 말할 만한 증거를 보여주십시오! 우리가 선택받은 백성이라는 걸 어떻게 알 수 있습니까?"

그래서 내가 지금 네게 온 것처럼, 나는 한 가지 성스러운 계약, 영원히 유효한 한 가지 약속, 확실하고 틀림없는 한 가지 서약을 갖고서 모세에게 갔다. "제가 어떻게 믿을 수 있습니까?" 모세는 푸념하듯 물었다. 나는 "내가 네게 그렇게 말했으니까.

너는 '신의 말(言約)'을 갖고 있다"고 대답했다.

그리고 신의 말은 명령이 아니라 계약이었다. 그 약속은 이렇다……

10가지 계약

너희는 다음과 같은 징후들, 표시들, 너희 자신의 **변화들을** 갖게 될 것이기에, 너희가 신에게 이르는 길로 들어섰다는 걸 **알게** 될 것이며, 신을 찾아냈다는 걸 **알게** 되리라. 왜냐하면,

1. 너희는 너희의 온 마음과 온 정신과 온 영혼을 다해 신을 사랑하게 될 것이기에. 그리하여 내 앞에 다른 신을 세우지 않을 것이기에. 너희는 더 이상 인간의 사랑도 돈도 권력도 숭배하지 않게 될 것이며, 그것들과 관련된 어떤 상징물도 숭배하지 않게 될 것이다. 너희는 아이가 장난감들을 치워버리듯 그것들을 치워버릴 것이다. 그것들이 보잘것없어서가 아니라, 그것들을 갖고 놀 나이가 지났기 때문에.

그리고 너희는 자신이 신에게 이르는 길로 들어섰다는 걸 **알게** 되리라. 왜냐하면,

2. 너희는 신의 이름을 함부로 사용하지 않을 것이기에. 또 하찮은 일들로 내게 호소하지도 않을 것이기에. 너희는 말의 **힘**과 생각의 **힘**을 이해할 것이며, 속된 방식으로 신의 이름을 들먹이지 않을 것이다. 너희는 그렇게 **할 수 없기** 때문에 내 이름을 함부로 쓰지 않으리라. 왜냐하면 내 이름, 그 위대한 "나는"은 결코 헛되이(즉 아무 성과 없이) 사용되지 **않고 있으며, 앞으로도 영원히 그럴 수 없기 때문이다.** 그리하여 너희가 신을 찾

아녔을 때, 너희는 **그것을 알게** 되리라.

그리고 나는 너희에게 또 다른 징후들도 주겠노라.

3. 너희는 나를 위해 하루를 비워둬야 한다는 것을 기억하게 될 것이며, 그 날을 성스러운 날이라 부르게 되리라. 나를 위해 하루를 지키는 것은 너희가 자신의 환상 속에 오래 머물지 않고 '자신이 누구이고 무엇인지' 자신에게 일깨우기 위해서다. 그러고 나면 너희는 얼마 안 가 모든 날을 안식일이라 부를 것이며, 모든 순간을 성스럽다 할 것이다.

4. 너희는 너희 어머니 아버지를 공경하게 될 것이다. 말하거나 행동하거나 생각하는 모든 것에서 너희가 아버지이자 어머니인 신을 공경할 때, 너희는 자신이 신의 아들임을 **알게** 될 것이다. 그리고 어머니이자 아버지인 신을 공경하고 지상의 네 부모를 공경할(그들은 네게 **생명을** 주었기에) 때에야 비로소 너희는 모든 사람을 공경하게 될 것이다.

5. 너희는 자신이 살인(즉 까닭 없는 고의적인 살인)하지 않을 것임을 자각할 때, 신을 찾았다는 걸 **알리라.** 어떤 식으로도 다른 생명을 **끝장낼 수** 없다(모든 생명은 영원하다)는 걸 이해할 때, 너희는 가장 성스러운 정당화 없이는 어떤 육신도 끝장내지 않을 것이며, 생명 에너지를 한 형태에서 다른 형태로 바꾸지도 않을 것이다. 너희는 생명에 대한 새로운 경외심으로 식물과 나무와 동물을 비롯한 **온갖** 생명체들을 다 존중할 것이며, 최상의 선을 위해서만 그것들을 건드릴 것이다.

그리고 나는 너희에게 다음과 같은, 이것의 다른 징후들도 보내줄 것이다. 너희가 그 길에 들어섰다는 걸 알 수 있도록.

6. 너희는 부정직과 기만으로 사랑의 순수함을 더럽히지 않을 것이다. 왜냐하면 이것은 불손한 짓이기에. 너희에게 약속하노니, 너희가 신을 찾아냈을 때 **너희는 이런 불손한 짓을 저지르지 않을 것이다.**

7. 너희는 자기 것이 아닌 것을 취하지 않을 것이다. 또 남을 속여서 빼앗지도 않을 것이며, 나쁜 짓을 눈감아주지도 않을 것이고, 어떤 것을 얻기 위해 남을 해치지도 않을 것이다. 왜냐하면 그런 짓들은 도둑질이기에. 너희에게 약속하노니, 너희가 신을 찾아냈을 때 **너희는 훔치지 않으리라.**

또 너희는……

8. 진실이 아닌 것을 말하여 거짓으로 증언하지 않을 것이다.

또 너희는……

9. 너희 이웃의 배우자를 탐내지 않을 것이다. 다른 모든 이들이 네 배우자임을 네가 아는데 왜 굳이 **네 이웃**의 배우자를 원하겠는가?

또 너희는……

10. 너희 이웃의 재물을 탐내지 않을 것이다. 모든 재물이 네 것일 수 있고, 네 모든 재물이 세상 것임을 아는데 왜 굳이 **네 이웃**의 재물을 원하겠는가?

이런 징표들을 볼 때 너희는 자신이 신에게 이르는 길을 찾았음을 **알** 것이다. 왜냐하면 진실로 신을 찾는 그 누구도 더 이상 이런 짓들을 하지 않으리라고 내가 약속했기에, 이런 짓들을 계속하는 건 불가능할 것이다.

이 약속들은 너희를 **속박하지** 않고 너희를 **자유롭게** 해주는 것이다. 이것들은 내 **명령**이 아니라 **약속**이다. 신은 신이 창조한 것에 대해 명령하지 않는다. 신은 다만 신의 아이들에게, 이것이 너희가 집으로 오고 있음을 알아내는 방법이라고 말할 뿐이다.

모세는 더없이 진지하게 물었다. "제가 어떻게 알 수 있습니까? 제게 징표를 보여주십시오." 모세는 지금 네가 물은 것과 똑같은 질문을 던졌다. 시간이 시작된 이래, 누구나 어디서나 물었던 바로 그 질문을. 내 대답 역시 영원하다. 하지만 그것은 결코 명령이 아니었으며, 앞으로도 아닐 것이다. 내가 누구에게 명령한단 말인가? 내 명령을 지키지 않았다고 해서 누구를 벌한단 말인가?

오직 나만이 존재하는데.

그렇다면 천국에 가기 위해 십계명을 지켜야 하는 건 아니군요.

"천국에 가는" 일 같은 건 존재하지 않는다. 너희가 이미 그곳에 있음을 아는 것만이 있을 뿐이며, 수고나 애씀이 아니라 받아들임과 이해만이 있을 뿐이다.

자신이 이미 서 있는 곳으로 갈 수는 없는 법이다. 그렇게 하려면 너희가 있는 곳에서 떠나야 하는데 그것은 그 여행 전체의 목적을 좌절시킨다.

대다수 사람들이 자기네가 있고 싶은 곳에 가려면, 자기네가 지금 있는 곳을 떠나야 한다고 생각하는 건 역설이다.

그리하여 그들은 천국에 가려고 천국을 떠난다. 그래서 지옥을 지나가고.

깨달음이란 어디도 갈 데가 없다는 것과, 아무것도 할 일이 없다는 것, 지금 있는 꼭 그대로의 자신 외에 다른 어떤 존재도 될 필요가 없다는 것을 이해하는 것이다.

너희는 어디에도 있지 않은 곳으로 가고 있다.

너희가 말하는 식의 천국이란 어디에도nowhere 없다. 이 단어에서 w와 h 사이를 약간 벌려보라. 그러면 너희는 천국이 지금now…… 여기here라는 걸 알 것이다.

누구나 다 그렇게 얘기합니다! 누구나 다요! 그런 얘기가 절 미치게 합니다! "천국이 지금 여기 있다"면 어떻게 제가 그걸 모를 수가 있죠? 어째서 저는 그걸 느끼지 못하죠? 게다가 세상은 왜 이렇게 엉망진창입니까?

네가 김빠져하는 건 이해가 간다. 이 모든 걸 이해하려는 건, 누군가에게 이걸 이해시키려는 일만큼이나 김빠지는 일일 테니까.

우와! 잠깐만요! 신도 김빠져한다고 말씀하시려는 건가요?

김빠져하는 걸 누가 **발명했다고** 생각하느냐? 그리고 너는 내가 할 수 없는 어떤 걸 네가 체험할 수 있다고 상상하느냐?

분명히 얘기하는데, **너희가 겪는** 체험은 모두 내가 겪는 것이다. 너희를 통해 나 자신을 체험하고 있는 걸 모르겠느냐? 그렇지 않다면 이 모든 일이 왜 일어난다고 생각하느냐?

너희가 없으면 나는 나 자신을 알 수 없다. 나는 내가 누구인지 알기 위해서 너희를 창조했다.

그런데 나는 한 장(章) 속에서 나에 대한 네 **모든** 환상을 깨지는 않을 것이다. 따라서 네가 신이라 부르는, 가장 숭고한 형태의 나는 짜증스러움을 체험하지 **않는다**고 말하겠노라.

휴! 그 편이 좀 낫군요. 당신은 잠시 나를 질겁하게 했어요.

하지만 그건 내가 김빠져할 수 없어서가 아니다. 단지 내가 그러기를 선택하지 않기 때문이다. 그리고 너 역시 나와 똑같은 선택을 할 수 있다.

저, 김빠져하든 않든 간에 저는 여전히 천국이 어떻게 지금 여기 있을 수 있는지, 그런데도 제가 왜 그걸 체험하지 못하는지 궁금합니다.

자신이 모르는 걸 체험할 수는 없다. 그리고 너희는 천국을 체험하지 못했기 때문에 자신이 바로 지금 "천국"에 있음을 모른다. 보다시피 너희에게 이것은 악순환이다. 너희는 자신이 모르는 걸 체험할 수 없고, 즉 체험할 방법을 아직 찾아내지 못했고, 너희는 자신이 체험하지 못한 것을 알 수 없다.

내가 이런 설명을 하는 건 너희가 체험하지 못한 것을 알아내고, 그리하여 그것을 체험해보라는 것이다. 앎은 체험으로 들어가는 문을 열어준다. 그런데 너희는 그 반대라고 상상한다.

사실 너희는 너희가 체험한 것보다 훨씬 더 많은 것을 알고 있다. 단지 자신이 안다는 걸 모를 뿐이다.

예컨대 너희는 신이 존재함을 안다. 하지만 자신이 그걸 안다는 걸 모를 수도 있다. 그래서 너희는 늘상 서성거리며 신을 체험하길 **기다리고** 있다. 너희가 신을 체험하는 동안에도 줄곧. 결국 너희는 알지 못한 채 체험하고 있는 것이다. 이것은 그 체험을 전혀 하지 못한 것과 같다.

이런, 우리는 여기서 계속 같은 자리를 맴돌고 있어요.

그렇다. 그리고 계속 원 둘레를 도는 대신 아마도 우리는 원 자체가 되어야 할 것이다. 이 원이 꼭 악순환의 원이어야 하는 건 아니다. 숭고한 원이 될 수도 있다.

참된 영적 삶을 살려면 극기가 꼭 필요한가요?

그렇다. 궁극에 가서 모든 영혼은 사실이 아닌 걸 버리며, 너희가 영위하는 삶에서는 너희와 나의 관계를 제외하고는 어떤 것도 사실이 아니기에. 하지만 **자기 부정이라는 고전적인 의미에서의 극기는 불필요하다.**

참된 선각자는 어떤 것도 "버리지" 않는다. 참된 선각자는 그것을 그저 옆으로 제쳐놓을 뿐이다. 더 이상 쓸모없는 것들을 처리할 때처럼.

너희에게 자신의 욕구들을 극복해야 한다고 말하는 사람들이 있다. 나는 그저 그것들을 바꿔야 한다고 말한다. 전자의 실천은 엄격한 훈련처럼 여겨지지만, 후자의 실천은 즐거운 연습처럼 여겨진다.

신을 알려면 세속적인 온갖 열정들을 극복해야 한다고 말하는 사람들이 있다. 하지만 그것들을 이해하고 인정하는 것만으로도 충분하다. **너희가 저항하는 건 지속되고, 살펴보는 건 사라진다.**

세속적인 온갖 열정들을 극복하려고 열심히 애쓰는 사람들은 종종 그 일에 너무 열심히 매달린 나머지, 그것 자체가 그들의 열정이 되고 만다. 그들은 "신을 향한 열정", 신을 알고자 하는 열정을 가지고 있다. 그러나 그 역시 똑같은 열정일 뿐이어서, 어느 한 열정을 다른 열정으로 바꾸는 것이지, 열정을 없애는 것이 아니다.

그러므로 너희가 열정을 느끼는 것에 대해 열정을 느낀다는 판단을 내리지 마라. 그저 그것을 알아채고 난 다음, 되고자 하는 존재라는 관점에서 보았을 때 그것이 너희에게 도움이 되는지만 알아보라.

너희는 끊임없이 자신을 창조하는 행동을 하고 있다. 너희는 순간순간 자신이 누구이고 무엇인지를 결정하고 있다. 너희는 주로 자신이 누구에게, 그리고 무엇에 열정을 느끼는가와 관련된 선택들을 통해 이것을 결정한다.

소위 영적인 길을 걷는 사람은 흔히 모든 세속적인 열정, 모든 인간적인 욕구를 버린 것처럼 보인다. 하지만 그 사람이 해온 건 그런 열정과 욕망을 이해하고, 그것이 환상임을 깨닫고,

자신에게 도움이 되지 않는 열정들에서 비켜서는 것이었다. 그 동안에도 계속해서 열정이 자신에게 안겨준 환상, 곧 완전히 자유로울 수 있다는 환상을 사랑하면서.

열정은 존재가 행동으로 바뀜을 사랑하는 것이다. 열정은 창조의 엔진에 연료를 공급해준다. 그것은 개념을 체험으로 바꾼다. 그러니 결코 열정을 부정하지 마라. 그렇게 하면 '자신', '참으로 되고자 하는 자신'을 부정하게 된다.

극기는 결코 열정을 부정하지 않는다. 극기는 단지 결과에 대한 집착만을 거부한다. 열정은 행동에 대한 사랑이다. 행동은 **체험된** 존재다. 그런데 흔히 행동의 일부로 무엇이 창조되는가? **기대**다.

기대 없이, 특정한 결과들을 요구하지 않으면서 삶을 사는 것, 그것이 바로 자유다. 그것이 바로 신성(神性)이다. 그것이 바로 **내가** 사는 방식이다.

당신은 결과에 집착하지 않습니까?

절대로 하지 않는다. 내 기쁨은 창조에 있지 결과에 있지 않다. 극기는 행동하지 않겠다는 결정이 아니다. 극기는 특정 **결과**를 기대하지 않겠다는 결정이다. 여기에는 아주 큰 차이가 있다.

"열정은 존재가 행동으로 바뀜을 사랑하는 것이다"라는 말씀이 무슨 뜻인지 설명해주십시오.

존재함beingness은 존재existence의 최고 상태다. 그것은 가장 순수한 본질이다. 그것은 "지금-지금 아님", "전체-전체 아님", 신의 "항상 그대로임-결코 아님", 둘 다를 아우르는 것이다.

순수 존재는 순수한 신성이다.

그러나 우리는 단순히 존재하는 것만으로는 결코 충분치 않았다. 우리는 늘 '우리가 무엇인지' **체험하길** 갈망했다. 그리고 그것을 이루려면 행동이라는, 신성의 전혀 다른 측면이 필요했다.

예컨대 너희 자아의 핵심부가 그 멋진 사랑이라는 신성의 한 측면이라고 해보자(사실 사랑이야말로 너희의 실체다).

그런데 **사랑이라는 것**과 **뭔가를 사랑한다는 것**은 전혀 다른 문제다. **영혼은 자신을 체험 속에서 인식하기 위해, 존재하는 것에 대해 뭔가를 하고자 갈망한다. 그리하여 영혼은 행동으로 자신의 가장 고귀한 관념을 실현하고자 한다.**

이렇게 하려는 충동을 열정이라 한다. 열정을 죽여라. 그러면 너희는 신을 죽이게 된다. 열정이란, "여어, 안녕" 하며 인사하고 싶어하는 신이다.

그러나 알다시피 일단 신(혹은 너희 내면의 신)은 그런 식의 사랑을 하고 나면, 즉 자신을 실현하고 나면, 더 이상 아무것도 필요하지 않다.

반면에 인간은 흔히 투자한 것에 대한 **반대급부가** 필요하다. 만일 우리가 누군가를 사랑한다면 그것도 좋다. 하지만 상대방에게서 그 사랑을 어느 정도 되돌려받는다면, 그건 더 좋은 일이라는 식이다..

이것은 열정이 **아니다**. 이것은 **기대다**.

기대는 인간이 겪는 불행의 가장 큰 원천이며, 인간을 신에게서 떼내는 것이다.

극기는 동양의 일부 신비주의자들이 **삼매경**이라 불러온 체험, 즉 신과 하나됨과 신과 합일, 혹은 신성과 융합하고 신성으로 녹아듦을 통해 이 분리 상태를 끝내고자 하는 것이다.

그러므로 극기는 **결과는 거부하지만**, 열정은 결코, 결코! 거부하지 않는다. 사실 선각자들은 열정이야말로 신에게 이르는 길, 자기 실현으로 가는 길임을 직관으로 안다.

만일 네가 어떤 것에 대해서도 열정이 없다면 너는 전혀 사는 게 아니라는 세속의 표현조차도 이 점을 잘 드러내준다.

"너희가 저항하는 건 지속되고 너희가 살펴보는 건 사라진다"고 말씀하셨는데 그 뜻을 설명해주시겠습니까?

스스로 어떤 실체성도 부여하지 않은 것에 저항할 수는 없다. 어떤 것에 저항하는 행동은 그것에 생명을 주는 행동이다. 어떤 에너지에 저항할 때, 너희는 그것이 거기에 자리 잡게 한다. 저항하면 할수록 그것은 점점 더 현실이 된다. 너희가 저항하는 것이 **무엇이든 간에**.

너희가 눈을 뜨고 살펴보는 것은 사라진다. 즉 **그것은 그 환상적인 형태를 유지하기를 그친다**.

만일 너희가 어떤 것을 **살펴본다면**, 그것을 진짜로 살펴본다면, 너희는 **그것을 꿰뚫어보게** 될 것이며, 그것이 너희에게 보여주던 모든 환상을 꿰뚫어보게 될 것이다. 그러면 네 시야에 남는 것은 오직 궁극의 실체뿐이다. 궁극의 실체 앞에서 너희의 허약한 환상은 아무 힘도 갖지 못한다. 그것의 아귀 힘은 점점 약해져 너희를 오래 붙들 수 없다. 너희는 그것의 **진실**을 본다. 그리고 진실은 너희를 자유롭게 해준다.

그런데 만일 자신이 살펴보는 것을 사라지게 하고 싶지 **않다면요?**

언제나 그것이 사라지길 원해야 한다! 너희의 현실에서 붙들어야 할 건 하나도 없다. 하지만 만일 너희가 굳이 궁극의 실체 대신 삶의 환상 쪽을 택하고 싶다면, 너희는 그냥 **그 환상을 재창조하면** 된다. 애초에 너희가 그것을 창조했던 것처럼. 너희는 이런 식으로 갖고 싶은 것을 가질 수 있고, 더 이상 체험하고 싶지 않은 걸 삶에서 제거할 수도 있다.

그러나 절대 **어떤 것에도** 저항하지 마라. 저항하면 그것이 없어지리라고 여긴다면 **다시 생각해보라.** 오히려 너희는 그것이 더 튼튼하게 뿌리박도록 만들 뿐이다. 내가 **모든 생각에는** 창조력이 있다고 말하지 않았던가?

제가 어떤 걸 원치 않는다는 생각까지도요?

네가 그것을 원치 않는다면 왜 굳이 그것에 대해 생각하는가? 원치 않는 것은 재고하지 마라. 그러나 만일 네가 **굳이** 그것에 대해 생각해야 한다면, 즉 그것에 대해 생각하지 않을 수 없다면, 저항하지 마라. 차라리 그것이 무엇이든 간에 **정면으**

로 살펴보고 나서, 즉 그것을 자신의 창조물로 인정하고 나서, 그것을 계속 유지할지 말지 네 마음대로 선택하라.

무엇이 그런 선택을 하도록 명령합니까?

너희가 '자신이라 여기는 존재'가. 그리고 '너희가 되고자 하는 존재'가.

이것이 **모든** 선택을 좌우한다. 너희가 이제까지 살아오는 동안 내린 모든 선택과, **앞으로** 내릴 모든 선택을.

그렇다면 금욕주의자의 삶은 잘못된 길입니까?

그 삶은 진리가 아니다. "금욕하다renunciate"는 말 속에는 아주 잘못된 뜻이 들어 있다. 사실 너희는 **어떤 것도 거부할 수** renounce **없다.** 왜냐하면 너희가 **저항하는 건 끈질기게 지속되니까.** 참된 극기는 거부하지 않는다. 단지 **다르게 선택할** 뿐이다. 다르게 선택한다는 건 어떤 것에서 멀어지는 것이 아니라 그것을 향해 움직여가는 행동이다.

너희는 어떻게 해도 그것에서 달아날 수 없다. 그것은 지옥 끝까지도 너희를 쫓아올 것이다. 그러므로 유혹에 저항하지 말고 그저 그것에서 돌아서기만 하라. 내 쪽으로 돌아서고, 나를 닮지 않은 모든 것을 외면하라.

그러나 이 여행에서 너희가 가는 곳에 "이르지 않을" 수는 없기 때문에 잘못된 길 같은 건 있을 수 없다는 걸 알아둬라.

그건 단지 속도의 문제, 즉 단지 언제 그곳에 닿을지의 문제일 뿐이다. 그러나 그조차 하나의 환상이다. 사실 **"언제"**는 존재하지 않는다. "전"과 "후" 역시 존재하지 않는다. 존재하는 건 오로지 현재뿐이다. 너희가 자신을 체험하는, 항상이라는 영원한 순간.

그렇다면 그 의미는 무엇입니까? 우리가 "그곳에 이르지" 않을 방도가 없다면 삶의 의미는 무엇입니까? 우리는 자신이 하는 일들에 대해 전혀 걱정할 필요가 없는 것 아닙니까?

물론 너희는 걱정할 필요가 없다. 그러나 주의를 기울이는 게 좋을 것이다. 그저 지금 자신이 무엇이 되고 있고, 무엇을 하고 있고, 무엇을 갖고 있는지 깨닫고, 그것이 자신에게 도움이 되는지만 살펴보라.

삶의 목적은 어딘가에 이르는 것이 아니다. 삶은 의미는 너희가 이미 그곳에 있고, 예전에도 항상 있어왔다는 걸 깨닫는 것이다. 너희는 항상 순수한 창조의 순간 속에 있으며, 영원히 있을 것이다. 그러므로 삶의 의미는 '자신'을 창조하고, 그런 다음 그것을 체험하는 데 있다.

Conversations with God

6

그렇다면 고통이란 건 뭡니까? 이게 신에게 이르는 길입니까? 어떤 사람들은 그게 유일한 길이라고 하던데요.

나는 고통으로 기뻐하지 않는다. 그리고 나를 고통으로 보는 사람은, 누구든 나를 알지 못하는 사람이다.

고통은 인간 체험 중에서 불필요한 측면이다. 그것은 불필요할 뿐 아니라, 어리석고 불편한 측면이다. 또 그것은 너희 건강에 해롭다.

그렇다면 왜 그토록 많은 고통이 존재하는 겁니까? 왜 당신은, 당신이 신이라면서, 그리고 그것을 그토록 싫어한다면서 그걸 **끝장내지** 않으시는 겁니까?

나는 그것을 끝장냈다. 다만 너희가 내가 준, 고통을 끝장낼 수 있는 도구들을 사용하길 거부할 뿐이다.

이제 너도 알다시피, 고통은 사건과는 아무 관련이 없다. 관련이 있는 것은 사건에 대한 인간의 반응이다.

일어나는 건 그냥 일어나는 것일 뿐이다. 그것에 대해 너희가 어떻게 느끼느냐는 또 다른 문제다.

나는 사건에 대응하고 반응할 때, 고통을 줄일 수 있는, 아니 사실은 **없앨 수** 있는 도구들을 너희에게 줬으나, 너희는 그 도구들을 사용하지 않았다.

죄송합니다만, 왜 **사건들을** 없애지는 않으시는 겁니까?

아주 좋은 제안이다. 그런데 불행히도 나는 사건들을 지배할 힘이 전혀 없다.

당신이 사건들을 지배할 힘이 **없다구요?**

물론 아니다. 사건이란 건 너희가 선택해서 만들어낸 시공간 속에서 벌어지는 일들이다. 따라서 나는 그 선택들에 절대 개입하지 않는다. 사건들을 없앤다면, 내가 너희를 창조한 이유 자체를 없애는 것이 되리라. 이런 얘기는 앞에서 이미 다 했다.

너희가 의도를 가지고 만들어낸 사건들도 있고, 별 의식 없이 스스로 불러들인 사건들도 있다. 사람들은 어떤 사건들을 "운명"의 탓으로 돌린다. 너희가 이 범주 속에 던져넣는 것들 중에는 대형 자연재해들도 포함된다.

그러나 "운명fate"조차도 "세상 모든 곳의 모든 생각에서From All Thoughts Everywhere"의 머리글자들로 된 말일 수 있다. 달리 말해 이 행성의 의식일 수 있다는 것이다.

"집단의식"이요.

바로 그거다. 정확히 그 말이다.

이 세상이 시장바구니 속의 지옥이 되어가고 있다고 말하는 사람들이 있습니다. 생태계가 죽어가고, 우리 행성은 지구물리학적인 대형 재난들을 당하고 있다고요. 지진, 화산 폭발, 어쩌면 지구의 축이 옮겨지는 재앙까지 일어날지도 모르지요. 그리고 또 한편에서는 집단 의식으로 그 모든 걸 바꿀 수 있다, 우리의 생각으로 지구를 구할 수 있다고 말하는 사람들도 있습니다.

생각은 행동으로 옮겨진다. 세계 곳곳에서 충분히 많은 사람들이 환경을 살리기 위해 뭔가를 해야 한다고 믿는다면, 너희는 지구를 구할 것이다. 그러나 너희는 신속히 움직여야 한다. 이미 지구는 너무 많은 피해를, 너무 오랫동안 입어왔다. 그러자면 마음가짐의 일대 전환이 이루어져야 한다.

마음가짐을 바꾸지 않는다면, 지구와 지구에 사는 모든 생명체가 멸망하는 걸 보게 될 거란 말씀인가요?

나는 물질 우주의 법칙들을 누구라도 이해할 수 있을 만큼 충분히 명확하게 만들었다. 우주에는, 내가 너희 과학자들, 즉 물리학자들에게 충분히 설명해주었고, 그리고 그들을 통해서 너희 세상의 지도자들에게 설명해주었던 인과법칙들이 존재한다. 여기서 그런 법칙들에 대해 새삼 다시 설명할 필요는 없을 것이다.

고통의 문제로 돌아가기로 하죠. 우리는 고통이 **좋은 것**이라는 관념을 어디서 얻었을까요? 성자(聖者)들은 "말없이 고통을 겪는다"는 생각은요?

성자들은 "말없이 고통을 겪기"는 **하나**, 그렇다고 고통이 좋은 것이란 뜻은 아니다. 깨달은 사람이 되려는 이들은 고통이 신의 길이어서가 아니라, 고통이 신의 길에 관해 **배우고** 기억할 만한 어떤 것이 아직 남아 있다는 확실한 표지임을 알기에 말없이 고통을 겪는다.

참된 선각자는 결코 말없이 고통받지 않는다. 그냥 불평 없이 고통받는 것처럼 보일 뿐이다. 참된 선각자가 불평하지 않는 이유는 그가 고통을 **겪는 게 아니라**, 소위 참을 수 없는 상황이란 것도 그냥 체험할 뿐이기 때문이다.

수행하는 선각자들은 고통스럽다고 말하지 않는다. 그 말이 어떤 **힘**을 갖는지 명확히 알기 때문에, 그래서 그것에 관해서는 그저 **한마디도 하지 않기로** 택했기 때문에.

우리가 주의를 기울이는 것은 현실이 된다. 선각자는 이 사실을 알고 있다. 선각자는 어떤 것을 현실로 만들지 스스로 선택한다.

너희들도 이따금 이렇게 해왔다. 너희 중에 두통이 사라지게 해보지 않은 사람이나, 치과 가는 고통을 줄여보지 않은 사람은 한 사람도 없을 것이다. **너희가 그것을 어떻게 받아들이느냐에 따라** 그렇게 이루어졌다.

참된 선각자는 이와 똑같은 결정을 단지 더 큰 일들에 대해서 내릴 뿐이다.

그렇다면 도대체 어째서 고통을 겪는 거죠? 게다가 고통의 가능성까지 존재하는 건 왜입니까?

내가 이미 설명한 것처럼 너희는 자기 아닌 것이 존재하지 않는 상태에서는 자신을 알 수도 없고 자신이 될 수도 없다.

저는 아직도 우리가 고통은 **좋은 것**이란 관념을 왜 갖게 되었는지 이해하지 못하겠습니다.

그 질문을 놓치지 않다니 슬기롭구나. 침묵하는 고통과 관련된 원래 지혜는 너무 심하게 왜곡된 나머지, 이제는 많은 사람들이 **고통은 좋은 것**이고 **기쁨은 나쁜 것**이라고 믿고 있다(몇몇 종교들은 실제로 그렇게 가르치고 있다). 그러므로 너희는 암에 걸린 사람이 그 사실을 남에게 알리지 않으면, 그를 성자라 규정하지만, (충격적인 화제를 택해보자) 화끈한 성행위를 하고 그 사실을 남들에게 공공연하게 자랑하고 다니는 여자는 죄인이라 규정한다.

맙소사, 정말 충격적인 화제로군요. 게다가 당신은 주격 대명사까지 슬그머니 남성에서 여성으로 바꿨군요. 그것은 강조하고자 함입니까?

너희의 편견을 보여주려고. 너희는 여자들이 **화끈한 성관계를 즐긴다**는 생각 같은 건 하고 싶어하지 않는다. 그 사실을 공공연하게 자랑하고 다니는 건 말할 것도 없고.
너희는 여자가 거리에서 신음 소리를 내며 사랑을 나누는 걸 보느니, 차라리 남자가 전쟁터에서 신음 소리도 내지 않고 죽어가는 걸 보고 싶어할 것이다.

당신은 그렇지 않은가요?

나는 이렇게도 저렇게도 판단하지 않는다. 하지만 너희는 온갖 판단을 다 내린다. 그래서 나는 바로 너희의 판단이 너희가 기쁨을 느끼지 못하게 막고, 바로 너희의 기대가 너희를 불행하게 만든다고 말하는 것이다.
이 모든 것이 결합하면 너희는 불편해지고dis-ease(즉 병들고-옮긴이), 거기에서 너희의 고통이 시작된다.

당신이 말하는 게 진실이라는 걸 제가 어떻게 알죠? 이것이 제 지나친 상상력의 소산이 아니라 신의 말씀이기까지 하다는 걸 어떻게 알죠?

너는 전에도 그렇게 물었다. 내 대답은 그때와 같다. 그것이 어떻게 다른가? 설사 내가 말한 모든 것이 다 "틀렸다" 해도, 너는 이보다 더 나은 삶의 방법을 생각해낼 수 있겠느냐?

아뇨.

그렇다면 "틀린 건" **옳은 것**이고 "옳은 건" 틀린 것이다!

하지만 네 딜레마에서 벗어나게 해주마. 내가 말하는 **어떤 것도** 믿지 마라. 다만 내 말대로 **살아보라.** 내 말을 **체험해보라.** 그리고 나서 네가 짜고 싶은 다른 틀, 어떤 틀이든 좋으니 그 틀에 따라 살아라. 그리고 그 다음엔 네 진리를 찾기 위해 네 **체험을** 면밀히 살펴보라.

만일 네가 정말로 용기를 지녔다면 언젠가는 사랑을 전쟁보다 더 좋게 **여기는** 세상을 체험할 것이다. 그날이 오면 너는 크게 기뻐하리라.

삶이 무척 두렵습니다. 무척 혼란스럽고요. 매사가 좀 더 확실했으면 좋겠습니다.

네가 결과에 집착하지만 않는다면, 삶에서 두려운 것이란 없다.

아무것도 원하지 않으면이란 뜻이로군요.

그렇다. **선택하라.** 하지만 원하지는 마라.

딸린 식구가 없는 사람이라면 쉽게 그러겠지요. 하지만 당신에게 처자식이 딸려 있다면 어떻게 하시겠습니까?

가장(家長)의 길이란 건 예로부터 힘겨운 길이었다. 아마도 **가장** 험난한 길일 것이다. 네가 지적했듯이 제 몸 하나만 추스르면 되는 경우는 "아무것도 원치 않기"가 쉽다. 사랑하는 사람들이 딸려 있을 때 그들에게 최대한 잘해주고 싶은 건 자연스러운 일이다.

그들에게 줬으면 좋겠다고 생각하는 것들을 줄 수 없을 때 마음이 아픕니다. 근사한 집, 그럴듯한 옷, 충분한 음식 같은 것들 말입니다. 적은 수입에 맞춰 근근이 생활하느라 지난 20년 동안 악전고투해온 것 같은 기분인데, 아직도 그런 상황이 개선될 기미는 전혀 보이지 않습니다.

물질적인 부를 말하는 거냐?

저는 한 사내가 자식들에게 물려주고 싶은 아주 기본적인 것들에 대해 말하는 겁니다. 또 아내를 위해 갖춰주고 싶은 지극히 소박한 것들에 관해 말하는 거구요.

알겠다. 너는 그런 것들을 대주는 걸 삶에서 네가 할 일이라 여기는구나. 네가 자신의 삶으로 생각하는 게 그런 것이냐?

제가 그런 식으로 얘기했는지는 모르겠군요. 그게 제가 **바라는** 삶은 아닙니다. 하지만 적어도 그게 제 삶의 **부산물**일 수 있다면 멋지리라 생각하는 건 확실합니다.

좋다, 그럼 앞의 얘기로 돌아가보자. 너는 네 삶이 어떻게 되리라고 보느냐?

그거 좋은 질문이군요. 저는 지금까지 살아오면서 그 문제에 대해 시기마다 다른 답을 갖고 있었습니다.

지금의 네 대답은 무엇이냐?

제가 느끼기엔 그 질문에는 두 가지 대답이 있는 것 같습니다. 하나는 제가 앞으로 **보고 싶은** 삶이고, 다른 하나는 지금 제가 보고 있는 삶입니다.

네가 앞으로 **보고 싶은** 삶은 어떤 것이냐?

제 삶이 제 영혼의 진화 과정이 되는 거요. 저는 제 삶이 제가 가장 사랑하는 제 부분을 표현하고 체험하는 과정이 되길 바랍니다. 인정 많고 참을성 있고 남에게 잘 베풀고 남을 잘 도와주는 제 부분, 이해하고 지혜롭고 용서하고, 그리고…… 사랑할 줄 아는 제 부분을 표현하고 체험하는 과정 말입니다.

너는 이 책을 쭉 읽어온 사람처럼 말하는구나!

예, 이건 전해오는 비전(秘典)에 비견될 만큼 멋진 책입니다. 그러나 저는 이것을 어떻게 "실제 생활에 적용할" 수 있을지 고민입니다.

그리고 당신이 제가 실제로 보고 있는 삶은 어떤 것이냐고 묻는다면, 그건 나날의 생존에 관한 것이라고 대답하겠습니다.

　오, 그런가. 그런데 너는 앞의 것이 뒤의 것을 배제한다고 생각하는가?

글쎄요……

　너는 비전(秘典)이 생존을 배제한다고 생각하는가?

　사실, 저는 그저 살아남는 것 이상을 해보고 싶습니다. 저는 지금까지 **살아남았고**, 아직도 이렇게 살아 있습니다. 하지만 **생존 투쟁**은 이제 그만 끝내고 싶습니다. 그런데 저한테는 그저 하루하루를 지내는 것만도 여전히 힘겨운 투쟁으로 여겨집니다. 저는 단순히 생존하는 것 이상을 하고 싶습니다. 저는 **잘살고** 싶습니다.

　그러면 네가 잘산다고 하는 건 어떤 것이냐?

　다음에는 어디서 돈이 들어올까 염려할 필요가 없을 만큼, 집세나 전화요금 낼 돈을 마련하느라 쩔쩔매고 고심할 필요가 없을 만큼 충분한 돈을 갖는 것이지요. 저는 지나치게 속물이 되는 것도 싫지만, 우리가 여기서 얘기하는 건 **현실**입니다. 당신이 이 책 도처에서 그리고 있는 꿈 같은 삶, 영적인 분위기가 감도는 낭만적인 삶이 아니고요.

좀 화가 난 것처럼 들리는데?

화가 났다기보다는 좌절감이겠죠. 저는 지난 20년 동안 이런 영적
유희를 즐겨왔습니다. 그런데 그게 저를 어디로 몰아넣었는지 보십시
오. 생활보호 대상자가 되기 일보 직전인 수준의 급료라구요! 게다가
얼마 전에는 일자리까지 잃는 바람에 다시 수입이 끊길 위기에 처해
있습니다. 그런 투쟁에는 이제 정말 신물이 납니다. 제 나이 이제 마흔
아홉입니다. 이젠 어느 정도 삶이 **안정**되어서 "신성한 일", 혹은 영적
인 "진화" 같은 일에 더 많은 시간을 **쏟을 수** 있으면 합니다. 그게 제
마음이 가 있는 곳입니다. 하지만 그건 제 삶이 저더러 가라고 허용해
주는 곳은 아니지요……

한입 가득 머금고 있던 속내를 드디어 쏟아냈구나. 그 체험
을 남들과 공유했을 때 네게 공감할 그 많은 사람들을 대변하
기라도 하듯이.
네 말을 한 문장씩 끊어서 네 진심에 답해주마. 그래야 우리
가 그 해답을 쉽게 찾을 수 있고, 또 그것을 하나하나 해부해볼
수 있을 테니.
먼저 너는 20년 동안 이런 식의 "영적 유희"를 즐겨오지 않
았다. 너는 그것의 가장자리에도 이르지 못했다. (그런데 이건
"꾸짖음"이 아니다. 단지 사실을 이야기하는 것일 뿐이다.) 네가
20년 동안 그것을 **쳐다보고** 있었다는 것, **집적거려보고** 가끔
가다 한번씩 **실험도 해봤다는** 건 인정할 수 있지만…… 그러나
나는 네가 아주 최근까지도 그 유희에 진실로, 정말 진심으로

몰입해왔다고는 생각하지 않는다.

여기서 "**영적 유희를 즐긴다**"는 건 **자신을 신의 형상대로, 신과 닮은꼴로 창조하는 과정에 온 마음과 온몸과 온 영혼을 다 바친다**는 뜻이라는 걸 확실히 해두기로 하자.

이것이야말로 동양의 신비주의자들이 말한 자기 실현의 과정이며, 서양의 많은 신학들이 헌신해온 구원의 과정이다.

지고한 의식supreme consciousness이 날마다 시간마다 순간마다 행하는 것이 이것이다. 그것은 모든 순간을 선택하고, 재선택하는 과정이다. 그것은 끊임없는 창조이며, **의식적인 창조이고, 목적**을 지닌 창조다. 그것은 우리가 앞에서 이야기한 창조 도구들을 이용하는 과정이며, 자각 상태에서 숭고한 의도를 가지고 그 도구들을 이용하는 과정이다.

이게 바로 "이런 식의 영적 유희를 즐긴다"는 것이다. 자, 그렇다면 너는 얼마나 오랫동안 이렇게 해왔는가?

저는 아직 시작도 하지 못했군요.

한쪽 극단에서 다른 쪽 극단으로 비약하지 마라. 자신에게 너무 가혹하게 굴지도 말고. 너는 이 과정에 헌신해왔다. 사실 네가 인정하는 것 이상으로 거기에 몰두했었다. 그러나 너는 20년 동안 줄곧 그렇게 해오지는 않았다. 그 비슷한 정도에도 이르지 못했고. 하지만 사실 네가 얼마나 오랫동안 그런 삶을 살았느냐는 중요하지 않다. **지금 이 순간** 그것에 몰두하고 있느냐, 중요한 건 이것뿐이다.

네 표현으로 다시 가보자. 너는 우리us에게 그런 노력이 "너를 어디로 몰아넣었는지 보라"고 했고, 자신의 처지를 "생활보호 대상자가 되기 일보 직전"으로 묘사했다. 그런데 내 눈에는 전혀 다른 게 보인다. 나는 부자가 되기 일보 직전에 있는 사람을 본다! 너는 자신을 한 걸음만 더 가면 급료가 끊길oblivion 사람으로 보지만, 나는 너를 한 걸음만 더 가면 열반Nirvana이 주는 급료를 받을 사람으로 본다(oblivion과 Nirvana 둘 다 망각, 잊음이라는 뜻이다 - 옮긴이). 물론 여기서 네가 어떤 걸 네 "급료"로 보는가, 그리고 네가 일하는 목적이 무엇이냐에 따라 달라지겠지만.

만일 네 삶의 목적이 소위 안정을 얻는 것이라면, 네가 뭣 때문에 "생활보호 대상자가 되기 일보 직전 수준의 급료"라고 느끼는지 이해할 수 있다. 그러나 이런 식의 평가도 정확한 건 못 된다. 왜냐하면 내가 주는 급료를 받는다면, 너는 물질 세상에서 체험하는 안정감을 포함하여 모든 좋은 것을 다 받을 것이기 때문이다.

내가 주는 급료, 너희가 나를 "위해 일할" 때 받게 되는 수당에는 영적 평온보다 훨씬 더 많은 것들이 들어 있다. 물질적 안락 역시 너희 것일 수 있다. 그러나 여기서의 역설은 내 급료가 주는 영적 평온을 일단 한번 누리고 나면, 너희는 더 이상 물질적 안락에 연연하지 않게 된다는 점이다.

심지어 가족의 물질적 안락까지도 더 이상 네 관심을 끌지 않을 것이다. 네가 일단 신의 의식으로까지 올라서게 되면, 너는 네가 책임져야 할 다른 사람의 영혼이란 없다는 것과, 모든 영혼이 평온하게 살길 바라는 건 칭찬받을 일이긴 하나, 각자의 영혼은 순간마다 자기 나름의 운명을 선택해야 하고 또 실제로 **선택하고 있다는 걸** 이해하게 될 것이다.

물론 남을 고의로 학대하거나 파멸시키는 게 그리 고귀한 행동은 아니다. 또 자신에게 의존하는 사람들, 그렇게 하도록 네가 만들어놓은 사람들의 필요를 무시하는 것 역시 똑같이 온당치 못한 짓임도 분명하다.

그러나 네가 할 일은 그들을 **자립하게** 만드는 것이다. 그들에게 **너 없이 살아가는 법**을, 가능한 한 빨리 그리고 완벽하게 가르치는 것이다. 왜냐하면 그들이 살아남기 위해 네가 필요한 한, 너는 결코 그들을 축복하는 것이 아니기에. 네가 그들을 진실로 축복하는 것은 오직 그들이 너를 불필요한 존재로 느낄 때뿐이다.

같은 의미에서 신에게 더없이 기쁜 순간은 너희가 **신이 전혀 필요하지 않다고** 깨닫는 바로 그 순간이다.

나도 안다, 나도 안다…… 내 말이 너희가 배워온 모든 가르침과 정반대라는 걸. 너희 선생들이 가르쳐준 신은 분노하는 신, 질투하는 신, 의존하길 요구하는 신이었다. 하지만 이런 것들은 신성(神性)을 향한 신경증적인 대용품이지, 절대로 신이 아니다.

참된 선각자는 가장 많은 제자들을 거느린 사람이 아니라, 가장 많은 선각자를 창조하는create **사람이다.**

참된 지도자는 가장 많은 추종자를 거느린 사람이 아니라, 가장 많은 지도자를 만들어내는 사람이다.

참된 왕은 가장 많은 백성을 거느린 사람이 아니라, 가장 많

은 백성을 왕위로 끌어올린 사람이다.

참된 선생은 가장 많은 지식을 지닌 사람이 아니라, 가장 많은 사람들이 지식을 갖도록 끌어주는 사람이다.

그리고 참된 신은 가장 많은 머슴을 거느린 존재가 아니라, 가장 많은 이들에게 봉사하는 존재, 그리하여 그들 모두를 신으로 만드는 존재다.

더 이상 자신의 신민(臣民)을 거느리지 않고, 신은 도달할 수 없는 존재가 아니라 피할 수 없는 존재임을 모두가 깨닫게 하는 것, 이것이 바로 신의 목적이요, 영광이기 때문이다.

나는 너희가 행복한 운명을 피할 길은 없다는 점을 이해하기 바란다. 너희가 "구원"받지 않을 길은 없다. 이 사실을 모르는 경우만 빼고는, 어디에도 지옥은 없다.

그러므로 이제 부모로서 배우자로서 연인으로서 너희는 자신의 사랑을 꽉 붙들어매는 아교풀로 만들지 말고, 처음에는 끌어당겼다가 돌아서면 반발하는 자석이 되게 하라. 너희에게 다가온 사람들이, 살아남으려면 너희를 꽉 붙들어야 한다고 믿는 일이 일어나지 않게 하라. 이보다 더 진리에서 먼 일은 없으며, 이보다 더 다른 사람에게 해를 입히는 일은 없을 것이다.

사랑하는 이들을 사랑으로 세상에 내몰아, 그들 자신이 누구인지 확실히 체험하게 하라. 이렇게 할 때야 비로소 너희는 진정한 사랑을 하는 것이다.

이런 가장의 길은 크나큰 도전이다. 그 길에는 허다한 심란함과 세속적 염려들이 버티고 있다. 금욕주의자들은 절대 이런 일들로 괴로워하지 않는다. 그들은 빵과 물만 얻을 수 있다면,

거기다 몸을 누일 간단한 깔개 하나만 있다면 자신의 모든 시간을 기도와 명상과 신에 대한 묵상에 바칠 수 있다. 그런 환경에서라면 신을 보기가 얼마나 쉽겠는가! 식은 죽 먹기가 아닌가! 하지만 그들에게 배우자와 자식들을 딸려줘라. 새벽 3시에 깨어나 기저귀를 갈아달라고 보채는 아기에게서 신을 보게 하고, 월말마다 지불해야 하는 청구서에서 신을 보게 하며, 배우자를 덮친 병과 실직과 아이의 열과 부모의 근심에서 신을 보게 하라. 이것이 바로 성스러운 삶이다.

나는 네 피곤을 이해한다. 나는 네가 그런 투쟁에 신물이 났다는 걸 안다. 하지만 네게 말하노니, 네가 나를 따를 때 그 투쟁은 사라질 것이다. 네 신적 공간에서 살도록 하라. 그러면 모든 사건이 다 축복이 되리니.

일자리는 잃었고, 집세는 밀려 있고, 애들은 치과에 데려가야 하고, 제 고상한 철학 공간에 머무는 게 이런 문제들을 하나도 해결해줄 성싶지 않을 때, 제가 어떻게 제 신적 공간에 이를 수 있겠습니까?

너에게 내가 가장 필요한 순간에 나를 저버리지 마라. 지금은 네 최대의 시련기다. 지금은 네게 더없이 좋은 기회다. 지금이야말로 네가 여기에 적어오던 모든 내용을 증명할 기회다.

"나를 저버리지 마라"고 말하는 내가 앞에서 얘기한, 욕심 많은 신경증적인 신처럼 비칠 수도 있다. 하지만 내 말뜻은 그게 아니다. 네가 원한다면 너는 얼마든지 "나를 저버릴" 수 있다. 나는 개의치 않으며, 네가 그렇게 한다 해도 우리 사이는 전혀 달라지지 않을 것이다. 나는 단지 네 질문에 대한 답으로 그렇게 말했을 뿐이다. 일이 뜻대로 풀리지 않을 때일수록 너는 그만큼 더 '자신'을 자주 잊고, 내가 준 창조 **도구**들을 그만큼 더 자주 잊어먹곤 한다.

하지만 그 어느 때보다도 더 네 신적 공간으로 가야 할 때가 이때다. 우선, 그 공간은 네 마음에 크나큰 평온을 안겨줄 것이다. 위대한 발상들은 고요히 가라앉은 마음에서 흘러나온다. 너 자신이 갖고 있다고 생각하는, 가장 큰 문제들까지 해결할 수 있는 발상들이.

두 번째로, 네가 자아를 실현하는 건 네 신적 공간에서이며, 자기 실현이야말로 네 영혼의 목적, **유일한** 목적이다.

네가 신적 공간에 머무를 때, 너는 자신이 지금 체험하는 모든 것이 일시적임을 알고 이해할 것이다. 내가 네게 말하노니, 천국과 지상은 사라져도 너는 사라지지 않을 것이다. 이 영원이라는 시야를 가지면 너는 사물들을 그 본연의 빛 속에서 보게 되리라.

너는 지금의 조건들과 상황들을 그것들의 참모습 그대로, 즉 일시적이고 찰나적인 것으로 규정할 수 있게 된다. 그러고 나면 너는 그것들을 현재의 체험을 창조하는 도구로 사용할 수 있다. 왜냐하면 일시적이고 찰나적인 도구라는 게 그것들의 속성이니까.

너는 자신이 정확히 누구라고 생각하느냐? 또 소위 실직이라는 체험과 관련하여, 너는 자신을 누구라고 생각하느냐? 그리고 좀 더 핵심에 다가가는 질문으로, 너는 내가 누구라고 생각하느냐? 너는 이 상황이 너무 엄청나서, 내 힘으로도 도저히 해결할 수 없다고 상상하느냐? 이 막다른 골목에서 벗어나는 건 도저히 어찌 해볼 수 없는 기적 같은 일인가? 그 문제를 네가 어찌 해보기엔 너무 엄청나다고 생각하는 건 그나마 이해할 수 있다. 내가 네게 준 온갖 도구들을 다 쓰더라도 말이다. 그런데 너는 진실로 그것이 내게도 엄청난 문제라고 생각하느냐?

신에게는 그 어떤 일도 엄청나지 않다는 걸 머리로는 알고 있지요. 하지만 심정으로는 확신이 서질 않습니다. 당신이 그 문제를 해결할 수 있느냐가 아니라, 당신이 그렇게 **할 것이냐**는 거죠.

무슨 말인지 알겠다. 그러니 그건 믿음의 문제다.

그렇습니다.

너는 내 능력을 의심하는 게 아니라, 단지 내 의향을 의심하는 거로군.

보다시피 저는 아직도, 이 세상 어딘가에 제가 배워야 할 교훈이 있을 것이라고 말하는, 그런 종교 교리에 따라 살고 있습니다. 저는 아직도, 제가 해결해내게 되어 있다는 걸 확신할 수 없습니다. 어쩌면 저는 그런 문젯거리를 가지기로 되어 있는지도 모릅니다. 어쩌면 그것은 제가 믿는 종교가 줄곧 역설해온 '시험들' 중 하나일지도 모릅니다. 그래서 저는 이 문제가 해결되지 않을까봐 걱정입니다. 그것이 바로 당신이 나로 하여금 이 세상을 떠돌게 한 이유들 중의 하나가 아닌가 싶어서……

이 문제는 너와 내가 어느 정도 교감을 나누고 있는지 다시 한번 검증해볼 좋은 기회인 것 같다. 나는 그것이 **네 의향**에 달린 문제라고 얘기하고 있는데, 너는 그것이 내 의향에 달린 문제라고 생각하고 있으니까 말이다.

나는 네가 원하는 것을 원한다. 그 이상도 그 이하도 아니다. 나는 그냥 여기에 앉아서, 네가 요청하는 것마다 일일이 네게 줄지 말지 심판하고 있는 게 아니다.

내 법은 '알아보겠다'는 식의 법이 아니라 인과법이다. 네가 선택했을 때, 가질 수 없는 것은 **하나도 없다**. 심지어 네가 청하기도 전에 나는 네게 그것을 줄 것이다. 너는 이 말을 믿는가?

아뇨. 죄송합니다. 저는 제 기도에 아무 응답도 받지 못한 경험을 너무 많이 겪었거든요.

미안해할 것 없다. 단지 언제나 그 진실, 네 체험으로 얻은 진실과 함께하라. 나는 그것을 이해하며, 그것을 존중한다. 나는 아무래도 상관없다.

다행이군요. 왜냐하면 저는 제가 구하는 건 뭐든지 다 얻을 수 있다는 당신의 말씀을 믿지 **않으니까요**. 지금까지의 제 삶은 그것을 증명해주지 않았습니다. 사실 저는 제가 구하는 걸 얻은 적이 **거의 없습**

니다. 어쩌다 한번씩 얻을 때면 저는 더럽게 운이 좋다고 여깁니다.

　　재미있는 용어 선택이군. 내 보기엔 네가 다른 용어를 선택할 수도 있을 것 같은데…… 너는 살면서 더럽게 운이 좋을 수도 있고 은혜롭게 운이 좋을 수도 있다. 나는 네가 은혜롭게 운이 좋기를 바란다. 그러나 물론 나는 네 판단에 관여하지 않을 것이다.

　　내가 얘기하려는 것은, 너는 **언제나** 네가 창조하는 걸 얻고, **너는 항상 창조한다**는 것이다.

　　나는 네가 요술처럼 출현시키는 창조물들에 대해 어떤 판단도 내리지 않는다. 나는 단지 네게 더 많이, 아니 더 더 더 많이 출현시킬 수 있는 힘을 줄 뿐이다. 만일 네가 이제 막 창조한 것이 마음에 들지 않는다면, **다시 선택하라**. 신으로서 내가 하는 일은 **네게 항상 그럴 기회를 주는 것이다**.

　　지금 너는 자신이 원한 것을 얻은 적이 없다고 내게 얘기하고 있다. 하지만 여기에서 얘기하노니, 너는 네가 불러낸 걸 항상 가져왔다.

　　네 인생은 언제나 네 인생에 대해 네가 어떻게 생각했느냐— 자신이 선택한 걸 얻은 적이 거의 없다는, 확실한 창조력을 지닌 생각까지도 포함해서—의 결과다.

　　지금 이 순간 너는 자신을 일자리를 잃은 상황의 희생자로 보고 있다. 그러나 진실은 네가 더 이상 그 일자리를 선택하지 않았다는 것이다. 너는 아침마다 기대를 갖고 일어나기를 그만두고, 불안해하면서 일어나기 시작했다. 너는 자신의 일에서 즐

거워하길 그치고, 분노를 느끼기 시작했다. 심지어 너는 다른 일을 하는 모습을 그려보기까지 했다.

너는 이런 일들이 아무것도 아니라고 생각하는가? 너는 자신의 힘을 과소평가하고 있다. 네게 얘기하건대, **네 삶은 네가 삶에 대해 의도하는 바대로 굴러간다.**

자, 지금 네 의도는 무엇이냐? 삶은 네가 선택한 걸 가져다준 적이 거의 없다는 이론을 증명하려는 것이 네 의도인가, 아니면 '자신이 참으로 누구이고', '내(神)가 누구인지' 증명하려는 것이 네 의도인가?

억울한 기분이 듭니다. 혼나는 것 같기도 하고 당황스럽기도 하고요.

그런 기분을 가지는 게 네게 도움이 되는가? 너는 진실을 들으면, 왜 그것을 순순히 인정하고 그쪽으로 나아가지 않는가? 자신을 책망할 필요는 전혀 없다. 그저 자신이 선택해왔던 게 어떤 것인지만 깨닫고 다시 선택하면 된다.

그런데 어째서 저는 늘 부정적인 쪽만 선택하는 걸까요? 그래놓고 나서는 자신을 자학하고?

네가 더 이상 뭘 기대할 수 있겠느냐? 너희는 아주 어렸을 때부터 자신이 "나쁘다"는 말을 들어왔다. 너희는 자신이 "죄" 가운데서 태어났다는 주장을 받아들였다. 죄책감은 일종의 길들여진 반응이다. 너희는 미처 뭔가를 할 수 있는 나이가 되기도 전부터 자신이 한 일에 죄책감을 느끼라는 말을 들어왔다. 너희는 완벽하지 못하게 태어난 것을 부끄러워해야 한다고 교육받아왔다.

너희가 불완전한 상태로 세상에 태어났다고 하는 이런 억지 주장이 너희 종교인들이 뻔뻔스럽게도 원죄original sin라 불러온 바로 그것이다. 사실 그것은 너희의 죄가 아닌 원래의 죄original sin다. 신에 관해 아무것도 모르는 세상이, 신이 불완전한 어떤 걸 창조하거나 창조할 수 있다고 생각하면서 너희에게 덮어씌운 최초의 죄.

너희의 몇몇 종교들은 이런 식의 오해를 중심으로 신학 체계 전체를 세워왔다. 이건 **문자 그대로 오해**다. **내가 창안해낸 것들과 내가 생명을 준 것들은 무엇이나 다 완벽하기 때문이다. 그것들은 내 형상대로 내 닮은꼴로 만들어진 완벽함 그 자체의 완벽한 반영이다.**

그럼에도 너희 종교들은 처벌하는 신이라는 관념을 정당화하고자, 신이 화를 낼 만한 뭔가를, 모범적인 삶을 사는 사람들조차 어느 정도는 구원받아야 할 뭔가를 만들어내야 했다. 자신이 저지른 일 때문에 구원받을 필요가 없다면, 자신의 **타고난 불완전함** 때문에라도 구원받아야 하도록. 따라서 (이런 종교들은 말한다) 너희는 이 모든 잘못에 대해서 뭔가를 하는 게, 그것도 서둘러 하는 게 좋을 것이라고. 그렇지 않으면 너희는 지옥으로 직행할 것이라고.

이는 두렵고 복수하고 화내는 신을 달래는 데는 결국 실패하겠지만, 두렵고 복수하고 화내는 **종교들**에는 생명을 불어넣어준다. 그렇게 해서 그 종교들은 오래도록 살아남는다. 따라서 권능은 많은 사람들의 손을 거치면서 체험되지 못하고 소수의 손에 집중되고 만다.

그리하여 너희는 나와 내 힘에 대해서는 말할 것도 없고, 너희 자신과 자신의 권능에 대해서도 끊임없이 못난 생각을 하고, 왜소한 관념을 가지며, 극도로 미천한 개념을 갖는 쪽을 택한다. 너희는 그렇게 하도록 교육받아온 것이다.

맙소사, 어떻게 하면 그런 가르침에서 벗어날 수 있나요?

좋은 질문이다. 아주 딱 맞는 상대에게 물었고!

이 책을 읽고 또 읽으면 그런 가르침에서 벗어날 수 있다. 이 책을 몇 번이고 되풀이해서 읽어라. 모든 구절을 샅샅이 이해할 때까지, 모든 단어에 친숙해질 때까지. 네가 여기 나온 구절들을 남들에게 인용할 수 있을 때, 가장 암울한 시기 가장 암울한 순간에 그 구절들을 마음에 떠올릴 수 있을 때, 비로소 너는 "그런 가르침에서 벗어날" 것이다.

그래도 저는 여전히 묻고 싶은 게 너무나 많습니다. 알고 싶은 것도 무척 많구요.

그렇겠지. 너는 아주 긴 질문 목록을 갖고 시작했으니까. 어디 다시 그 목록으로 돌아가볼까?

저는 언제쯤이나 남들과 원만하게 지낼 만큼 인간관계에 능숙해질
까요? 사람들과 행복한 관계를 유지할 수 있는 무슨 방법이 있나요?
아니면, 그건 늘 힘겨운 과제일 수밖에 없나요?

　　너희는 관계에 대해 배울 게 전혀 없다. 단지 너희가 이미 알
고 있는 걸 증명하기만 하면 된다.
　　행복한 관계를 유지할 수 있는 비결이 있긴 하다. 그것은 관
계를 꾸려나갈 때, 네가 계획한 목적이 아니라 상대방이 의도
하는 목적에 맞추는 것이다.
　　관계란 항상 힘겨운 과제이기 마련이다. 관계는 늘 너 자신
의 고귀한 측면들과 숭고한 전망들, 그리고 너 자신에 대한 훨
씬 더 장대한 시각들을 창조하고, 표현하고, 체험할 것을 요구

한다. 네가 관계에서보다 더 즉각적이고, 더 강력하고, 더 완벽하게 이 일을 해낼 수 있는 경우는 거의 없다. 사실 관계가 없다면 너는 전혀 그렇게 할 수 없다.

네가 우주에서 존재할 수 있는 것까지도(인식할 수 있는 양[量]으로서, 식별할 수 있는 **어떤 것**으로서), **오직** 다른 사람들과 다른 장소들과 다른 사건들과의 관계를 통해서만 가능하다. 다른 것이 하나도 없다면 너 역시 존재하지 않는다는 걸 명심하라. 결국 너란 존재는 자신이 아닌 다른 것과의 관계에 지나지 않는다. 그것이 내가 거주하는 절대계와 반대되는 상대계에서의 존재 방식이다.

이 점을 확실히 이해하고 깊이 파악할 수 있다면, 너희의 직관은 체험들 하나하나와 인간의 모든 만남, 특히 개별적인 인간관계들을 축복하게 될 것이다. 왜냐하면 너희는 그것들을 가장 고귀한 건설로constructive 보게 될 것이니까. 너희는 그것들을 '참된 자신'을 건설하는 데 활용할 수 있고, 활용해야 하고, 또 활용하고 있다는 걸(너희가 그걸 원하든 원치 않든 상관없이) 알게 될 것이니까.

그 건설은 너희의 의식이 설계한 장대한 창조물일 수도 있고, 또 순전히 우연히 이루어진 구성일 수도 있다. 너희는 그저 우연한 사건들의 결과로 빚어진 사람일 수도 있고, 네가 **되려고 했고 하려고 했던** 사건들의 결과에서 비롯된 사람일 수도 있다. 자기 창조가 의식하면서 이루어지는 건 후자의 경우이고, 자신이 실현되는 것도 두 번째 체험에서다.

그러므로 **모든** 관계를 축복하라. 모든 관계를 특별한 것으로, 자신을 형성해주는 것으로 보라. 그러고 나서 이제 어떤 존재가 될지 선택하라.

그런데 너는 분명 로맨틱한 종류의 인간관계에 대해 묻고 있다. 나는 네가 그런 질문을 하는 까닭을 알고 있다. 그러므로 사랑이라는 인간관계를 특별히 길게 다뤄보기로 하자. 너를 심히 곤란하게 만든 그 문제를!

사랑하는 관계가 실패할 때(사실 실패하는 관계란 존재하지 않는다. 그 관계에서 너희가 원하는 게 이루어지지 않았다는, 지극히 인간적인 의미에서의 실패를 빼고는), 그것이 실패하는 까닭은 두 사람이 잘못된 이유로 맺어진 데 있다.

(물론 "잘못된"이란 용어는 "잘된" 것에 대비되는 상대적인 용어다. "잘된" 게 무엇이든! 너희 어법으로는 "관계가 당사자들의 생존에 완전히 이롭거나 도움이 되지 않는 이유들과 만날 때, 그 관계는 거의 대부분 실패하거나 변질된다"고 말하는 게 좀 더 정확하리라.)

대부분의 사람들은 자신들이 관계에 무엇을 줄 수 있을까보다는, 관계에서 무엇을 얻어낼 수 있을까라는 시각으로 관계를 맺는다.

하지만 **관계를 맺는 목적은 네가 차지하고 소유하려는 것이 상대방의 어떤 부분인지 결정하는 것이 아니라, 네가 "드러내고자" 하는 것이 자신의 어떤 부분인지 결정하는 것이다.**

관계, 즉 삶 전체의 목적은 딱 하나뿐이다. '참된 자신'이 되고, 그것을 결정하는 것.

특별한 누군가가 함께하기 전까지 자신은 "아무것도 아니었다"고 말하면 아주 로맨틱하게 들리긴 하겠지만, 그건 사실이 아니다. 더 나쁜 건 그런 말은 상대방에게 자기 아닌 온갖 종류의 존재가 되라는 극심한 압박이 된다는 점이다.

"너를 실망시키고" 싶지 않은 상대방은 더 이상 어떻게 해볼 수 없을 때까지 그런 존재가 되려 하고 그런 일들을 해낸다. 그러나 결국 상대방은 네가 그리는 자신의 모습을 더 이상 완성할 수 없게 되며, 내가 부여해준 역할들을 더 이상 해낼 수 없게 된다. 원망이 쌓이고 분노가 따른다.

마침내 이 특별한 누군가는 자신(과 관계)을 구하기 위해 자신의 진짜 자아를 내세우기 시작하고, 좀 더 '참된 자신'의 모습에 따라 행동한다. 네가 상대방더러 "진짜 변했다"고 말하는 게 대략 이 시점이다.

특별한 누군가가 이제 자신의 삶에 들어오고 나니, 자신이 완전해진 것 같다는 말은 아주 로맨틱하게 들리긴 한다. 그러나 **관계의 목적은 너를 완전하게 만들어줄 타인을 갖는 데 있는 게 아니라, 네 완전함을 함께 나눌 타인을 갖는 데 있다.**

모든 인간관계의 역설이 여기에 있다. '자신이 누구인지' 충분히 체험하기 위해서 특별한 타인이 있어야 하는 건 아니다. 그런데…… 타인이 없다면 너희는 아무것도 아니다.

이것은 인간 체험의 수수께끼이자 경이이며, 불만이자 기쁨이다. 이 역설 속에서 이 역설을 의미 있는 것으로 만들고자 하는 사람은 깊은 이해와 완벽한 의지를 가져야 한다. 그러나 내가 보기에 그렇게 사는 사람은 아주 드물다.

너희 대부분은 기대와 충만한 성 에너지, 넓게 열린 가슴, 열의와 기쁨으로 가득 찬 영혼을 가지고 관계 형성 연령층으로 들어선다.

그러다 너희는 마흔 살에서 예순 살 사이의 어딘가에서(대개는 후반보다는 전반기에), 자신의 가장 원대한 꿈을 포기하고, 고귀한 소망을 접어두고, 최소한의 기대나 아무런 기대도 갖지 않기로 마음을 정한다.

문제는, 지극히 단순하고 지극히 간단하지만 지극히 비극적인 오해를 하는 데서 생긴다. 즉 너희의 가장 원대한 꿈과 가장 고귀한 이상과 가장 바람직한 소망의 실현 여부가 너희의 소중한 자아가 아니라, 소중한 사람들과 관련이 있다는 오해. 그리고 너희 관계의 지속 여부가 상대방이 **자신의** 관념에 얼마나 잘 맞춰주고, 자신이 **상대방의** 관념에 얼마나 잘 맞춰주는가에 있다는 오해. 그러나 관계를 좌우하는 단 하나의 참된 시금석은 너희가 얼마나 **자신의 관념**에 따라 사느냐는 것이다.

관계는 가장 고귀한 자아 개념을 **체험**할 수 있는, 인생에서 가장 중요한 기회—사실은 유일한 기회—를 제공하기 때문에 성스러운 것이다. 관계를 타인들에 대한, 너희의 가장 고귀한 개념을 체험할 수 있는 가장 중요한 기회로 볼 때, 관계는 실패로 돌아간다.

관계 당사자들이 자신에 대해, 즉 **자신이** 되고 있고 하고 있고 갖고 있는 것에 대해, **자신이** 원하고 구하고 주는 것, **자신이** 추구하고 창조하고 체험하는 것에 대해 마음 쓸 수 있게 하라. 그렇게 할 때만 관계는 관계 자체의 목적**과** 관계 당사자들에게 훌륭하게 봉사할 것이다.

관계 당사자들은 상대방에 대해 일절 마음 쓰지 마라. 오로지 단 한 가지, 자신에 대해서만 마음 써라.

너희는 오로지 상대방에 대해서만 마음 쓰는 것이 최상의 관계라고 들어왔을 터이니, 이런 가르침은 이상하게 들릴 것이다. 하지만 너희에게 말하노니, 상대방에게 초점을 맞추는 것, 상대방에게 몰두하는 것이야말로 관계를 실패로 돌아가게 만드는 이유다.

저 사람은 어떤 상태인가? 뭘 하고 있는가? 뭘 갖고 있는가? 무슨 말을 하고 있는가? 원하는 건? 요구하는 건? 무슨 생각을 하고 있는가? 기대하는 건? 계획하는 건?

선각자는 상대방의 상태와 하는 일과 가진 것과 말과 바람과 요구 따위는 **중요하지 않다**는 걸 잘 알고 있다. 상대방이 뭘 생각하고 뭘 기대하고 뭘 계획하는지는 **중요하지 않다**. 중요한 건 그 **관계에서 자신이** 무엇이냐는 것뿐이다.

사랑을 가장 잘하는 사람은 자기 중심적인 사람이다.

아주 과격한 가르침이로군요……

주의 깊게 살펴보면 절대 그렇지 않을 것이다. 자신을 사랑할 수 없는 사람은 남도 사랑할 수 없다. 많은 사람들이 남에 대한 사랑을 **매개로** 자신에 대한 사랑을 추구하는 오류를 범하고 있다. 물론 그들은 자기네가 이렇게 하는 걸 깨닫지 못한다. 그것은 의식하면서 행하는 것이 아니다. 그것은 마음속에서, 마음속 깊은 곳에서, 너희가 잠재의식이라 부르는 것에서 진행되는 흐름이다. 그들은 생각한다. "내가 남들을 사랑할 수만 있다면, 그들도 나를 사랑할 것이다. 그러면 나는 사랑할 수 있게 될 것이고, 따라서 나를 사랑할 수도 있으리라."

이것의 역(逆)으로, 자기를 사랑해주는 사람이 없다고 느끼기 때문에 자신을 싫어하는 대단히 많은 사람들이 있다. 이것은 병이다. 사실은 다른 사람들이 그들을 사랑해주는데도 말이다. 그것으로는 성에 차지 않아 "상사병"에 걸릴 때, 이것은 일종의 병이다. 제아무리 많은 사람들이 사랑한다고 얘기해줘도 그들은 흡족해하지 않는다.

첫째로 그들은 상대방을 믿지 않는다. 그들은 상대방이 자기를 주무르려 한다고 생각한다. 뭔가를 얻어내려고. (어떻게 당신들이 본래 모습 그대로의 나를 사랑할 수 있단 말인가? 아니야, 뭔가 착각을 한 게 틀림없어. 당신들은 분명 내게서 뭔가를 원하는 거야! 자, 당신들이 원하는 게 뭐지?)

그들은 죽치고 앉아 어떻게 자기네를 진짜로 사랑하는 일이 있을 수 있는지 온갖 생각을 다해본다. 상대방을 믿지 못하는 그들은 결국 상대방에게 그 사랑을 증명하도록 만드는 작전을 펼친다. 상대방은 그들을 사랑한다는 사실을 증명해야 한다. 이때 그들은 상대방에게 행동 방식을 바꾸라는 요구를 하기도 한다.

두 번째로, 마침내 상대방이 자기를 사랑한다는 걸 믿는 단계에 이르게 되면, 그들은 이내 그 사랑을 얼마나 오래 **유지할 수** 있을지 걱정하기 시작한다. 그리하여 그들은 상대방의 사랑을 붙들어두기 위해 **자신의** 행동 방식을 바꾸기 시작한다.

이렇게 해서 두 사람은 문자 그대로 관계 속에서 자신을 상실한다. 그들은 자신을 찾고자 관계를 맺었지만, 오히려 자신을 잃고 말았다.

관계 속에서의 이 같은 자아 상실이야말로 남녀 관계에서 생기는 괴로움의 주요한 원인이다.

두 사람은 전체가 부분의 합보다 더 크리라는 기대를 품고 함께 짝을 이루지만, 오히려 더 못하다는 사실만 깨닫게 된다. 그들은 독신일 때보다 더 못하다고 느낀다. 더 무력하고, 더 맥빠지고, 더 따분하고, 더 짜증스럽고, 더 불만스럽게 느끼는 것이다.

이것은 그들이 예전보다 못해졌기 때문이다. 그들은 관계 속에 머무르고 관계를 유지하고자 자신의 대부분을 포기했던 것이다.

관계가 본래 뜻한 바는 결코 이런 게 아니었다. 그러나 너희가 알고 있는 것보다 훨씬 더 많은 사람들이 관계를 체험하는 방식이 바로 이런 것이다.

왜요? 어째서요?

사람들이 관계의 목적과 교감하지 않게 되었기 때문이다(그들이 예전에 한번이라도 교감했다고 치면).

너희가 서로를 성스러운 여행길에서 만난 성스러운 영혼들로 보지 않을 때, 너희는 모든 관계 뒤에 놓인 목적, 즉 의미를 볼 수 없다.

영혼은 진화라는 목적을 위해 몸에 깃들고 몸에 생명을 불어넣는다. 너희는 **진화하고** 있다. 너희는 **되어가고** 있다. 그리고 너희는 자신이 **어떤 존재가** 될지 결정하기 위해서 **모든** 관계를 활용하고 있다.

이것이 너희가 이 세상에 와서 할 일이다. 이것이야말로 자신을 창조하는 즐거움이고, 자신을 인식하는 즐거움이며, 자신이 되고자 하는 바를 의식하면서 일궈가는 즐거움이다. 이것이 자의식을 갖는다고 할 때의 참뜻이다.

너희는 '자신이 참으로 누구인지' 알고 체험할 수 있는 도구들을 갖고자 자신을 상대계로 끌어들였다. '자신'이란 너희가 자신 외의 모든 것과 관계하기 위해 스스로 창조해낸 존재다.

이 과정에서 가장 중요한 요소는 너희의 개인적 관계들이다. 그러므로 너희의 개인적 관계들은 성스러운 터전이다. 그럼에도 그 관계들은 사실 상대방들, 즉 타인들과는 무관하다. 왜냐하면 관계 자체 속에 이미 타인들이 포함되어 있으며, 타인들과 관련된 **모든 것이** 들어 있기 때문이다.

이것은 신성한 이분법이다. 이것은 닫힌 순환계closed circle다. 그러므로 "자기 중심적인 사람들은 복이 있나니, 그들은 신을 알게 되리라"고 말하더라도 결코 과격한 가르침이 아니다. 너희 자신의 가장 고귀한 부분을 알고, 그 속에 **중심을 잡고 머무는 것이** 아마 그리 나쁜 인생 목표는 아닐 것이다.

그러므로 너희의 첫 번째 관계는 너희 자신과 맺어져야 한다. 너희는 먼저 자신을 존중하고 소중히 여기고 사랑하라. **다른 사람을 가치 있게 여기려면, 먼저 자신을 가치 있게 여**

겨야 한다. 다른 사람을 축복받은 존재로 여기려면, 먼저 자신을 축복받은 존재로 여겨야 한다. 다른 사람의 성스러움을 인정하려면, 먼저 자신이 성스러운 존재임을 알아야 한다.

대부분의 종교들이 요구하듯이 말 앞쪽에다 수레를 매달고, 자신보다 먼저 타인을 인정한다면, 너희는 그렇게 한 것을 분하게 여기게 되리라. 너희 중 그 누구도 참을 수 없는 일이 한 가지 있다면, 그것은 **자신보다 더 성스러운** 어떤 사람이 존재하는 것이다. 그럼에도 너희 종교들은 다른 사람을 너희보다 더 성스러운 존재로 여기라고 강요한다. 그리하여 너희는 그렇게 한다. 잠시 동안은. 그리고 나서 너희는 그 사람을 십자가에 매단다.

너희는 내가 보낸 모든 선각자를 (이런저런 방식으로) 십자가에 매달았다. 단 한 명의 선각자(예수를 뜻한다 - 옮긴이)에게만 그랬던 것이 아니다. 그리고 너희가 그렇게 한 이유는 그들이 너희보다 더 성스러워서가 아니라, 너희가 그들을 더 성스럽게 만들었기 때문이다.

내가 보낸 선생들은 한결같이 같은 메시지를 갖고서 세상에 왔다. "나(神)는 너희보다 더 성스럽다"가 아니라, "너희도 나만큼 성스럽다"는 메시지를 갖고서.

이것이 너희가 듣고 있을 수 없었던 메시지이며, 너희가 받아들일 수 없었던 진실이다. 그리고 이 때문에 너희가 결코 진실로 순수하게 자신을 사랑하지 못하고, 결코 진실로 순수하게 타인들을 사랑하지 못하는 것이다.

그러므로 너희에게 말하노니, 지금 당장, 그리고 앞으로 영원히 너희 자신에게 중심을 두어라. 자신이 남들과 어떻게 지내는가가 아니라, 주어진 시기에 자신이 어떤 상태이고, 뭘 하고 있고, 뭘 갖고 있는지를 주시하라.

너희가 구원받을 길은 남들의 행동action**이 아니라, 자신의 반응**re-action **속에 있다.**

이제 훨씬 잘 알아듣겠습니다. 하지만 이런 이야기는 다른 사람들이 관계 속에서 우리에게 무슨 짓을 하든 신경 쓰지 말아야 한다는 뜻으로 들리기도 합니다. 그들은 무슨 짓이든 다 할 수 있지만, 우리가 마음의 평정을 유지한다면, 자신에게 중심을 둔다면, 그리고 그 모든 걸 멋지게 해낸다면, 어떤 것도 우리를 건드리지 못하리라는 거죠. 하지만 남들은 우리를 건드립니다. 그들의 행동은 이따금 우리를 다치게 합니다. 제가 어떻게 해야 좋을지 모르는 것은 관계 속에서 상처 입을 때입니다. 이럴 때 흔히 사람들은 이렇게 말합니다. "거기서 비켜서. 그게 아무것도 아닌 게 되게 하라구." 하지만 이건 말하기는 쉬워도 행하기는 어렵습니다. 저는 관계를 맺는 사람들의 말과 행동에 쉽게 상처받곤 합니다.

그렇게 되지 않을 날이 올 것이다. 네가 관계의 참된 의미, 관계의 참된 이치를 깨닫고, 그것을 실현하는 날이 올 것이다.

네가 이런 식으로 반응하는 건 관계의 의미나 이치를 잊어버렸기 때문이다. 그래도 상관은 없다. 그것이 바로 성장 과정의 일부이고, 진화 과정의 일부이니까. 관계 속에서 성장하느냐 여부는 너희 영혼에게 달린 일이지만, 그것 자체가 위대한 깨달음이요 위대한 기억이다. 이것을 기억해낼 때까지, 나아가 관계를 자기 창조의 도구로 **활용하는** 법을 기억해낼 때까지, 너희는 지금 수준에서 움직일 수밖에 없다. 지금의 이해 수준, 지금의 의지 수준, 지금의 기억 수준에서.

그러므로 남들의 모습이나 말이나 행동에 상처받고 고통받을 때 너희가 할 수 있는 일들이 있다. 첫째, 자신이 정확히 어떻게 느끼고 있는지를 자신과 남들에게 솔직하게 인정하는 것이다. 많은 이들이 이렇게 하기를 두려워한다. 자신이 "좋지 않게 비치리라" 여기기 때문이다. 너희의 내면 깊은 곳 어딘가에서는 "그런 식으로 느끼는 게" 십중팔구 어리석은 짓이란 걸 알고 있다. 그것은 십중팔구 자신의 부끄러운 부분일 뿐이요, 자신은 "그보다는 더 괜찮은" 사람이다. 그런데도 너희는 어쩔 수가 없다. 너희는 여전히 **그런 식으로 느낀다.**

이럴 때 너희가 할 수 있는 일이 딱 하나 있다. 자신의 느낌을 존중하는 것. 자신의 느낌을 존중하는 건 자신을 존중하는 것이기에. 너희는 자신을 사랑하듯이 이웃들을 사랑해야 하지 않는가? 그런데 자신의 내면에서 일어나는 느낌들을 존중할 수 없다면 어떻게 남들의 느낌들을 이해하고 존중할 수 있겠는가?

남들과 상호작용하는 모든 과정에서 제기되어야 할 첫 번째 질문은, "그것과의 관계에서 '나는 지금 어떤 존재이며', 그리고 '어떤 존재가 되기를 원하는가?' "다.

너희는 몇 가지 존재 방식을 충분히 시험해볼 때까지는 대체로 '자신이 누구인지' 기억해내지 못하고, '자신이 어떤 존재가 되려 하는지' 알지 못한다. 너희가 자신의 가장 참된 느낌들을 존중하는 게 그토록 중요한 건 바로 이 때문이다.

설혹 너희가 맨 처음 느끼는 감정이 부정적인 것일지라도, 그 느낌을 그냥 갖고 있는 게 그런 느낌에서 벗어날 수 있는 유일한 방안일 때가 많다. 그 첫 느낌들을 "되고 싶지 않은 것들"로서 벗어던질disown 수 있는 것은, 너희가 화가 **났을 때**와 짜증이 **날 때**, 혐오감이 **일 때**, 극심한 분노에 **사로잡힐 때**, 상대방에게 "감정적으로 복수"하고 싶은 마음 따위를 **갖고 있을** own **때**다.

선각자는 그런 체험들을 충분히 겪었기에 자신의 마지막 선택이 무엇이 될지 이미 알고 있다. 그녀는 무엇인가를 "충분히 시험해"볼 필요가 없다. 그녀는 이전에 그 옷들을 입어봐서 그 옷들이 자기 몸에 맞지 않는다는 걸 알고 있다. 그녀는 그 옷들이 "자기 것"이 아니라는 걸 알고 있다. 그리고 선각자는 **자신이 어떤 존재인지 깨닫는** 자기 실현에 끊임없이 삶을 바쳐왔기에, 자신에게 잘 맞지 않는 그런 느낌들을 절대 즐기지 않는다.

선각자들이 소위 재난이라는 것을 만나도 동요하지 않는 이유가 여기에 있다. 선각자는 재앙의 씨앗들(과 모든 체험)이 자신을 성장시킨다는 걸 알기에 재난을 축복한다. 그리고 선각자가 추구하는 삶의 두 번째 목표는 언제나 **성장**이다. 왜냐하면 충분한 자기 실현을 경험하고 나면 그 **이상이 되는 것 말고는 할 일이 없기** 때문이다.

영혼의 일에서 신의 일로 되는 것이 이 단계다. 내가 이른 단계가 이 단계니까!

여기서는 이 논의의 목적에 맞추어 너희가 아직도 영혼의 일을 지향하고 있다고 가정하자. 너희는 아직도 '참된 자신'을 깨달으려("실현시키려") 애쓰는 중이다. 삶(곧 나)은 너희에게 '참된 자신'을 창조할 수 있는 기회를 넘칠 만큼 제공할 것이다(삶은 발견의 과정이 아니라 창조의 과정임을 명심하라).

너희는 '자신'을 몇 번이고 되풀이해서 창조할 수 있으며, 사실 날마다 그렇게 하고 있다. 그러나 너희는 일이 생길 때마다 항상 같은 대답을 가지고 나서지는 않는다. 똑같은 외부 체험이라 하더라도 하루는 참고 아끼고 친절하게 대하는 쪽을 택하고, 또 어떤 날에는 화내고 짜증내고 슬퍼하면서 대하는 쪽을 택한다.

선각자는 **항상 똑같은 대답으로 대하는** 사람이다. 그리고 그 대답은 언제나 **가장 고귀한 선택**이다.

이 면에서 선각자는 그 자리에서 당장 예측할 수 있는 사람이다. 반면에 그 제자는 도무지 예측할 수 없는 사람이다. 어떤 상황에 대응하거나 반응할 때, 어떤 수준의 선택을 하는지만 보아도 그 사람의 깨달음이 어느 정도인지 알 수 있다.

물론 이런 이야기는 **가장 고귀한 선택이란 게 무엇이냐**는 질문을 낳는다.

이것은 시간이 시작된 이래, 인간의 신학과 철학들이 중심으로 삼아온 질문이다. 진실로 이 질문에 몰두하는 사람이라면, **그는 이미 깨달음의 길로 들어선 사람이다.** 대다수 사람들은 지금도 여전히 다른 질문들에 몰두하고 있는 게 현실이니까 말이다. 어떤 것이 가장 고귀한 선택인가가 아니라, 어떤 것이 가장 이로운 선택인가, 혹은 어떻게 하면 가장 적게 손해를 볼 것인가란 질문에.

손해 안 보기나 최대한의 이익이란 관점에서 삶을 살면, 삶의 **참된** 이익은 놓치고 만다. 그럴 기회를 놓치고 그럴 가능성을 잃는다. 이런 식의 삶은 두려움으로 사는 삶이다. 이런 식의 삶은 자신에 대해 거짓말을 한다.

너희는 두려움이 아니라 사랑이기 때문이다. 사랑은 어떤 보호도 필요하지 않다. 사랑은 잃어버릴 수가 없다. 하지만 너희가 앞의 두 가지 질문 가운데 두 번째 질문(어느 것이 이로운 선택인가라는 질문 - 옮긴이)에만 계속 답한다면, 너희는 결코 **체험으로도** 이 사실을 깨닫지 못할 것이다. **얻거나 잃을** 뭔가가 있다고 생각하는 사람들만이 두 번째 질문을 던지기 때문이다. 그리고 삶을 이와 다른 식으로 보는 사람, 자신을 좀 더 고귀한 존재로 보는 사람, 이기거나 지는 것이 인생의 시험이 **아님을** 이해하는 사람, 시험은 사랑하는가 아닌가밖에 없다는 걸 이해하는 사람, 이런 사람만이 첫 번째 질문을 던진다.

두 번째 질문을 던지는 남자는 "내 몸이 나"라고 말한다. 첫 번째 질문을 던지는 여자는 "내 영혼이 나"라고 말한다.

그러니 들을 귀를 가진 사람들은 모두 들어라. 너희에게 얘기하노니, 모든 인간관계의 결정적인 대목에는 딱 한 가지 질문만이 존재한다.

지금 사랑은 무엇을 하려 하는가?

이 외에 너희 영혼과 관련 있고, 의미 있고, 너희 영혼에게

중요한 다른 질문은 없다.

이제 우리는 해석이라는 아주 미묘한 지점에 이르렀다. 사랑이 뒷받침된 행동이라는 이 원칙은 너무나 많은 오해를 불러일으켰고, 그로 인해 그토록 많은 사람들을 진리의 길에서 벗어나게 했다. 사람들이 삶을 원망하고 삶에 화를 내는 것도 이런 오해 때문이다.

오랜 세월 동안 너희는 그것이 무엇이든 간에, 남들에게 가장 좋은 것을 만들어내는 사람이 되려 하고, 그런 일을 하려 하고, 그런 것을 가지려 하는 데서 사랑이 뒷받침된 행동이 나온다고 배워왔다.

그러나 내가 너희에게 말하노니, 가장 고귀한 선택이란 자신에게 가장 좋은 것, 즉 자신을 위한 최고의 선을 만들어내는 것이다.

심오한 영적 진리가 다 그렇듯이, 이런 주장은 그 자체로 즉석에서 오해를 불러일으킬 수 있다. 하지만 자신을 위한 최고의 "선"이 무엇인지 한번이라도 진지하게 생각해본다면 오해의 소지는 훨씬 줄어든다. 그리고 그 가장 고귀한 최고의 선택이 절대적인 것일 때 수수께끼는 풀리고 순환논법은 완결되며, 너희를 위한 최고의 선이 남들을 위해서도 최고의 선이 된다.

이런 진리를 이해하는 데만도 몇 생애가 걸릴 수 있으며, 그것을 실천하는 데는 훨씬 더 많은 생애가 걸릴 수 있다. 이 진리는 훨씬 더 위대한 진리, 즉 '너 자신을 위해 하는 일이 곧 남들을 위해 하는 것이고, 남들을 위해 하는 일이 너 자신을 위해 하는 것'이라는 진리에서 나온 것이기 때문이다.

이것은 너와 남이 하나이기 때문이다.

그리고 이것은……

너 말고는 아무도 존재하지 않기 때문이다.

너희 행성을 걸었던 모든 선각자는 이 진리를 가르쳐왔다 ("진실로 진실로 너희에게 이르노니, 너희가 여기 있는 형제 중에 가장 보잘것 없는 사람 하나에게 해준 것이 바로 내게 해준 것이다"[〈마태복음〉 25:40-옮긴이]). 그러나 대다수 사람들에게는 이것이 현실에서는 거의 적용될 수 없는 비전(秘典)상의 위대한 진리로만 남아 있었다. 하지만 이것은 어느 시대에나 적용할 수 있는 가장 실제적인 "비전상의" 진리다.

이 진리가 없다면 관계는 매우 어려운 문제가 된다. 따라서 관계의 문제에서는 이 진리를 기억하는 게 대단히 중요하다.

자, 이제는 이 지혜의 순수하게 영적이고 비전적인 측면에서 물러나 실제 적용의 문제로 돌아가보기로 하자.

좋은 뜻과 좋은 열의를 지닌 사람들, 또 꽤 강한 종교성을 지닌 사람들은 흔히 낡은 지혜의 가르침에 따라, 관계에서 상대방에게 가장 좋은 것이라고 여기는 행동을 하는 경우가 많다. 하지만 애석하게도 많은 경우(**대개의** 경우) 이런 행동은 계속해서 남용과 푸대접을 낳고, 고작해야 관계의 역기능을 가져올 뿐이다.

결국 남들에게 "좋은 일을 하려" 한 그 사람은, 즉 쉽게 용서해주고, 연민을 나타내며, 문제 있는 행동을 계속 눈감아준 그 사람은 심지어 신에 대해서조차 억울해하고 분개하고 불신한다. 설사 사랑이란 이름을 걸었다 하더라도, 어떻게 신이라는 작자가 그처럼 끝없는 고통과 불쾌함과 희생을 요구할 수 있단 말인가?.

이에 대한 대답은, 신은 요구하지 않았다는 것이다. 신은 단지 너희가 사랑하는 사람들 속에 **너희 자신도 포함시키라고** 요구할 뿐이다.

신은 한 걸음 더 나아가, 자신을 우선시하라고 제안하고 **권한다.**

나는 너희 가운데 일부가 이것을 불경이라 말하고, 따라서 이건 '내' 말이 아니라고 주장하리란 걸 잘 알고 있다. 또 다른 일부는 거기서 한술 더 떠, 이것을 내 말로 받아들이되, 신적이지 못한 행동들을 정당화하려는 자기네 목적에 맞게 그것을 멋대로 해석하고 왜곡할 것이다.

너희에게 말하노니, 가장 고귀한 의미에서 자신을 우선시하는 건 결코 신적이지 못한 행동으로 이끌지 않는다.

그러므로 만일 너희가 자신에게 가장 좋은 일을 한 것이, 신적이지 못한 행동을 하는 결과로 드러난다면, 문제는 자신을 우선시한 데 있는 게 아니라, 무엇이 자신에게 가장 좋은지를 잘못 이해한 데 있다.

물론 무엇이 자신에게 최선이냐를 판단하려면 먼저 자신이 하려는 게 무엇인지도 판단해야 한다. 많은 사람들이 이 중요한 단계를 간과하고 넘어가곤 한다. 너희는 무엇에 "이르고자" 하는가? 네 삶의 목표는 무엇인가? 이런 질문들에 대한 대답을 갖고 있지 않다면, 주어진 상황에서 무엇이 "최선"인가는 여전히 수수께끼로 남을 것이다.

여기서 다시 비전적 측면들은 제쳐놓고 현실 문제로 들어가서, 너희가 남용당하는 상황에서도 무엇이 자신에게 최선인지만 알아낸다면, 적어도 너희는 그 남용만은 그만두게 할 수 있을 것이다. 그리고 이것은 너희**와** 가해자 모두에게 좋은 일이다. **왜냐하면 계속해서 남용해도 좋은 상황에서는 가해자 자신조차도 남용당하고 있기 때문이다.**

이처럼 남용할 수 있는 상황은 가해자를 치유해주는 게 아니라 망치게 만든다. 가해자가 자신의 남용이 받아들여지는 것을 깨달을 때, 그는 거기서 뭘 배우겠는가? 반대로 가해자가 자신의 행동이 더 이상 용납되지 않음을 깨칠 때, 그는 무엇을 깨닫게 되겠는가?

그러므로 남들을 사랑으로 대하는 게 반드시 남들이 제멋대로 하도록 허용해준다는 뜻은 아니다.

부모는 자식들을 다루면서 일찌감치 이런 진리를 터득한다. 어른들이 다른 어른들을 상대할 때는 그렇게 빨리 이 진리를 터득하지는 못한다. 한 국가가 다른 국가들을 상대할 때 역시 그러하고.

그러나 독재자들이 제멋대로 활개치게 내버려둘 수는 없지만, 독재자임을 그만두게 하려면 거꾸로 그들에게 독재를 행사해야 한다. 너희 자신에 대한 사랑과 독재자에 대한 사랑이 그것을 요구한다.

이것이 "존재하는 게 오직 사랑뿐이라면 어떻게 인간들이 전쟁을 정당화할 수 있습니까?"라는 너희 질문에 대한 답이다.

이따금 인간들은 자신의 참모습, 즉 전쟁을 혐오하는 존재라는 가장 위대한 진술을 하기 위해 전쟁에 나서지 않으면 안 될 때가 있다.

이따금 너희는 '자신'이 되기 위해 '자신'을 포기해야 할 때가 있다.

선각자들 가운데는 너희가 그 **모든 걸 기꺼이 버릴 때**까지 아무것도 가질 수 **없다**고 가르친 이들도 있다.

그러므로 평화를 사랑하는 사람이라는 자아를 "갖기" 위해서, 결코 전쟁에 나서지 않는 사람이라는 자아상(像)을 포기해야 할 때도 있다. 역사는 인간들에게 그런 결단을 요구해왔다.

가장 개인적이고 사적인 관계들에서도 똑같은 것이 적용된다. 인생을 살다 보면 '자기임'을 증명하기 위해서 '자기 아님'의 측면을 보여야 하는 경우를 한두 번 이상씩은 겪기 마련이다.

이런 얘기는 이상주의자인 젊은이들에게는 대단히 모순된 얘기처럼 들리겠지만, 어느 정도 세상을 산 사람들이라면 그다지 이해하기 어렵지 않을 것이다. 성숙한 사람들이 회고해보면, 신성한 이분법으로 비칠 것이고.

그렇다고 해서 인간관계에서 상대방에게 상처받았을 때, 상대방에게 "상처를 되돌려"줘야 한다는 건 아니다. (국가간의 관계에서도 마찬가지고.) 이것은 단지 누군가가 계속해서 해를 끼치도록 내버려두는 게 너희 자신을 위해서나 그 사람을 위해서나 가장 사랑에 찬 행동은 아니란 이야기다.

이런 주장은, 지고한 사랑이라면 소위 악이란 것에 대해 어떤 강제도 가할 필요가 없다는 일부 평화주의 이론들을 무색하게 만들 것이다.

여기서 논의는 다시 한번 비전(秘典)으로 돌아간다. 왜냐하면 이런 주장을 진지하게 탐구하자면 "악"이라는 용어와 그에 관련된 가치판단들을 무시할 수 없기 때문이다. 사실 악은 존재하지 않는다. 단지 객관 현상과 체험만이 존재할 뿐이다. 그러나 삶의 목적 자체가 점점 더 커져가는 무수한 현상들의 무더기 속에서, 소위 악이라는 몇 가지 산재된 현상들을 가려내길 너희에게 요구한다. 그렇게 하지 않는다면 너희는 자신도, 또 다른 어떤 것도 선이라 부를 수 없을 것이고, 따라서 자신을 인식하거나 창조할 수도 없을 것이다.

너희는 소위 악이라는 것과 소위 선이라는 것으로 자신을 정의한다.

그러므로 그 어떤 것도 악이라 규정하려 들지 않는 것이 최대의 악이다.

너희는 이 삶에서 다른 것과의 관계 속에서만 존재할 수 있는 상대계 속에 살고 있다. 이것, 즉 너희가 자신을 발견하고 자신을 규정하며, 그렇게 하고자 할 때는 끊임없이 '자신'을 재창조하는 체험의 장을 제공해주는 것이, 바로 관계의 기능이자 동시에 목적이다.

신처럼 되는 것이 순교자가 되는 걸 뜻하지는 않는다. 희생자가 되는 걸 뜻하지 않는 건 더 말할 나위도 없고.

상처와 위험과 상실의 모든 가능성이 제거된 상태인 깨달음으로 가려면, 상처와 위험과 상실을 너희 체험의 일부로 인정하고, 그런 체험과 관련하여 '자신이 누구인지' 판단하는 게 좋을 것이다.

그렇다, 너희는 더 이상 그런 일이 일어나지 않을 때까지, 때때로 남들의 생각과 말과 행동 때문에 **상처받을 것이다.** 그런데 너희를 이곳에서 그곳으로(상처받는 상황에서 그런 일이 일어나지 않는 상황으로 - 옮긴이) 가장 빨리 데려다주는 것은 완벽한 정직이다. 즉 어떤 것에 대해 너희가 느끼는 바 그대로를 기꺼이 보여주고 인정하고 밝히고 선언하는 것. 네 진실을 말하라. 부드럽게, 하지만 충분히 완전하게. 네 진실에 따라 살아라. 유연하게, 그러나 완전하고 일관되게. 그리고 체험으로 새로운 깨달음을 얻는다면 쉽고 빠르게 자신의 진실을 바꾸어라.

올바른 정신을 가진 사람이라면, 적어도 신이라면 네가 관계 속에서 상처받을 때 "거기서 비켜 서. 그게 아무것도 아닌 게 되게 하라"고 말하지는 않을 것이다. **지금 네가 상처를 입고 있다면** 그것을 아무것도 아닌 게 되게 하기엔 너무 늦었다. 이제 네가 할 일은 그 관계가 네게 무엇을 뜻하는지 판단하고, 그 의미를 보여주는 것이다. 그렇게 함으로써만 너는 '되고자 하는 자신'을 선택하고, 또 그런 존재가 될 수 있기 때문이다.

그럼 저는 제가 속한 관계들을 신성한 것으로 만들기 위해서나, 저를 신의 눈에 흡족한 인간으로 만들기 위해서, 참을성 많은 아내나 왜소한 남편, 혹은 제가 속한 관계들의 희생자가 될 필요는 **없는 거군요.**

맙소사, 물론 그럴 필요가 없지.

그리고 저는 제가 관계 속에서 "최선을 다했다"고 말하기 위해, 신과 다른 사람들에게 "제 의무를 다했다"는 걸 보이기 위해, 상대가 제 권위나 자존심을 공격하고, 제 마음과 영혼에 상처를 주는 걸 그대로 참고 견딜 필요도 없고요.

한순간도 그럴 필요가 없다.

그렇다면 제발 신이시여, 제가 관계에서 해야 할 약속들은 무엇이고 제가 지켜야 할 규칙들은 무엇입니까? 관계에는 어떤 의무들이 따르나요? 제가 추구해야 하는 지침들은 어떤 것입니까?

너로서는 이 질문에 대한 대답을 받아들이지 못할 것이다. 왜냐하면 그 대답대로 한다면 너는 아무 지침도 가지지 못할 것이고, 네가 하는 모든 약속은 그 즉시 무의미해질 것이기 때문이다. 그 대답은 이렇다. 너는 아무 의무도 **없다**. 관계에서도, 삶 전체에서도.

아무 의무도 없다구요?

어떤 의무도, 어떤 제한이나 한계도, 어떤 지침이나 규칙도 없다. 어떤 환경이나 상황도 너희를 구속하지 않고, 어떤 법전이나 법률도 너희를 제한하지 않는다. 너희는 어떤 죄로도 벌받지 않으며, 어느 누구도 너희를 벌줄 **수 없다**. 신의 눈에는 "죄지음" 같은 건 존재하지 않기 때문이다.

예전에 그런 얘기를 들은 적이 있습니다. 이건 "규율 없는" 종교의 일종이군요. 그건 영혼의 무정부 상태입니다. 그렇게 해서 무슨 일이 가능하겠습니까?

가능하지 **않을** 도리가 없다. 너희가 자신을 창조하는 일을 하고 있는 한. 하지만 이와 반대로 너희가 다른 사람이 바라는 존재가 되는 걸 자신의 일로 여긴다면 규칙이나 지침 없이는 만사가 어려워지리라.

그러나 사려 깊은 사람들이라면 이렇게 물을 것이다. 만일 신께서 제가 특정 유형의 사람이 되기를 바라신다면, 어째서 애초부터 **저를 그런 식으로 창조하지 않았습니까?** 신께서 바라는 존재가 되기 위해, 지금의 자신을 "극복"하려고 왜 이토록 고생을 해야 한단 말입니까? 진지하게 탐구하는 사람들이라면 이 점을 알려 할 것이고, 그것은 당연한 일이다. 이것은 당연히 떠오를 의문이기 때문이다.

종교인들은 내가 너희를 나보다 더 열등한 존재로 창조했다고 믿게 만들려 한다. 온갖 부조리에 맞서 싸우면서, 그리고 **내가 너희에게 부여해줬다고 가정하는 온갖 천성들과** 맞서 싸우면서, 나처럼 될 기회를 너희에게 주고자 그렇게 창조했다고.

이른바 이런 천성들 가운데는 죄짓는 성향도 들어 있다. 너희는 죄 속에서 **태어났고**, 죄 속에서 **죽을 것이며**, 죄짓는 것은 너희의 **본성**이라고 배웠다.

너희 종교들 가운데 하나는 심지어 너희가 **이것에 대해 할 수 있는 건 아무것도 없다**고 가르치기까지 한다. 너희의 행동은 다 쓸데없고 무의미하다. **너희의** 어떤 행동이 너희를 "천국에 갈" 수 있게 해주리란 생각은 오만이다. 천국(구원)에 이르는 길은 딱 **하나뿐**이다. 그것은 너희 자신의 노력을 통해서가 아니라, 신의 아들을 너희의 대리인으로 받아들일 때 신이 너희에게 내리는 은총을 통해서다.

일단 은총이 내리면 너희는 "구원받는다". 하지만 은총이 내리기 전까지 너희의 모든 행동은, 삶과 선택과 자신을 향상시키고 가치 있게 만들고자 의지를 가지고 시도하는 모든 일은, 아무 효과도 어떤 영향도 미치지 못한다. 너희는 가치 없는 존재로 태어났기에 자신을 가치 있게 만드는 건 불가능하다. 너희는 그런 식으로 창조되었다.

어째서? 그건 오직 신만이 아신다. 아마도 신이 실수를 했으리라. 아마도 신은 그 실수를 바로잡지 않았으리라. 어쩌면 신은 그 모든 걸 다시 하길 바랄지도 모르지. 하지만 물은 이미 엎질러졌으니, 어떻게 한다지……

저를 놀리시는군요.

아니 너희가 나를 놀리고 있다. 너희는 신인 내가 애초에 불완전한 존재들을 만들어놓고 나서는, 완전한 존재가 되라, 안 그러면 저주를 받을 것이라고 협박한다고 말하고 있다.

그리고 나서 너희는, 세상 체험을 몇천 년간 하고 난 어느 시점에서 내가 마음을 누그러뜨리고는, 이제부터 너희가 꼭 선해져야 하는 건 아니다, 다만 자신이 선하지 않을 때 고통스럽게 느끼는 것으로 족하다. 그리고 항상 완벽한 한 존재를 너희의 구원자로 받아들여 완벽에 대한 내 갈증을 해소해주면 된다고 말한다. 또 너희는 '단 하나의 완벽한 존재'인 '내 아들'이 너희 자신의 불완전함, 즉 **내가 너희에게 부여한** 불완전함에서 너희를 구원해주었노라고 말한다.

달리 말하면 신의 아들은 자기 아버지가 저지른 짓에서 너희를 구원했다는 것이다.

이것이 바로 너희가, 너희들 다수가 내가 이뤄낸 일이라고 말하는 것이다.

자, 과연 누가 누구를 놀리고 있는가?

이 책에서 당신이 기독교 근본주의(20세기 초 미국에서 모더니즘에 반발하여 일어난 신교 운동. 진화론을 배척하고 성서의 창조설을 굳게 믿으며, 처녀 잉태와 그리스도의 부활과 그리스도의 희생적인 죽음에 의한 속죄와 그리스도의 재림 등에 대한 믿음을 신앙생활에 꼭 필요한 것으로 본다-옮긴이)를 정면으로 공격한 건 이것이 두 번째인 것 같군요. 저로서는 놀랍습니다.

너는 "공격"이라는 용어를 골랐구나. 난 단지 그 주제에 몰두하고 있을 뿐인데. 게다가 주제는 네가 말한 "기독교 근본주의"가 아니다. 주제는 신의 본성 자체, 신이 인간과 맺는 관계의 성격 자체다.

여기서 그 문제가 제기된 것은, 우리가 관계와 삶 그 자체에서 의무의 문제를 논의하고 있었기 때문이다.

너는 '참된 자신'을 받아들일 수 없기 때문에 의무가 따르지 않는 관계란 걸 믿지 못한다. 너는 완전하게 자유로운 삶을 "영혼의 무정부 상태"라 부른다. 그러나 나는 그것을 신의 위대한 약속이라 부르겠다.

오로지 이 약속의 맥락 속에서만 신의 위대한 계획은 완성될 수 있다.

너는 관계에서 어떤 의무도 지지 않는다. 기회만을 가질 뿐.

종교의 주춧돌이나 모든 영성의 토대가 되는 건 의무가 아니라 기회다. 네가 이와 다르게 생각하는 한 너는 핵심을 놓칠 것이다.

관계, 너희가 맺는 모든 관계는 너희 영혼이 사용할 완벽한 도구로서 창조되었다. 모든 인간관계가 성스러운 터전인 것은 그 때문이며, 모든 인간관계가 신성한 것도 그 때문이다.

이 점에서 많은 교회들이 결혼을 성스러운 일(聖事)로 여기는 건(혼배성사 — 옮긴이) 잘하는 일이다. 결혼에 따른 신성한 의무들 때문이 아니라 결혼이 제공하는 유례 없는 기회 때문에 그것은 성사가 된다.

관계를 맺고 유지할 때 의무감에서 뭔가를 해서는 절대 안된다. 네가 무엇을 하든, 그 관계가 '참된 자신'을 판단하고 '참된 자신'이 되게 해주는 영광스러운 기회라는 점에서 그렇게 하라.

그 말씀은 받아들일 수 있습니다. 그럼에도 저는 상대방과의 관계가 잘 돌아가지 않을 때면 자꾸 그 관계를 포기하곤 합니다. 그로 인해 어린애처럼 딱 하나의 관계만 가졌으면 좋겠다고 생각하는 지점에 있는 관계의 끈들만을 잡아왔습니다. 저는 관계를 지속한다는 것이 어떤 것인지 모르는 것 같습니다. 언젠가는 저도 그것에 대해 알게 될까요? 그렇게 하기 위해서 제가 해야 할 일은 무엇입니까?

　　너는 마치 관계를 오래 유지하는 것이 성공인 양 말하는구나. 오래 유지하는 것과 일을 잘해내는 걸 혼동하지 마라. 이 행성에서 네 직무는 네가 관계를 얼마나 오래 유지할 수 있을지 알아내는 게 아니라, '자신이 참으로 누구인지' 판단하고 체험하는 것임을 잊지 마라.
　　이것은 수명 짧은 관계를 옹호하는 얘기가 아니다. 물론 그렇다고 꼭 관계를 오래 유지해야 하는 것도 아니다.
　　그럴 필요는 없으나, 수명 긴 관계 중 다수는 **상호** 성숙과 **상호** 표현, **상호** 성취를 이룰 좋은 기회가 된다는 점도 언급해야 할 것이다. 그런 관계는 나름의 보상을 갖고 있다.

압니다, 알아요! 저도 늘 그럴 거라고 생각했지요. 그럼 그런 관계를 맺으려면 제가 어떻게 해야 합니까?

　　첫째, 올바른 이유를 가지고 관계를 맺는지 확인하라. (나는 여기서 상대적인 의미로 "올바른"이란 용어를 사용하고 있다. 내가 "올바르다"고 하는 건 너희 삶의 더 큰 목적과 관련하여 올바르다는 뜻이다.)
　　전에 내가 지적한 대로 대부분의 사람들은 "잘못된" 이유로 관계를 맺는다. 예를 들면 외로움에서 벗어나고, 공허감을 채우고, 사랑하거나 사랑받기 위해서. 이런 이유들은 그래도 괜찮은 편이다. 또 다른 사람들은 이기심을 충족시키고, 우울증에서 벗어나고, 성생활을 충족시키고, 과거의 관계에서 벗어나고, (혹은 내 말을 믿든 안 믿든) 권태에서 벗어나고자 관계를 맺는다.

이런 이유들 중 그 어떤 것도 바라던 걸 가져다주지 않을 것이다. 그리고 그 과정에서 어떤 극적인 변화가 일어나지 않는 한 관계 자체도 오래 지속되지 못할 것이다.

저는 그런 이유들 때문에 관계를 맺은 적이 없습니다.

그렇지 않다. 내 보기에 너는 무슨 이유로 관계를 맺는지 모르는 것 같다. 내 보기에 너는 관계를 내가 말한 식으로 생각하지 않았고, 목적을 의식하면서 관계를 맺은 게 아니다. 내 보기에 네가 관계를 맺은 건 "사랑에 빠졌기" 때문이다.

바로 맞히셨습니다.

그리고 내 보기에 너는 걸음을 멈추고 자신이 왜 "사랑에 빠졌는지" 돌아보지 않았다. 너는 뭣 때문에 그 관계에 반응을 보였는가? 어떤 욕구, 혹은 욕구들이 충족되기 때문에?

대다수 사람들에게 사랑이란 욕구 충족에 대한 반응이다.

사람은 누구나 욕구를 갖고 있다. 너는 이걸 바라고 상대방은 저걸 바란다. 너희 두 사람은 서로에게서 욕구를 충족시킬 기회를 본다. 그리하여 너희는 암암리에 교환 조건에 동의한다. 만일 네가 가진 걸 내게 준다면, 나도 내가 가진 걸 주겠다.

그것은 일종의 거래다. 하지만 너희는 진실을 말하지 않는다. 너희는, "난 너와 아주 많이 거래한다"고 말하지 않고, "난 너를 아주 많이 사랑한다"고 말한다. 그러고 나면 서로에 대한 실망이 시작된다.

전에도 이런 말씀을 하셨는데요.

그랬지. 그리고 너도 **전에** 이런 걸 물었다. 한 번도 아니고 여러 번.

가끔 이 책이 같은 자리를 맴돌면서 같은 문제를 몇 번이고 다루는 것 같은 느낌이 듭니다.

인생살이처럼 말이지.

이크, 당했군요.

너는 묻고, 나는 그저 그 질문에 대답하는 것이 여기서의 과정이다. 네가 같은 질문을 세 번 다른 방식으로 묻더라도 나는 그때마다 그 질문들에 대답할 수밖에 없다.

어쩌면 제가 당신이 다른 대답을 해주리란 기대를 품고 있는지도 모르지요. 제가 관계에 대해 물으면 당신은 거기서 낭만성을 왕창 빼

버립니다. 관계에 대해 골치 아프게 **생각할 것 없이** 그냥 사랑에 흠뻑 빠져드는 게 뭐가 **잘못인가요?**

전혀 잘못이 아니다. 네가 좋아하는 모든 사람과 그런 식의 사랑에 빠져라. **그러나 만일 그 사람들과 평생 동안 관계를 가지려 한다면, 너도 아마 좀 생각을 해보고 싶을 것이다. 반대로, 만일 네가 물 흐르는 것 같은 관계를 경험하고 싶다면, 혹은 더 나쁘게는 네가 '그래야 한다'고 생각하기 때문에 한 곳에만 머물면서 소리 없는 절망의 삶을 살고 싶다면, 다시 말해 과거의 패턴을 반복하고 싶다면, 네가 해오던 대로 그냥 계속하면 된다.**

좋습니다, 좋아요. 무슨 말씀인지 알겠다구요. 그런데 당신은 참 냉혹한 분이군요. 그렇지 않습니까?

이건 진실과 관련된 문제다. 진실은 냉혹하다. 진실은 너희를 가만 내버려두지 않는다. 그것은 있는 그대로의 현실을 보여주면서 사방에서 너희에게 포복해 들어온다. 진실은 때론 지겨운 것일 수도 있다.

좋습니다. 그래서 저도 관계를 오래 유지해줄 수 있는 방안들을 찾고 싶습니다. 당신은 목적을 가지고 관계를 맺는 것이 그런 방법들 중 하나라고 말씀하셨지요.

그렇다. 너와 네 짝이 목적에 동의하는지 확인하라.

만일 너희 둘 다가 너희 관계의 목적이 의무가 아니라 기회를 창조하는 것, 즉 성장할 기회, 자기 표현을 충분히 할 기회, 자신의 삶을 최고 잠재력으로까지 끌어올릴 기회, 너희가 자신에 대해 지금껏 가져왔던 모든 잘못된 생각과 열등한 관념을 치유할 기회, 너희 두 영혼의 교류를 매개로 신과 궁극적으로 재결합할 기회를 창조하는 것임에 의식적으로 동의한다면, 너희가 이제껏 해왔던 식의 맹세가 아니라 내가 방금 말한 식의 맹세를 한다면, 그 관계는 아주 멋진 음조(音調)로 시작할 것이다. 그것은 박자가 잘 맞는 발걸음을 떼기 시작할 것이며, 대단히 순조로운 출발이 될 것이다.

그래도 성공한다는 보장은 없지요.

만일 너희가 삶에서 보장을 원한다면, 너희는 **삶**을 원하는 게 아니다. 너희는 이미 쓰여진 각본대로 시연(試演)하고 싶을 뿐이다.

삶은 그 본성에서 어떤 보장도 받을 수 **없다**. 그렇지 않다면 삶의 목적 전체가 훼손당할 것이다.

좋습니다. 무슨 말씀이신지 알겠습니다. 그럼 이제 제 관계가 "아주 순조로운 출발"을 보였다 칩시다. 이제 그 상태를 계속 유지해나가려면 어떻게 해야 하나요?

여러 가지 도전과 어려운 순간들이 따를 것임을 알고 이해해야 한다.

그것들을 피하려 들지 마라. 감사하면서 환영하라. 그것들을 신에게서 받는 소중한 선물로 여겨라. 너희가 관계와 **삶** 속으로 들어와서 이루고자 했던 바를 할 수 있는 영광스러운 기회로 여겨라.

이런 어려운 시기 동안에는 네 짝을 적이나 방해물로 보지 않도록 무척 조심해야 한다.

사실 누구도, 그리고 무엇도 적으로 보지 마라. 심지어 문제로도 보지 마라. 모든 문제를 기회로 보는 기술을 기르도록 하라. 자신이……

……압니다, 알아요. "'참된 자신'이 되고, '참된 자신'을 결정할 기회"로 보란 말씀이시죠.

맞았다! 이해해가고 있구나! 이해해가고 있어!

저한테는 아주 따분한 삶으로 보이는데요.

그렇다면 네가 시야를 너무 낮게 잡고 있는 것이다. 네 시계 범위를 넓혀라. 네 전망을 더 깊게 하라. 네게 보인다고 생각하는 것보다 더 많은 것을 자신에게서 보라. 네 짝에게서 더 많은 것을 보라.

상대가 보여주는 것보다 더 많은 것을 상대에게서 본다고 해서, 그 관계에 해가 되는 건 아니다. 누구에게도 해가 되지 않는다. 왜냐하면 겉으로 보이는 것보다 더 많은 것이 실제로 존재하기 때문이다. 훨씬 더 많은 것이. 상대가 네게 자신을 드러내지 못하는 것은 오로지 두려움 때문이다. 만일 네가 상대에게서 더 많은 것을 보고 있음을 상대가 깨닫는다면, 상대는 마음 놓고 네가 이미 명확하게 보고 있는 것을 네게 보여줄 것이다.

사람들은 다른 사람들의 기대에 맞추려는 경향이 있지요.

그 비슷한 면이 있지. 하지만 나는 여기서 "기대"라는 용어가 마음에 들지 않는다. 기대는 관계를 망치기 마련이다. 그러니 '사람들은 남들이 자기네한테서 보는 걸 자신에게서 보는 경향이 있다'고 표현하자. 우리의 전망이 높아질수록, 상대방은 우리가 보여주는 자신의 일면에 접근하거나, 그 일면을 드러내려는 의지도 강해질 것이다.

진실로 축복받은 관계들은 다 그렇지 않은가? 그것이 바로 치유 과정, 곧 그들이 자신에 관해 품고 있던 모든 잘못된 생각에서 "벗어나게" 해주는 과정의 일부가 아니겠느냐?

그것이 바로 내가 **여기** 이 책에서 너를 위해 하고 있는 게 아니겠느냐?

그렇습니다.

그래서 그것은 신의 일이다. 영혼의 일은 너 자신을 깨어나게 하는 것이다. 신의 일은 그 밖의 모든 사람을 깨어나게 하는 것이다.

우리는 남들을 '그들 자신'으로 보는 것, 그들에게 '그들 자신'을 기억해내게 하는 것으로 이런 일을 하는 거군요.

너희는 두 가지 방식으로 그런 일을 할 수 있다. 그들에게 '자신이 누구인지' 기억해내게 하는 것(그들이 너희를 믿지 않을 것이기에 대단히 어려운 방법이다)과, 너희 자신이 '자신이 누구인지' 기억해내는 것(그들의 믿음이 아니라 자신의 믿음만 있으면 되므로 훨씬 더 쉬운 방법이다)으로. 너희 자신을 끊임없이 증명하다 보면 결국 그들도 '자신이 누구인지' 기억해내게 될 것이다. 그들은 네게서 자신을 보게 될 것이기에.

나는 영원한 진리를 증명하기 위해 이 땅에 많은 선각자들을 보냈다. 그리고 세례 요한 같은 이들을 사자(使者)로 보냈다. 그들은 강렬한 언어로 진리를 전달했고, 생생하게 신에 대해 이야기했다.

이 특별한 사자들은 비범한 통찰력과 영원한 진리를 알아보고 받아들일 수 있는 아주 특별한 권능뿐 아니라, 복잡한 개념들을 일반 대중이 이해하고 이해할 수 있는 방식으로 전달하는 능력도 지니고 있었다.

네가 바로 그런 사자다.

제가요?

그렇다. 너는 이걸 믿느냐?

정말로 받아들이기 어려운데요. 제 말은, 우린 누구나 다 특별한 존재가 되고 싶어……

……너희는 누구나 다 **특별하다**……

……그리고 그런 마음에는 자만이 깃들어 있습니다. 적어도 **제** 경우에는요. 그런 자만 때문에 우리는 자신이 놀라운 임무를 수행하도록 "선택받은" 사람이란 느낌을 어느 정도씩 갖는 거죠. 저는 항상 그런 자만과 싸워야 했습니다. 자만에서 벗어나 자신을 다지려고, 제 모든 생각과 말과 행동을 정화하려고 노력했습니다. 그래서 당신이 말하는 걸 받아들이기가 굉장히 어렵습니다. 왜냐하면 그런 말씀은 제 자만을 부채질하리라는 걸 잘 알고 있고, 또 저는 평생을 제 자만과 싸우는 데 써왔으니까요.

나도 네가 그랬던 걸 알고 있다.
그리고 그다지 신통한 결과를 거두지 못한 것도 알고 있지.

유감스럽게도 그렇습니다.

하지만 신에게로 올 때면 너는 항상 자만을 버렸다. 너는 부자가 되거나 명예를 얻기 위해서가 아니라, 그저 **알고자** 하는 깊고 순수한 갈망에서 명확함을 달라고 간구하고, 통찰력을 달라고 하늘에 간청하면서 많은 밤을 보냈다.

그렇습니다.

그리고 너는 몇 번이나 되풀이해서 내게 약속했다. 진리를 깨우치게 해주면 남은 평생 동안, 깨어 있는 모든 시간 동안, 불변의 진리를 전하는 일을 하겠노라고…… 영광을 얻고자 하기 때문이 아니라, 네 내면 깊고 깊은 곳에서 다른 사람들의 고통과 괴로움을 그치게 하고, 그들에게 기쁨과 환희를 맛보게 해주고, 그들을 돕거나 치유해주고, 네가 항상 체험해온, 신과 동업하고 있다는 느낌을 남들이 다시 지닐 수 있길 바라기 때문에 그렇게 하겠노라고.

맞습니다, 그래요.

그래서 나는 너를 내 사자로 택했다. 너와 다른 많은 사람들을. 이제부터 세상은 드높이 울려퍼질 수많은 트럼펫들이 필요할 것이기에. 이제부터 세상에는 무수히 많은 사람들이 갈망하는 진리와 치유의 말을 전할 수많은 목소리가 필요할 것이다. 세상에는 영혼의 일에 동참하고 신의 일을 할 준비가 되어 있는 수많은 심령들이 필요할 것이다.

솔직하게 말해보라. 정말로 네가 이것을 모른다고 하겠느냐?

아뇨.

솔직하게 말했을 때, 너는 이것이 바로 네가 세상에 온 이유임을 부정할 수 있는가?

아뇨.

그럼 너는 이 책을 가지고 너 자신의 영원한 진리를 판단하고 선언하며, 내 영광을 온 세상에 명확히 밝힐 준비가 되었는가?

제가 당신과 방금 전에 나눈 대화들도 이 책 속에 꼭 포함시켜야 합니까?

네가 꼭 **해야 하는 일**은 없다. 명심하라. **우리** 관계에서 너는 어떤 의무도 지지 않는다. 오직 기회만을 가진다. 이것은 네가 평생 고대해온 기회가 아닌가? 너는 **아주 젊었을 때부터** 이런 소명과 그것을 제대로 수행할 준비에 몸과 마음을 바쳐오지 않았던가?

그랬지요.

그렇다면 네가 해야 할 일을 하지 말고, 할 기회가 주어진 일을 하라.

어째서 너는 우리 책에 이 모든 내용을 빠짐없이 실으려 하지 않는가? 내가 너를 비밀스러운 사자로 삼고 싶어한다고 생각하는가?

아니요, 그렇지는 않습니다.

　　자신을 신의 사람으로 선언하자면 큰 용기가 필요하다. 너는 세상이 신의 사람이나 신의 참된 **사자**가 아닌, 사실상 다른 어떤 존재로 너를 받아들이기가 훨씬 더 쉽다는 것을 알고 있다. 그렇지 않은가? 내가 보낸 사자들은 하나같이 모욕당해왔다. 영광을 얻기는커녕 그들이 얻은 것은 마음의 고통뿐이다.

　　너는 그럴 용의가 있는가? 나에 관한 진실을 말하느라 마음의 고통을 당할 용의가? 네 동료인 인간들의 조롱을 감수할 용의가 있는가? 완전히 자각한 영혼이라는 더 위대한 영광을 위해 지상에서의 영광을 **포기할** 준비가 되어 있는가?

신이시여, 당신은 갑자기 이 책을 아주 무겁게 만드는군요.

　　이런 이야길 농담으로 하길 바라는 거냐?

이쯤에서 좀 가볍게 갈 수도 있을 것 같은데요.

　　좋다! 나야 **깨우쳐주는 건** 언제나 환영이지. 우리가 이 장(章)을 농담으로 끝내지 못할 이유는 어디에도 없지.

좋은 생각이십니다. 재미있는 이야기가 있으신가요?

　　아니. 하지만 네게는 있다. 그림 그리는 어린 여자애 얘기를 해봐라.

아, 예, 그거요. 좋습니다. 그러니까, 하루는 엄마가 부엌으로 들어왔다가 어린 딸이 식탁 위에 크레용을 잔뜩 어질러놓은 채 뭔가 열심히 그리는 걸 보고 물었지요. "애야, 뭘 그렇게 열심히 그리고 있니?" 그러자 그 예쁜 딸은 눈을 반짝이며 대답했습니다. "하느님을 그리고 있어요, 엄마." 엄마는 도와줄 생각으로 이렇게 말했습니다. "오, 아주 근사하구나. 그런데 너도 알다시피 하느님이 어떻게 생겼는지 진짜로 아는 사람은 아무도 없단다."

그러자 어린 딸은 이렇게 조잘댔습니다. "내가 **다** 그리게 가만 내버려두기만 해요."

그건 정말 아름다운 농담이다. 너는 어떤 점이 그렇게 아름다운지 아느냐? 그 어린 여자애는 추호도 의심하지 않고, 자신이 나를 어떻게 그려야 하는지 **정확히** 알고 있다고 믿었다!

그렇죠.

이제 나도 네게 이야기 하나를 들려주마. 이걸로 이번 장을 끝내면 될 것이다.

좋습니다.

옛날에 어떤 사람이 갑자기 책 쓰는 일에 매달리게 되었다.

그는 날마다, 때로는 한밤중에도 새로운 영감을 잡아내려고 책상 앞으로 달려갔다. 그러던 중 누군가가 그에게 무엇을 하느냐고 묻자, 그는 이렇게 대답했다.

"내가 신과 나누는 아주 긴 대화를 적고 있는 중일세."

친구는 너그럽게 말했지. "그거 아주 근사하군. 그런데 자네도 알다시피, 신이 무슨 말을 하고 싶어하는지 확실히 아는 사람은 아무도 없다네."

그러자 그는 씩 웃으면서 말했다. "내가 **다 적을 때까지 그냥 내버려두기만** 하게."

너희는 이 일, 곧 "참된 자신이 되는" 이 일이 쉽다고 생각할지 모르지만, 이것은 네가 삶에서 해내는 그 어떤 일보다도 어려운 과제다. 사실 너희는 평생 거기에 이르지 못할 수도 있다. 그걸 해내는 사람은 극히 드물다. 한 생애로는 이르기가 쉽지 않다. 아니 많은 생을 거친다 해도 쉽지 않은 일이다.

그렇다면 왜 굳이 해야 합니까? 왜 그런 소란을 피워야 하냐구요? 누가 그러고 싶겠습니까? 어쨌든 눈에 보이는 그대로를 삶인 양 여기고, 삶을 그냥 즐기면 왜 안 되는 거죠? 특별한 무슨 결과를 낳는 게 아닌, 아무 의미 없는 가벼운 연습처럼, 어떤 식으로 하더라도 결코 질 수 없는 게임처럼, 결국 모든 사람에게 같은 결과를 안겨주는 과정처럼 여기는 것 말입니다. 당신은 지옥도 징벌도 없고, 우리가 이 싸움에서 질 리도 없다고 말했습니다. 그렇다면 왜 구태여 이기려고 기를 써야 하죠? 당신 말대로 우리가 가려는 곳에 가는 게 그토록 어려운 일이라면, 굳이 그곳에 가려고 애써야 할 이유가 뭡니까? 이 모든 신적 자질과 "참된 자신이 되는 일" 같은 건 잊어버리고, 그냥 느긋한 시간을 가져서는 안 되는 이유가 뭐냐구요?

우리는 맥이 빠져 **있다**, 그렇지 않은가……

그래요, 온갖 애를 다 써야 하는 데 지쳤습니다. 그렇게 애를 쓰고 났더니 당신이 나타나서 하시는 말씀이 겨우, 앞으로 나갈 길은 정말 힘들고 100만 명 중에 한 명 정도나 해낼까 말까 하다는 것뿐이니.

그래, 네가 그러는 것도 이해가 간다. 어디, 내가 도와줄 수 있는지 한번 보자. 먼저 나는 네가 이미 그런 일들을 밀쳐두고 '느긋한 시간'을 가졌다는 점을 지적하고 싶다. 너는 이 문제에 달려든 것이 이번 생(生)이 처음이라고 생각하느냐?

전 전혀 모르겠는데요.

예전에도 이 문제에 부딪힌 것 같지 않느냐?

가끔 그런 기분이 들 때가 있죠.

그렇다, 너는 예전에도 이 문제에 부딪혔다. 그것도 여러 차

레나.

몇 번이나요?

꽤 많이.

그 사실이 제 기운을 북돋우리라고 보십니까?

그렇다. 그건 네 영감을 일깨워줄 것이다.

어째서 그렇죠?

그 얘기는 우선 근심을 덜어준다. 그건 네가 방금 말한 "실패할 수 없는" 요소를 가져온다. 그것은 너희의 의도가 결국 실현될 것임을 확인해주고, **너희가 원하고 필요한 만큼 많은 기회**를 가질 수 있다는 걸 확인해준다. 너희는 몇 번이고 되돌아올 수 있다. 만일 너희가 다음 단계로 들어서거나 다음 차원으로 진화한다면, 그건 그렇게 해야 했기 때문이 아니라, 너희가 그렇게 되길 **원했기** 때문이다.

너희가 **억지로 해야** 하는 건 아무것도 없다! 만일 너희가 이 차원에서의 삶을 즐긴다면, 이 차원이 너희가 원하는 마지막 차원이라면, 너희는 이런 체험을 몇 번이고 되풀이할 수 있다! 사실 너희는 이런 체험을 몇 번이고 되풀이해왔다! 바로 너희가 원하기 때문에! 너희는 이런 드라마를 좋아하고, 이런 고통을 **좋아한다.** 너희는 "알지 못함"을, 그 수수께끼를, 그 스릴을 좋아한다! 너희는 그 모든 걸 좋아한다! 너희가 **이곳에** 있는 건 바로 그 때문이다!

저를 놀리시는 건가요?

이런 문제를 가지고 내가 너를 놀릴 것 같은가?

전 잘 모르겠습니다. 신이 어떤 걸 놀림감으로 삼는지.

이런 문제를 갖고는 그러지 않는다. 이건 진리에 너무 가까운 문제이고, 궁극의 앎에 너무 가까운 문제니까. 나는 "이런 것"을 놓고는 절대로 장난하지 않는다. 이미 많은 사람들이 이 문제를 놓고 네 마음을 가지고 놀았다. 나는 너를 더 혼란시키려고 여기 온 게 아니다. 나는 네가 사태를 명확히 하는 걸 돕고자 여기에 왔다.

그럼 명확히 해주십시오. 당신은 내가 여기 있는 게 내가 원해서라고 말씀하시는 겁니까?

물론 그렇다.

제가 **선택했다고요?**

그렇다.

그럼 제가 이런 선택을 한 적이 많았나요?

많았지.

얼마나 많았나요?

우린 또다시 돌아가고 있다. 정확한 숫자를 알고 싶으냐?

그냥 대강만 알려주세요. 몇 번이라든가 몇십 번이라는 식으로요.

몇백 번.

몇백 번요? 그럼 제가 **몇백 생애를** 살았단 말입니까?

그렇다.

그리고 나서 도착한 곳이 겨우 여기라구요?

사실 이 정도면 꽤 많이 온 거지.

오, **정말로요?** 진짜 그런가요?

그렇고 말고. 과거생에서 너는 사람을 죽이기까지 했으니까.

그게 뭐가 잘못입니까? 당신은 악을 근절하자면 때로는 전쟁도 필요하다고 말씀하셨잖아요.

우린 그 점에 대해서 좀 더 분명하게 다듬을 필요가 있을 것 같다. 왜냐하면 나는 그런 식의 표현이 지금 네가 그렇게 하듯이, 이런저런 주장을 밀어붙이거나 이런저런 종류의 광기를 합리화하는 데 이용되고 오용되리란 걸 알기 때문이다.

내가 관찰하기로는 너희 인간들이 고안해낸 최상의 기준을 따를 때, 살인은 결코 분노를 표출하거나, 적개심을 해소하거나, "잘못을 바로잡거나", 범죄자를 벌하는 수단으로 정당화될 수 없다. 악을 근절하자면 때로는 전쟁도 필요하다는 얘기는 진실이다. 왜냐하면 너희가 그렇게 만들었기 때문이다. 너희는 자신을 창조하는 과정에서 인간 생명에 대한 존중이 최고의 가치이며, 최고의 가치가 되어야 한다고 결정했다. 나는 너희가 그런 결정을 내려서 기쁘다. 나는 죽임당할 가능성이 있는 생명을 창조하지는 않았으니까.

생명에 대한 존중은 이따금 전쟁을 불가피하게 만든다. 왜냐하면 너희가 전쟁과 관련해서 '자신'을 표현하는 것은 당장 눈앞에 닥친 악과 싸우는 전쟁을 통해서이며, 눈앞에서 위협당하는 **다른 사람의** 생명을 보호하는 행동을 통해서이기 때문이다.

너희는 최고 도덕법에 따라서 남의 생명이나 자신의 생명을 해치지 못하게 할 권리를 갖고 있다. 아니 너희는 그 법에 따라서 그런 행동을 중단시킬 의무를 지고 있다.

그렇다고 해서 사형이 징벌로 적절하다는 뜻은 아니다. 사형은 보복으로도, 사소한 분쟁을 해결하는 수단으로도 적절하지 않다.

이전 삶에서 너는 한 **여자**에 대한 애정 때문에, 그 여자의 애정을 얻으려고 결투를 벌여 다른 사람을 죽인 적이 있다. 너는 그렇게 해야 **자신의 명예를 지킬 수** 있다고 주장했다. 그러나 그 행동은 네가 지녔던 모든 명예를 **빼앗아갔다.** 분쟁을 **해결하는** 방법으로 치명적인 폭력을 사용하는 것은 조리에 맞지 않는 행동이다. 지금까지도 여전히 많은 사람들이 어리석은 다툼을 해결하려고 폭력, 그것도 치명적인 폭력을 사용하고 있다.

심지어 어떤 사람들은 **신의 이름으로** 사람들을 죽인다. 이건 고도의 위선이며, 신에 대한 극도의 불경이다. 그런 행동은 '자신이 누구인지' 말해주는 것이 아니기 때문이다.

그렇다면 살인 자체에 뭔가 잘못된 게 있다는 말씀인가요?

다시 돌아가자. 이 세상에 "잘못된" 건 하나도 없다. "잘못"이란 건 소위 "옳음"의 반대쪽을 가리키는 상대적인 용어다.

그런데 "옳다"는 건 뭐냐? 이 문제에서 너희가 정말로 객관적일 수 있는가? 아니면 "옳다"와 "그르다"는 너희의 판단에 따라 사건과 상황들에 뒤집어씌운 단순한 표현에 지나지 않는가?

그리고 말해보라. 너희의 판단 근거는 무엇이냐? 너희 자신의 **체험?** 천만에. 대개의 경우 너희는 **다른 누군가의** 판단을 받아들여왔다. 너희보다 먼저 세상을 살았던 사람들과, 아마도 너희보다 더 잘 알리라고 여기는 사람들의 판단을. "옳음"과 "그름"에 관한 너희의 일상 판단 중에서 너희 자신의 이해에 따라 판단하는 경우는 극히 드물다.

이것은 중요한 문제들일수록 특히 그러하다. 사실 문제가 중요할수록 너희는 더 기꺼이 다른 누군가의 관념을 자신의 것으로 받아들인다.

이것은 왜 너희가 삶의 어떤 영역에 대해, 인간으로서 체험하는 동안에 생기는 어떤 문제들에 대해, 확실한 통제권을 사실상 포기하는지를 설명해준다.

하지만 흔히 이런 영역과 문제들 속에 너희 영혼에게 가장 **핵심되는** 주제들이 들어 있다. 예를 들면 신의 본질이라든가, 참된 도덕성, 궁극의 실체, 전쟁과 의학과 임신중절과 안락사를 둘러싼 생사관, 개인의 가치관과 그것의 구성 및 판단의 성격 같은 것들이. 너희 대부분은 이런 주제들을 벗어던지고는 그것들을 다른 사람들에게 맡겨버렸다. 너희는 그런 주제들에 대해 나름의 판단을 내리고 싶어하지 않는다.

너희는 외친다. "누가 판단해줘! 나는 그 판단에 따를 거야, 따를 거라구! 누가 무엇이 옳고 그른지만 얘기해달라구!"

인간에게 종교가 그토록 인기 있는 건 바로 이 때문이다. 그 종교가 단호하고, 일관성 있고, 추종자들의 기대를 명확히 해주고, 엄숙하다면, 신앙 체계가 무엇인가 따위는 별 문제가 되지 않는다. 이런 특성들을 고루 갖춘 종교가 이야기하는, 거의 모든 걸 무조건 믿는 사람들은 어디서나 찾아낼 수 있다. 아무리 괴상한 행동과 믿음이라도 신의 뜻으로 돌릴 수 있고, 실제로 그렇게 해왔다. 그들은 그게 신의 방법이요, 신의 말이라고 한다.

그리고 이런 걸 **기꺼이 받아들이는** 사람들이 있다. 너도 알다시피, **그것은 생각할 필요를 없애주기 때문이다.**

자, 이제 살인에 대해 생각해보자. 과연 뭔가를 죽여야 할 정당한 근거라는 게 있을 수 있을까? 너 스스로 한번 생각해보라. 그러면 너는 방향을 제시해주는 어떤 외부의 권위도, 자신에게 해답을 제공해주는 어떤 고차원의 근거도 필요없다는 걸 깨달으리라. 너 스스로 살인에 대해 생각해보고, 살인에 대해 자신이 느끼는 바를 깊이 통찰한다면, 너는 명백한 대답을 얻고 그에 따라 행동하게 될 것이다. 이것이 이른바 자신의 권위에 근거한 행동이다.

남들의 권위에 근거해서 행동할 때 너희는 혼란에 빠진다. 자신의 정치 목적을 달성하기 위해서 국가는 꼭 살인이란 방법을 써야 하는가? 자신의 교리를 강요하기 위해서 종교는 꼭 살인이란 방법을 써야 하는가? 행동 규범을 어긴 사람들에 대한 반응으로 사회는 꼭 살인이란 방법을 써야 하는가?

살인이 과연 정치적인 해결책이나 영적 깨침, 사회문제의 치유책으로 적절한 방법인가?

거기다가 누군가가 너를 죽이려 들 때 너는 살인으로 대응해도 좋은가? 사랑하는 사람의 목숨을 지키려 할 때, 너는 살인이라는 치명적인 폭력을 쓰겠는가? 네가 생판 모르는 사람일 때도?

다른 방법으로는 살인하려는 사람을 막을 수 없을 때, 살인은 과연 적절한 방어 형식인가?

살인killing과 살해murder는 서로 다른 것인가?

국가는 순전히 정치적인 목적을 달성하기 위한 살인을, 완전히 정당한 것인 양 믿도록 만들고 싶어한다. 사실 국가가 권력의 실체로서 존재하자면, 너희가 이 말을 믿어주는 것이 **필요하다.**

종교는 자신의 특정 진리에 대한 지식과 믿음을 유지하고 확산시키기 위한 살인을, 완전히 정당한 것인 양 믿도록 만들고 싶어한다. 사실 종교가 권력의 실체로서 존재하자면, 너희가 이 말을 믿어주는 것이 **필요하다.**

사회는 특정 범법 행위들(이에 대한 규정은 시대에 따라 바뀌어왔다)을 저지른 사람들을 벌하기 위한 살인을, 완전히 정당한 것인 양 믿도록 만들고 싶어한다. 사실 사회가 권력의 실체로서 존재하자면 너희가 이 말을 믿어주는 것이 **필요하다.**

너희는 살인에 대한 이런 입장들이 옳다고 믿는가? 너희는 이에 대해 다른 의견을 들은 적이 있는가? 또 너희 자신은 어떤 의견을 가지고 있는가?

이런 문제들에는 "옳음"도 "그름"도 없다.

하지만 너희는 자신의 판단에 따라 '자신'의 초상을 그린다.

사실 너희 국가들은 자신의 판단에 따라 이미 그런 그림들을 그려왔다.

너희 종교들은 자신의 판단에 따라 오랫동안 기억에 남는 인상들을 창조해왔다. 너희 사회들 역시 자신의 판단에 따라 나름의 자화상들을 그려왔다.

너희는 이런 그림들이 마음에 드는가? 너희가 만들고 싶은 인상들이 이런 것들인가? 이런 초상화들이 '자신이 누구인지' 말해주는가?

이런 의문들을 다룰 때는 신중해야 한다. 이런 의문들은 아마 네게 생각을 요구할 것이다.

생각하기는 힘든 일이다. 가치판단 내리기 역시 어려운 일이다. 그것들은 너를 순수한 창조의 자리에 서게 한다. 왜냐하면 너희가 "난 모르겠어. 정말 모르겠다구"라고 말할 수밖에 없을 때가 무수히 많을 터이기에. 그럼에도 너희는 판단해야 하고, 그에 따라 선택해야 할 것이다. 너희의 임의대로 선택해야 할 것이다.

그런 선택, **전혀 자신의 지식에서 비롯되지 않은** 판단을 **순수한 창조**라고 한다. 그리고 너희는 그런 판단을 내리면서 자신을 창조한다는 사실을 깊이 자각하게 된다.

너희 대부분은 그처럼 중요한 일에 관심이 없다. 오히려 대부분은 그런 일을 남들에게 맡겨버리고 싶어한다. 그리하여 너희 대부분은 스스로 창조하는 존재가 아니라 습관의 피조물, 다른 사람이 창조한 피조물이 되고 만다.

그런데 남들이 너희더러 이러저러하게 느껴야 한다고 말했는데, 그것이 너희가 느끼는 것과 정면으로 충돌할 때, 너희는 깊은 갈등을 체험한다. 그럴 때면 너희 내면 깊숙이 자리 잡은 어떤 것이, 남들이 얘기해준 것은 **'자신'이 아니라고** 말한다. 그렇다면 이제 그걸 가지고 어디로 가겠는가? 어떻게 하겠는가?

너희는 맨 먼저 종교인들에게 달려간다. 애초에 너희를 그런 처지에 빠트린 바로 그 사람들에게. 너희는 너희의 사제와 랍비와 목사와 선생들에게로 달려간다. 그러면 그들은 너희 자신에게 **귀 기울이길 그만두라고** 말해준다. 그중 가장 고약한 이들은 너희에게 겁을 줘서 자아에서 멀어지도록 만드는 사람, 겁을 줘서 너희가 직관으로 느끼는 것에서 멀어지게 만드는 사람들이다.

그들은 마귀와 악마와 귀신과 악령과 지옥과 저주를 비롯하여 자기네가 생각해낼 수 있는 온갖 무시무시한 것들을 다 동원할 것이다. 너희가 직관으로 알고 느끼는 것이 얼마나 **잘못된 것인지**, 어째서 너희가 위안을 찾을 수 있는 유일한 곳이 자기네 사상과 관념과 신학과 자기네 선악 규정과 자기네의 '자아' 개념뿐인지 너희에게 납득시키려고.

여기서의 유혹은 너희가 그들의 말에 동의만 하면 즉각 그들의 인정을 받을 수 있다는 점이다. 동의하라. 그러면 너는 당장 인정받으리니. 심지어 노래하고 소리치고 춤추고 팔을 흔들어대면서 할렐루야를 외쳐대는 사람까지 있다!

그런 유혹에, 즉 자신이 빛을 봤고, 자신이 구원받았노라는 그 같은 인정과 그 같은 환희에 저항하기란 쉽지 않다.

내면의 판단에 따라 인정하고 시위하는 경우는 거의 없고, 진실을 따르려는 개인의 선택을 축하하고 포용하는 경우는 거의 없다. 아니, 정반대다. 아마 다른 사람들은 축하하지 못할 뿐 아니라, 사실상 너희를 조롱하기까지 할 것이다. 뭐라고? 너 **혼자 힘으로 생각한다고?** 스스로 판단한다고? 너 나름의 척도, 너 나름의 판단, 너 나름의 가치관을 적용하겠다고? **도대**

체 넌 자신이 누구라고 생각하는 거지?

사실 **너희가 대답하고 있는 것이 바로 이 질문인데도** 말이다.

그러나 그 작업은 철저히 혼자서 해내야 한다. 어떤 보상도, 어떤 인정도, 그리고 아마 어떤 관심도 받지 못하면서.

그래서 너희는 이런 아주 좋은 질문들을 던진다. 왜 그런 일을 계속해야 하지요? 애당초 그런 길로 나서야 하는 이유가 뭡니까? 그런 여행을 해서 뭘 얻을 수 있단 말입니까? 그렇게 해야 할 동기나 이유가 어디 있습니까?

그 이유는 우스울 만큼 간단하다.

그것 말고는 달리 할 일이 없기 때문에.

그게 무슨 뜻입니까?

그게 이 마을에서 할 수 있는 유일한 게임이란 뜻이다. 다른 할 일은 없다. 사실 그것 말고 너희가 할 수 있는 건 없다. 너희는 태어난 이래 줄곧 그래왔듯이, 지금 하고 있는 일을 앞으로 남은 여생 동안에도 계속할 것이다. 유일한 문제는 너희가 그 일을 의식하면서 하느냐, 의식하지 않고 하느냐뿐이다.

알다시피 너희는 그 여행을 도로 무를 수 없다. 너희는 이 세상에 태어나기 전에 이미 그 길에 들어섰다. 너희의 탄생은 그 여행이 시작되었다는 신호탄에 불과하다.

그러므로 그런 길로 나서야 하는 이유는 문제가 아니다. 너희는 이미 그 길로 들어섰으니까. 너희는 심장의 첫 박동과 함께 그 여행길에 올랐다. 문제는 "이 길을 의식하면서 걷고 싶어 하는가, 의식하지 않고 걷고 싶어하는가? 자각하면서인가, 아니면 자각하지 않고인가? 내 체험의 원인으로서인가, 아니면 그것의 결과로서인가?"이다.

너희는 삶의 대부분을 자신의 체험 결과에 따라 살아왔다. 그러나 이제 너희는 체험의 원인이 되라는 권유를 받고 있는 중이다. 의식하는 삶이란 게 바로 이런 삶이고, **자각하면서 걷는다는 게** 바로 이것이다.

그런데 너희 중 많은 이들은 내가 말했듯이, 꽤 먼 거리를 걸어왔다. 너 역시 적지 않은 진전을 이루었다. 그러니 자신이 그 많은 생을 거친 끝에 '고작' 여기까지밖에 못 왔느냐고 느끼지 마라. 너희 중 일부 사람들은 높은 단계로 진화하여 자신을 확연히 의식하고 있다. 너 역시 '자신이 누구인지', '자신이 어떤 존재가 되고 싶은지' 알고 있다. 게다가 너는 여기서 거기까지 가는 방법도 안다.

그건 굉장한 징조이고 확실한 징후다.

무슨 징후요?

이제 네게는 불과 몇 생애밖에 남지 않았다는 사실을 나타내는.

그게 좋은 일인가요?

258

지금의 네게는 그렇다. 그리고 네가 좋은 일이라 여기기 때문에 그렇다. 불과 몇 생애 전까지만 해도 이곳에 머무르는 것이 네가 원하는 전부였다. 그런데 이제는 떠나는 것이 네가 하고 싶은 일의 전부가 되었다. 이것은 아주 좋은 징조다.

불과 몇 생애 전까지만 해도 너는 온갖 것들을 죽였다. 곤충, 식물, 나무, 동물, **사람들을**. 그런데 이제는 자신이 무엇을 하고 있는지, 왜 하고 있는지 정확히 알지 않고서는 그 무엇도 죽이지 못한다. 이것은 아주 좋은 징조다.

몇 생애 전까지만 해도 너는 삶에는 어떤 목적도 없다는 듯이 삶을 살았다. 그런데 이제는 **자신이 삶에 부여한** 목적을 빼고는, 삶에는 아무 목적도 없다는 사실을 확실히 알고 있다. **이것은** 아주 좋은 징조다.

몇 생애 전까지만 해도 너는 진리를 보여달라고 우주에 간청했다. 그런데 이제 너는 **자신의** 진리를 우주에 이야기한다. 이건 아주 좋은 징조다.

몇 생애 전까지만 해도 너는 부와 명성을 추구했다. 그런데 이제 너는 놀랍게도 그저 **자신이** 되고자 할 뿐이다.

그리고 불과 얼마 전까지만 해도 너는 나를 **두려워했다.** 그런데 이제는 나를 네 동무라고 부를 정도로 나를 **사랑하고 있다.**

이 모든 게 다 정말 정말 좋은 징조들이다.

후와…… 당신은 저를 기분 좋게 해주시는군요.

당연히 좋아야지. 문장 속에 "후와"란 말을 사용하는 사람이라면 기분이 나쁠 리 없지.

당신은 정말 뛰어난 유머 감각을 지닌 분이군요……

유머를 발명한 게 바로 나라는데도!

그래요, 전에도 그렇게 말씀하셨댔죠. 아무튼 좋습니다. 요컨대 이 길을 계속 가야 하는 건 달리 할 일이 없기 때문이란 거군요. 바로 이게 이 세상에서 일어나고 있는 일이고요.

바로 맞혔다.

그렇다면 한 가지 여쭤볼께요, 이 길을 가는 일이 앞으로 좀 더 수월해지긴 하는 겁니까?

오, 내 친애하는 친구여, **지금의** 너는 삼(3) 생애 전보다 훨씬 더 수월하게 그 일을 해내고 있다. 내가 말로 표현할 수도 없을 만큼.

그렇고 말고, 그것은 갈수록 쉬워진다. 말하자면 네가 더 많이 기억할수록, 너는 더 많이 체험할 것이며, 더 많이 알게 될 것이다. 그리고 네가 더 많이 알수록, 너는 더 많이 기억해낸다. 그것은 일종의 순환이다. 그렇다, 그 일은 갈수록 쉬워지고, 갈수록 나아질 것이며, 갈수록 즐거워지기까지 할 것이다.

하지만 그 일의 어떤 측면도 진짜로 고된 적은 없었다는 걸 잊지 마라. 요컨대 너는 그 **모든 걸** 사랑했다! 순간순간마다! 아, 인생이란 참으로 달콤한 것이다! 그건 굉장한 체험이다. 그렇지 않은가?

음, 그런 것 같습니다.

그런 것 **같다구?** 내가 인생을 이 이상 얼마나 더 굉장한 것으로 만들 수 있겠느냐? 너는 **모든 걸 다** 체험할 수 있지 않느냐? 눈물, 기쁨, 고통, 즐거움, 환희, 극심한 우울, 승리, 패배, 무승부. 그 이상 또 뭐가 **있지?**

아마 고통이 좀 덜해지는 게 있겠죠.

지혜가 더 높아지지 않으면서 고통만 줄면 너희의 목적을 이룰 수 없다. 그렇게 되면 너희는 무한한 기쁨, 곧 나라는 존재를 체험할 수 없다.

참을성을 가져라. 너는 지혜를 얻고 있다. 그리고 이제 너는 점점 더 **고통 없이도** 즐거움을 누려가고 있다. 이 역시 아주 좋은 징조다.

너는 고통 없이 사랑하고, 고통 없이 떠나 보내고, 고통 없이 창조하고, 고통 없이 우는 법까지 배워가고(기억해가고) 있다. 그렇다, 내 말뜻을 제대로 이해한다면 너는 고통 없이 **고통스러워할** 수도 있다.

무슨 말인지 알 것 같습니다. 저는 저 자신의 인생 드라마까지도 더 즐길 수 있게 되었습니다. 제 삶에서 멀찌감치 물러나 그것을 있는 그대로 볼 수도 있고요. 웃기까지 하죠.

바로 그거다. 그리고 너희는 이런 걸 성장이라고 하지 않느냐?

그런 것 같습니다.

그렇다면 계속 성장하라, 내 아들이여. 계속 되어가라. 그 다음의 네 최고 자아상 속에서 네가 되고자 하는 바를 계속 판단하라. 계속 그것을 향해 작업해가라. 계속하라! 계속하라! 이것이 우리가, 너와 내가 해내고 있는 신의 일이다. 그러니 계속 나아가라!

Conversations with God
10

당신을 사랑합니다. 당신도 아시죠?

알고 있다. 나도 너를 사랑한다.

전번에 열거했던 제 질문 목록으로 되돌아가고 싶습니다. 저로서는 그 질문 하나하나를 좀 더 자세히 파고들고 싶습니다. 그렇게 되면 관계 하나만 갖고도 책 한 권 분량이 되겠지요. 그건 저도 알고 있습니다. 그러나 그런 식으로 했다가는 다른 질문들은 건드려보지도 못하고 끝날 겁니다.

또 다른 시기, 또 다른 기회가 있을 것이다. 다른 책들에서 다룰 수도 있고. 나는 언제나 너와 함께 있다. 그러니 계속 나아가라. 만일 그럴 여유가 있으면 이 책에서도 다시 그 문제로 되돌아갈 것이다.

좋습니다. 그럼 다음 질문을 하죠. 왜 저는 한번도 생활하기에 충분한 돈을 벌 수가 없는 겁니까? 저는 늘 이렇게 쪼들리며 살아야 할 팔자인가요? 돈과 관련된 제 잠재력을 충분히 발휘하는 걸 방해하는 게 뭡니까?

그런 상황은 너 혼자가 아니라 엄청나게 많은 사람들이 빚어 낸 것이다.

모두들 제게 그건 자기 가치와 관련된 문제라고 합니다. 자기 가치를 낮게 보기 때문이라고요. 열 명도 넘는 뉴에이지 운동가들이 제게 말했지요. 뭔가가 부족한 건 항상 따지고 올라가면 자기 가치를 낮게 보기 때문이라고요.

편리한 단순화로군. 이 문제의 경우에는 그 사람들이 틀렸다. 너는 자기 가치를 낮게 보아서 고통당하는 게 아니다. 사실 네 전 생애에서 가장 어려운 문제는 자신의 에고를 통제하는 것이었다. 어떤 이들은 이런 경우를 일러 자기 가치를 **너무 크게** 본다고 하지.

음, 또다시 당황스럽기도 하고 억울하기도 합니다. 하지만 당신의 말씀이 옳습니다.

내가 너에 관해 있는 그대로의 진실을 얘기하기만 하면 너는 늘 당황스럽고 억울하다고 하는군. **당황하는 건 여전히 남들이 자신을 어떻게 보는가에 마음 쓰는 사람이 보이는 반응이다.** 그런 건 그냥 지나치거라. 새롭게 반응해보라. 웃으려고 해보라.

알았습니다.

네 문제는 자기 가치와 관련된 게 아니다. 너는 그건 충분히 가지고 있다. 대부분의 사람들이 다 그렇다. 너희는 하나같이 자신을 아주 높게 평가하고 있다. 당연히 그래야 하고. 그러므로 대다수 사람들에게 문제는 자기 가치가 아니다.

그럼 뭐죠?

문제는 넉넉함에 대한 이해가 없다는 것이다. 이것은 대개 "좋은" 것과 "나쁜" 것에 대해 널리 퍼져 있는 잘못된 판단과 관련 있다.
네게 예를 하나 들어주마.

예, 그래주십시오.

너는 돈이 나쁜 것이란 생각을 갖고 있다. 또 너는 신은 좋은 것이란 생각도 갖고 있다. 네게 축복이 깃들기를! 그러므로 네 사고 체계에서 신과 돈은 어울리지 못한다.

음, 어떻게 보면 그 말씀은 맞는 것 같군요. 제 사고방식이 원래 **그렇습니다.**

그게 일을 재미있게 만든다. 왜냐하면 그런 사고방식은 네가 어떤 좋은 일을 하더라도 돈을 벌기 어렵게 만들기 때문이다.

내 말은 네가 어떤 것을 아주 "좋다"고 평가하면, 돈이란 면에서는 가치를 평가절하한다는 뜻이다. 따라서 "좋은" 것일수록(즉 가치 있는 것일수록) 그것의 돈 가치는 더 **낮아진다.**

이건 너 혼자만의 사고방식이 아니다. 너희 사회 전체가 이런 믿음을 갖고 있다. 그래서 너희 선생들은 쪼들리고, 스트립쇼의 무희들은 돈을 번다. 너희 지도자들은 스포츠 스타들과는 비교도 안 될 정도의 수입밖에 들어오지 않기 때문에, 그 차이를 메우려면 남의 걸 훔치기라도 해야겠다고 느낀다. 너희가 연예인들에게 동전을 던지는 동안, 너희 사제들과 랍비들은 빵과 물만으로 연명한다.

이 점에 대해 생각해보라. 너희는 본질상 높은 가치가 있다고 평가하는 것들은 무엇이나 싼값에 얻을 수 있어야 한다고 주장한다. 에이즈 치료법을 찾아내려고 외롭게 연구하는 과학자는 남들에게 돈을 구걸해야 하지만, 섹스하는 수백 가지 새로운 방법에 관한 책을 쓰고, 관련 테이프를 만들고, 주말마다 관련 세미나를 여는 여자는…… 떼돈을 번다.

이렇게 모든 걸 거꾸로 만드는 게 너희의 성향이다. 이런 성향은 잘못된 생각에서 나온다.

잘못된 생각이란 건 돈에 대한 너희의 사고방식이다. 너희는 돈을 좋아하면서도 돈이 모든 악의 뿌리라고 말한다. 너희는 돈을 숭배하면서도 그것을 "부당이득"이라 부른다. 너희는 어떤 사람을 "졸부"라고 표현한다. 그리고 어떤 사람이 좋은 일을 해서 부자가 되었다 하더라도, 너희는 당장 그 사람을 의심한다. 너희는 그 일을 "나쁜 것"으로 만든다.

그러니 의사들은 지나치게 많은 돈을 벌지 않거나, 그 문제라면 신중하게 처리하는 게 좋다. 그리고 목사의 경우라면 맙소사!다. 그 여자는 **정말로** 돈을 많이 벌지 않는 게 신상에 이롭다(너희가 여자 목사를 허용한다고 가정하고). 안 그랬다간 틀림없이 말썽이 생길 것이다.

보다시피 가장 중요한 소명을 선택한 사람이라면 수입도 가장 적어야 한다는 게 너희 생각이다.

흐으음.

그래, "흐으음"이라고 하는 게 맞다. 너는 이 점에 대해 깊이 **생각해봐야 한다.** 왜냐하면 이건 아주 잘못된 생각이니까.

옳거나 그른 것 같은 건 없다고 생각했는데요.

그렇다, 그런 건 없다. 네게 도움이 되는 것과 그렇지 않은 것만이 있을 뿐이다. "옳음"과 "그름"이란 용어는 상대적인 용어들이다. 나는 이 용어들을 이런 식의 의미로만 사용한다. 다시 말해 네게 도움이 되는가란 면에서, 혹은 **네가 원하는가**라는 면에서, 돈에 대한 네 생각은 틀린 생각이다.

생각에는 창조하는 힘이 있음을 명심하라. 그러므로 만일 네가 돈은 나쁜 것인데 너 자신은 좋은 사람이라 생각한다면

…… 자, 이제 너는 그 갈등을 이해할 수 있을 것이다.

게다가 내 아들아, 너는 특히 이런 집단의식을 신주처럼 떠받들고 있다. 다른 대다수 사람들은 그 갈등 관계가 너만큼 심각하지는 않다. 그 사람들은 생계를 위해 어쩔 수 없이 자신이 싫어하는 일을 한다. 그래서 그런 일로 돈을 버는 데 신경 쓰지 않는다. 말하자면 "나쁜" 걸로 "나쁜" 걸 얻으니까. 하지만 너는 자신이 이날 이때껏 해온 일들을 사랑한다. 너는 그 일들 속에 채워넣은 네 활동들에 대단한 애착을 갖고 있다.

그러므로 자신이 한 일의 대가로 많은 돈을 버는 건, 네 사고방식으로는 "좋은 것"의 대가로 "나쁜 것"을 받는 것이기에, 너로서는 그것을 받아들일 수가 없다. 너는 순수한 노동의 대가로 "부당이득"을 취하느니 차라리 굶어 죽으려 들 것이다…… 마치 그 노동의 대가를 받으면 어떤 식으로든 그것의 순수성이 없어지기라도 하는 것처럼.

그러므로 여기서 우리는 실제로 돈에 대해 이중 감정을 갖게 된다. 즉, 네 일부는 돈을 거부하고 또 다른 네 일부는 돈을 갖지 못했다고 화를 낸다. 이제 우주는 네게서 두 가지 상반된 생각들을 접수했기 때문에 어떻게 해야 좋을지 모르는 상태에 빠진다. 그러므로 돈과 관련된 네 삶은 들쑥날쑥하게 흘러갈 것이다. 돈에 대한 네 생각이 그렇게 들쑥날쑥 흘러가고 있으니까.

네게는 분명한 초점이 없다. 너는 사실상 무엇이 자신의 진실인지 알지 못한다. 그리하여 거대한 복사기에 지나지 않는 우주는, 네 생각들을 그저 무수히 복사해내기만 한다.

이제 이 모든 걸 바꿀 수 있는 방법이 딱 한 가지 있다. 돈에 대한 네 **생각을** 바꾸는 것이다.

무슨 수로 제 **사고방식을** 바꿀 수 있다는 거죠? 사고방식이란 건 그야말로 사고방식 아닙니까? 제 생각과 제 마음 자세와 제 발상은 하루아침에 이루어진 게 아닙니다. 그것들은 오랜 세월에 걸친 체험, 평생에 걸친 다양한 경험의 결과겠지요. 돈에 대한 제 사고방식은 당신 말이 맞습니다. 하지만 그렇더라도 그걸 어떻게 바꿉니까?

이 책에서 가장 흥미로운 질문이 아마 그 질문일 것이다. 대다수 사람들이 보통 취하는 창조 방식은 생각과 말과 행위, 혹은 행동을 포함하는 3단계 과정이다.

먼저 생각, 다시 말해 형태를 이룬 발상 혹은 최초의 개념이 떠오른다. 이어 말이 나온다. 대부분의 생각은 결국 말로 되어 나오는 법이다. 흔히 글이나 이야기로. 이것은 생각에 에너지를 보태주어 생각이 세상 속으로 밀고 들어갈 수 있게 해준다. 이 지점에 이르면 이제 생각은 다른 사람의 눈에도 띄게 된다.

마지막으로 말은 때때로 행동으로 옮겨져 소위 결과로, 즉 애초에 생각에서 시작된 것의 물질 표현으로 나타난다.

너희가 지은 세계 속에 있는, 너희를 둘러싼 모든 것이 이런 식으로, 즉 창조의 세 가지 중심들이 모두 사용되는 방식으로나 이것이 약간 변형된 방식으로 존재하게 되었다.

그런데 이제 받침 생각을 어떻게 바꾸느냐는 문제가 제기되었다.

그래, 이건 아주 좋은 질문이고, 매우 중요한 질문이다. 왜냐하면 사람들이 자신의 받침 생각들 중 일부를 바꾸지 않는다면 인류는 멸망할 수도 있기 때문이다.

뿌리 생각root thought 혹은 받침 생각을 바꾸는 가장 빠른 **방법은 생각-말-행동의 순서를 뒤집는 것이다.**

어떻게요?

뭔가에 관해 새로운 생각을 갖고 싶으면 먼저 행동하라. 뭔가에 대해 새로운 생각을 갖고 싶으면 먼저 말을 하라. 충분할 만큼 자주 이렇게 하라. 그러면 너희는 **새로운 방식으로 생각하게끔** 네 마음을 길들일 수 있을 것이다.

마음을 길들인다구요? 마인드 컨트롤 같은 건가요? 그건 단지 정신 조작일 뿐이잖아요?

네 마음이 어떻게 해서 **지금의** 생각들을 갖게 되었는지 아느냐? 지금처럼 생각하게끔 너희 세상이 네 마음을 조작해왔다는 걸 모르겠느냐? **세상이 네 마음을 조작하는 것보다는 스스로 자신의 마음을 조작하는 게 더 낫지 않겠느냐?**

남들이 바라는 대로 생각하기보다는 네가 원하는 대로 생각하는 게 더 낫지 않느냐? 반응하는 생각보다는 창조하는 생각으로 무장하는 편이 더 낫지 않느냐?

하지만 너희의 마음은 반응하는 생각, 곧 남들의 체험에서 나온 생각으로 가득 차 있다. 너희 생각들 중에서 자신이 만든

자료에서 나온 생각은 극히 적다. 스스로 설정한 우선순위에 따르는 생각은 더더욱 적고.

돈에 대한 너 자신의 뿌리 생각이 전형적인 예다. 돈에 대한 네 생각(돈은 나쁘다)은 네 체험(돈을 갖는 건 멋진 일이다!)과 정면으로 대립한다. 그리하여 너는 자신의 뿌리 생각을 정당화하기 위해 자신의 체험을 발뺌하고 그것에 대해 거짓말을 해야 한다.

너는 이런 생각에 너무 뿌리박혀 있어서 돈에 관한 자신의 관념이 틀렸을 수도 있다는 생각 같은 건 전혀 하지 않는다.

그러므로 이제 우리가 해야 할 일은 일부 자료나마 스스로 만들어내는 것이다. 그리고 이것이 바로 뿌리 생각을 바꾸는 방법이며, 그것을 남들의 생각이 아닌 너 자신의 뿌리 생각으로 만드는 방법이다.

그런데 네게는 돈과 관련된 뿌리 생각이 또 하나 있다. 내가 이미 언급했던 것이지만.

그게 뭔데요?

충분하지 않다는 생각. 사실 너는 무엇에 대해서건 간에 이런 뿌리 생각을 갖고 있다. 돈이 충분치 않다, 시간이 충분치 않다, 사랑이 충분치 않다, 음식과 물이 충분치 않다, 이 세상에는 자비가 충분치 않다…… 설사 좋은 게 있다 하더라도 그걸로는 **충분치 않다.**

"충분치 않음"의 이 집단의식이 너희가 보는 대로의 세상을 창조하고 재창조하고 있다.

알았습니다. 그렇다면 저는 돈과 관련해서 두 가지 뿌리 생각들, 받침 생각들을 바꿔야겠군요.

아, 최소한 두 가지란 거지. 아마 더 많을걸. 어디 보자······ 돈은 나쁘다······ 돈이 부족하다······ 신의 일(네게는 이게 중요한 일이지)을 한 대가로 돈을 받을 수는 없다······ 돈은 절대 공짜로 얻을 수 없다······ 돈은 나무에서 자라지 않는다(사실은 그럴 때도 있는데)······ 돈은 부패시킨다······

그러고 보니 할 일이 많군요.

그래, 돈과 관련된 현재의 상황이 만족스럽지 못하다면 당연히 그래야겠지. 또 한편에서 돈과 관련된 현재의 상황을 네가 불만스러워하기 **때문에** 돈과 관련된 현재의 상황이 불만스럽다는 걸 깨닫는 게 중요하다.

때때로 당신을 따라가기 어려울 때가 있습니다.

때때로 너를 인도하기 어려울 때가 있다.

원 참, 당신은 신이잖아요. 어째서 이해하기 쉽게 만들어주지 않는 거죠?

나는 그렇게 해왔다.

그럼 왜 제가 그냥 이해할 수 있게끔 **해주지** 않는 거죠? 당신이 참으로 그걸 원한다면 말입니다.

네가 참으로 원하는 건 나도 참으로 원한다. 그 밖에는, 그 이상으로는, 원하는 게 없다. 너는 이게 바로 내가 주는 가장 큰 선물이라는 걸 모르느냐? 만일 내가 네게서 너 자신이 원하는 것이 아닌 것을 원한다면, 그래서 네가 그것을 갖게끔 해주기까지 한다면, 네 자유선택권은 어떻게 되는가? 만일 네가 어떤 존재가 될지, 어떤 행동을 할지, 뭘 가질지까지 내가 일일이 말해준다면 네가 어떻게 창조력을 가진 존재일 수 있겠는가? **내 기쁨은 네 맹종 속에 있지 않고 네 자유 속에 있다.**

좋습니다. 그러니까 당신이 말씀하신 건, 제가 돈과 관련된 제 상황을 불만스러워하기 때문에 돈과 관련된 제 상황이 불만스럽다는 건가요?

너는 네가 생각하는 그대로의 존재다. 네 생각이 부정적일 때 그건 일종의 악순환이 된다. 너는 그 악순환에서 벗어날 길을 찾아야 한다.

그러므로 네 현재 체험의 상당 부분은 네 이전 생각에서 근거한다. 생각은 체험을 낳고, 체험은 체험을 낳는 생각을 낳는다. 받침 생각이 즐거운 것일 때 이 과정은 계속해서 즐거움을 낳을 수 있다. 받침 생각이 지옥 같으면 그것은 계속해서 지옥을 만들 수 있고, 또 만들어낸다.

비결은 받침 생각을 바꾸는 것이다. 이제 나는 그렇게 하는 방법을 보여주려 한다.

계속하십시오.

계속하라니 고맙구먼.

맨 먼저 할 일은 생각–말–행동의 틀을 뒤집는 것이다. "행하기 전에 먼저 생각하라"는 옛 격언을 기억하느냐?

예.

그럼 그건 잊어버려라. 뿌리 생각을 바꾸고 싶다면 너는 **생각하기 전에** 먼저 행동해야 한다.

예를 하나 들어주지. 네가 거리를 걷다가 25센트짜리 은화를 달라고 애걸하는 한 할멈을 만났다고 치자. 너는 그 할멈이 구걸로 하루하루를 연명하고 있다는 걸 안다. 그 순간 너는 가진 게 얼마 안 되긴 하지만 그 할멈에게 줄 정도는 충분히 있다는 걸 깨닫는다. 할멈에게 돈을 좀 주자는 게 네 첫 번째 충동이다. 네 마음 한구석에서 접혀 있는 지폐를 찾아 주머니 속에 손을 집어넣고 싶은 충동이 생긴다. 1달러짜리나 5달러짜리 지폐를. 에라, 저 할멈을 한번 즐겁게 해주자. 기뻐서 펄쩍 뛰게.

그때 다른 생각이 떠오른다. 뭐라고, 미쳤어? 너한테는 7달러밖에 없어! 우리가 하루면 다 쓸 돈이야! 그런데 저 할멈한테 5달러를 주겠다구? 그래서 너는 그 돈을 쥐었다 놨다 하기 시작한다.

다시 생각이 일어난다. 이봐, 이봐, 넌 남한테 **마구** 인심 쓸 만큼 많이 갖고 있지 않아! 저 할멈한테 동전이나 몇 개 던져주고 한시바삐 여기서 빠져나가.

너는 25센트짜리 은화 하나를 꺼내려고 다른 쪽 주머니에 재빨리 손을 집어넣는다. 네 손가락에는 10센트짜리 동전과 5센트짜리 동전들만 만져진다. 너는 당황한다. 보라구, 옷도 제대로 갖춰 입고 먹을 것도 제대로 먹으면서, 아무것도 갖지 못한 불쌍한 할멈한테 고작 5센트, 10센트 동전이나 주려는 네 꼬락서니를.

너는 25센트짜리 은화 한두 개를 찾으려 하지만 좀처럼 잡히지 않는다. 아, 하나 있다. 주머니 맨 구석에. 그러나 이제 너는 어색한 웃음을 머금은 채 그녀를 지나치고 말았다. 되돌아가기엔 너무 늦었다. 할멈은 아무것도 얻지 못했다. 너 역시 아무것도 얻지 못했다. 이제 너는 자신의 넉넉함을 깨닫고 남과 나누는 즐거움을 맛보는 대신에 그 할멈만큼이나 초라한 자신을 느낀다.

어째서 너는 **그냥 할멈에게 지폐를 주지 않았는가?** 네 맨 첫충동은 그것이었으나 네 생각이 그걸 방해했다.

다음번에는 생각하기 전에 행동하겠다고 결심하라. 그 돈을 주어라. 그냥 밀어붙여라! 너는 돈을 갖고 있고, 그 돈을 주더라도 더 나올 데가 있다. 너와 거지 할멈 간의 차이는 바로 이것이다. 너는 돈이 더 들어올 데가 어딘지 확실히 알지만, 할멈은 그걸 모른다.

뿌리 생각을 바꾸고 싶다면 네가 가진 새로운 생각에 따라 행동하라. 하지만 재빨리 움직여야 한다. 안 그러면 네가 미처 깨닫기도 전에 네 마음이 그 생각을 죽일 것이다. 그야말로 문자 그대로 죽일 것이다. 그 새로운 생각, 새로운 진실은 **네가 미처 눈치챌 틈도 없이** 네 속에서 죽고 말 것이다.

그러니 기회가 오면 재빨리 행동하라. 그리고 이런 일을 충분히 자주 반복하다 보면, 얼마 안 가 네 마음은 그 생각을 받아들일 것이다. 그리고 그것이 네 새로운 사고가 될 것이다.

오, 이제야 알겠습니다! 그건 바로 신사고(新思考) 운동이 내세우는 거잖아요?

그게 아니더라도 그렇다고 해야겠지. 새로운 생각은 네게 주어진 유일한 기회다. 그것은 네가 진화하고 성장하고 '참된 자신'이 될 수 있는 단 하나의 실제 기회다.

지금 네 정신은 낡은 사고들로 가득 차 있다. 낡은 사고들일 뿐 아니라, 대부분 다른 사람들의 낡은 사고들로. 뭔가에 대한 **네 마음을 바꾸자면** 지금이 중요하다. 지금이 기회다. 이것이 바로 진화라는 것이다.

왜 저는 제가 진짜로 하고 싶은 일을 하면서 생활비를 벌 수 없는 겁니까?

뭐라구? 삶의 **재미**도 누리면서, 거기다 생활비까지 챙기고 싶다는 건가? 형제여, **너는** 꿈꾸고 있다!

뭐라구요······?

아, 농담이다. 네 마음을 살짝 읽었을 뿐이다. 너도 알다시피 그게 바로 그 문제에 관한 지금까지의 **네** 생각이었다.

제 체험이기도 합니다.

그렇지. 자, 이쯤에서 돌아보면 우리는 이 문제를 벌써 여러 차례 다뤄왔지? 자신이 좋아하는 일을 하면서 생계비를 버는 사람들은 그렇게 하기로 고집을 부리는 사람들이다. 그들은 포기하지 않는다. 그들은 절대 굴복하지 않는다. 그들은 감히 삶이 자신들이 좋아하는 걸 못하게 놔두지 않는다.

하지만 여기에는 꼭 제기되어야 할 또 다른 요소가 있다. 대부분의 사람들이 삶의 문제를 다룰 때 흔히 놓치곤 하는 것이 이 요소다.

그게 뭡니까?

존재와 행동 간에는 차이가 있다. 사람들은 대부분 행동 쪽에 역점을 두어왔다.

그렇게 해서는 안 되나요?

"해야 한다"거나 "하지 말아야 한다"는 건 없다. 너희가 무엇을 선택하는가, 그리고 어떤 방법으로 그것을 가질 수 있는가만이 있을 뿐. 너희가 평화와 기쁨과 사랑을 선택한다면, 너희는 행동을 가지고는 그것들을 거의 얻지 못할 것이다. 너희가 행복과 만족을 선택한다면, 행동 과정에서는 그것들을 거의 찾지 못할 것이다. 너희가 신과의 재결합, 최상의 앎, 깊은 이해, 끝없는 자비, 완전한 자각, 절대적인 성취를 선택한다면, 너희는 행동으로는 그것들을 거의 이루지 못할 것이다.

달리 말해 너희가 진화를, 영혼의 진화를 선택한다면, 너희는 자기 몸의 세속적인 활동들을 가지고는 그것을 이루지 못할 것이다.

행동은 몸의 기능이다. **존재**는 영혼의 기능이다. 몸은 항상 **뭔가를** 하고 있다. 하루하루 순간순간마다 몸은 **뭔가에** 매달려 있다. 몸은 결코 멈추지 않고, 결코 쉬지 않으며, 끊임없이 뭔가를 **한다.**

그것은 영혼의 지시에 따라 하는 행동이기도 하고, 영혼의 지시를 무시한 행동이기도 하다. 너희의 삶의 질은 그 균형에 달려 있다.

영혼은 영원한 존재다. 영혼은 몸이 하는 일 **때문에** 존재하는 것이 아니라, 몸이 뭘 하든 상관없이 존재한다.

만일 너희가 삶을 행동과 관련 있는 것으로 생각한다면, 너희는 자신이 뭘 하는지 모르고 있다.

너희의 영혼은 너희가 생존을 위해 뭘 하든 개의치 않는다. 그리고 너희의 생이 끝나고 나면 너희 역시 개의치 않을 것이다. 너희의 영혼은 너희가 **뭘 하든**, 그걸 하는 동안 너희가 무엇이 되고 있는가에만 관심을 갖는다.

영혼이 관심을 갖는 건 행동 상태가 아니라 존재 상태다.

영혼은 어떤 존재가 되려고 하는데요?

나.

당신이요?

　그렇다, 나. 너희의 영혼은 바로 **나다**. 그리고 영혼은 그걸 알고 있다. 영혼이 하는 일은 그것을 **체험하는 것이다**. 그리고 영혼은, 그런 체험을 얻는 가장 좋은 방법은 **아무것도 하지 않는 것**임을 기억하고 있다. 되는 것 말고는 아무것도 할 일이 없다.

무엇이 된다는 건가요?

　네가 되고 싶은 건 무엇이나. 행복, 슬픔, 약함, 강함, 기쁨, 복수심, 통찰력, 몽매함, 좋음, 나쁨, 남성, 여성. 이제 네가 말해보라.
　자, 어서 **네가** 되고 싶은 걸 말해보라니까.

대단히 심오한 말씀이군요. 하지만 그게 제 생계 문제와 무슨 관련이 있죠? 저는 제가 하고 싶은 일을 하면서 살아남고, 생존하고, 저 자신과 가족을 부양할 방법을 찾으려는 중인데요.

　네가 되고 싶은 존재가 되도록 노력하면 된다.

그게 무슨 뜻인가요?

　어떤 사람들은 자기네가 하는 일로 많은 돈을 벌지만, 다른 사람들은 그렇게 못한다. 그런데 그들은 **같은 일을 하고 있다**.

어째서 그런 차이가 생길까?

한쪽 사람들이 다른쪽보다 더 실력이 있겠죠.

실력은 첫 번째 척도다. 하지만 지금 우리가 다루려는 것은
두 번째 척도다. 실력이 똑같은 두 사람이 있다 치자. 둘 다 우
수한 성적으로 대학을 졸업했고, 둘 다 자기네가 하는 일의 성
격을 제대로 파악하고 있으며, 둘 다 뛰어난 솜씨로 자신들의
도구를 사용할 줄 안다. 그런데도 여전히 한쪽이 다른 쪽보다
더 낫다. 한 사람은 사업이 번창하는데 다른 사람은 허덕인다.
어째서 그럴까?

입지요.

입지?

예전에 누가 저한테 얘기하기를, 새로운 사업을 시작할 때 고려할
게 딱 세 가지가 있다고 했습니다. 첫째도 입지, 둘째도 입지, 셋째도
입지라고요.

달리 말해 "무엇을 할 것인가?"가 아니라, "어디에 자리 잡을
것인가?"란 말이냐?

바로 그겁니다.

그것도 내 질문에 대한 답으로 볼 순 있겠군. 영혼은 너희가 어디에 자리 잡을지에만 관심을 갖는다.

너희는 두려움에 자리 잡으려는가, 아니면 사랑에 자리 잡으려는가? 삶과 맞닥뜨릴 때 너희는 어디에 있으며, 어디에서 오고 있는가? 똑같은 자질을 갖춘 두 사업가의 예에서 보면, 두 사람이 하는 일보다는 어떻게 존재하느냐에 따라, 한 사람은 성공했고 다른 한 사람은 그렇지 못했다.

한 여자는 개방적이고, 우호적이고, 자상하고, 인정 많고, 쾌활하고, 자신감 넘치고, 자기 일을 즐기기까지 하는 반면, 다른 한 여자는 폐쇄적이고, 냉담하고, 무심하고, 퉁명스럽고, 인정 없고, 자기 일이 불만스럽기까지 하다.

그런데 너는 훨씬 더 높은 존재 상태를 선택할 생각이 있는가? 너는 선과 자비, 연민, 이해, 용서, 사랑을 선택할 생각이 있는가? 신성(神性)을 선택하는 문제는 어떤가? 그러면 어떤 체험이 따라올까?

내 너희에게 얘기해주리라.

존재는 존재를 부르고, 체험을 낳는다.

너희는 자신의 몸으로 뭔가를 만들어내려고 이 행성에 있는 것이 아니다. 너희는 자신의 영혼으로 뭔가를 만들어내려고 이 행성에 존재한다. 너희 몸은 그저 영혼의 도구일 뿐이고, 너희 마음은 몸을 움직이는 힘에 지나지 않는다. 그러므로 여기서 너희는 일종의 동력 도구(전기나 휘발유 엔진의 힘으로 움직이는 도구─옮긴이)를 갖고 있는 셈이다. 영혼이 자신이 바라는 것들을 창조하는 과정에서 사용하는 동력 도구를.

영혼이 바라는 건 뭔가요?

　　참, 그게 뭘까?

전 모르죠. 제가 묻고 있잖아요.

　　나도 모른다. 나도 네게 묻고 있다.

이러다가는 영원히 서로에게 되묻기만 하겠군요.

　　그렇겠군.

잠깐만요! 조금 전에 당신은 영혼이 당신이 되려 한다고 하셨어요.

　　그렇다.

그럼 **그것이** 바로 영혼이 바라는 것이겠군요.

　　넓은 의미에서는 그렇다. 하지만 영혼이 되고자 바라는 나
는, 수많은 차원과 수많은 감각과 수많은 측면을 지닌 복잡한
존재다. 내게는 몇백만 가지 측면들이 있다. 아니, 몇억, 몇조의
측면들이. 알겠느냐? 경박함과 심오함, 작은 것과 큰 것, 비천
함과 거룩함, 하찮음과 신성이 있다. 알겠느냐?

아, 예, 알겠습니다…… 위와 아래, 왼쪽과 오른쪽, 여기와 저기, 전과 후, 선과 악……

　　바로 그거다. 나는 알파요 오메가다. 이 표현은 그냥 단순히 재치있는 말이나 근사한 개념에 불과했던 게 아니었다. 이것은 그 자체로 진리의 표현이었다.

　　내(神)가 되기로 결정한 영혼은 엄청난 일거리들을 눈앞에 갖게 된다. 선택할 **존재**라는 엄청난 메뉴를. 그리고 이것이 바로 지금 이 순간에도 영혼이 하고 있는 일이다.

존재의 상태들을 선택하는 일 말이죠.

　　그렇다. 그리고 나서 그것을 체험할 수 있는 적절하고 완벽한 **조건들을** 조성하는 일. 그러므로 너희에게는, 그리고 너희를 통해서는 너희 자신의 최고선에 맞지 않는 일은 아무것도 일어나지 않는다는 게 진실이다.

제가 하고 있는 일들뿐만 아니라 제게 일어나고 있는 일들까지 포함하여 제 영혼이 제 모든 체험을 창조하고 있다는 뜻인가요?

　　영혼이 너희가 체험하고자 계획했던 것을 정확하게 체험할 수 있는, 적절하고도 완벽한 **기회들을** 너희에게 가져다주었다고 해보자. 그럴 때 너희가 실제로 무엇을 체험하느냐는 너희 자신에게 달려 있다. 너희의 실제 체험은 너희의 선택에 따라 애초에 체험하려던 게 될 수도 있고, 다른 어떤 게 될 수도 있다.

어째서 체험하고 싶지 않은 것을 선택하곤 합니까?

그건 나도 모른다. 너는 왜 그러느냐?

그러니까, 가끔 영혼이 바라는 바와 몸과 마음이 바라는 바가 다른 경우도 있다는 말씀이신가요?

네 생각은 어떠냐?

하지만 어떻게 몸이나 마음이 영혼을 지배할 수 있습니까? 영혼은 언제나 자신이 원하는 걸 얻지 않을까요?

가장 큰 의미에서 볼 때, 너희의 영혼은 너희가 영혼 자신의 바람을 의식적으로 자각하고, 그 바람과 즐거이 하나가 되는 위대한 순간이 오기를 고대한다. 하지만 영혼은 결코 지금의 의식적이고 물질적인 너희 부분에게 자신의 바람을 강요하지 않으며, 앞으로도 계속 그럴 것이다.

성부(聖父)는 아들에게 자신의 의지를 강요하지 않을 것이다. 그렇게 하는 건 성부의 본성 자체에 대립하는 것이기에, 그것은 문자 그대로 불가능하다.

성자(聖子)는 성신에게 자신의 의지를 강요하지 않을 것이다.

그렇게 하는 건 성자의 본성 자체에 어긋나는 것이기에, 그것은 문자 그대로 불가능하다.

성신은 너희 영혼에게 자신의 의지를 강요하지 않을 것이다. 그렇게 하는 건 성신의 본성이 아니기에, 그것은 문자 그대로 불가능하다.

불가능은 여기에서 끝난다. 마음은 아주 빈번하게 몸에게 자신의 의지를 행사하고자 하며, 실제로 그렇게 한다. 마찬가지로 몸은 종종 마음을 통제하고자 하며, 그것은 자주 성공을 거둔다.

그러나 몸과 마음은 영혼을 통제할 필요가 전혀 없다. 왜냐하면 영혼은 어떤 욕구도 갖지 않기 때문에(몸과 마음이 욕구들에 얽매여 있는 것과 달리), 늘 몸과 마음이 자기네 뜻대로 하게 내버려둔다.

사실 영혼으로서는 그렇게 할 수밖에 없다. 너희 자신인 그 실체가 참된 자신을 창조하는 것으로 참된 자신을 알고자 한다면, 그 과정은 의식하지 못하는 복종 행위를 통해서가 아니라, 의식하는 의지(意志) 행동을 통해서 이루어져야 하기 때문이다.

복종은 창조가 아니며, 따라서 결코 구원을 가져다주지 않는다.

복종은 반응인 반면, 창조는 명령받지 않고 요구받지 않은 순수한 선택이다.

순수한 선택은 지금 이 순간에 가장 고귀한 관념이 만들어 낸 순수한 창조를 통해 구원을 가져온다.

영혼의 기능은 자신의 바람을 강요하는 것이 아니라 **보여주**

는 것이다.

마음의 기능은 여러 가지 대안들 중에서 **선택하는 것이다.**

몸의 기능은 그 선택을 **실천에 옮기는 것이다.**

몸과 마음과 영혼이 조화롭게 하나가 되어 함께 창조할 때,
신은 현실 속에 구현된다.

그럴 때 영혼은 자신의 체험 속에서 스스로를 인식한다.

그럴 때 하늘은 크게 기뻐한다.

바로 지금 이 순간에도 너희 영혼은 너희가 '참된 자신'을 아
는 데 필요한 것이 되고, 그것을 하고, 그것을 가질 기회를 창조
하고 있다.

너희 영혼은 지금 이 순간에 너희가 읽고 있는 글들로 너희
를 **데려왔다.** 예전에도 너희를 지혜와 진리의 글들로 데려갔던
것처럼.

지금 너는 무엇을 하려 하느냐? 어떤 존재가 되길 선택하려
는가?

너희 영혼은 과거에도 무수히 그러했던 것처럼 기다리면서
흥미롭게 지켜보고 있다.

그 말씀은 제가 어떤 존재 상태를 선택하느냐에 따라 제 세속적인
성공 여부가 결정되리란(저는 여전히 제 성공 가능성에 대해 얘기하고
싶습니다) 뜻으로 이해해도 됩니까?

나는 네 세속적인 성공에 대해서는 관심이 없다. 너만 거기
에 연연할 뿐이지.

너희가 장기간에 걸쳐 특정한 존재 상태를 이뤄낼 때 자신이 하는 세상 일에서 성공하지 않기란 대단히 어렵다. 그러니 "생계를 꾸리는 것"에 대해서는 걱정할 필요가 없다. **참된 스승들은 생계를 꾸리기보다는 삶을 꾸리기로 선택한 사람들이다.**

특정한 존재 상태들에 이르면, 삶은 풍족하고 충만하며 장대하고 보상받을 것이기에, 세속적인 부(富)와 성공은 조금도 너희의 관심을 끌지 않을 것이다.

삶의 역설은 너희가 세속적인 부와 성공에 아무 관심이 없어지는 순간에야 비로소, 그것들이 너희에게 흘러들어올 길이 열린다는 점이다.

기억하라, 너희는 원하는 걸 가질 수는 없지만, 자신이 가진 걸 체험할 수는 있다.

제가 원하는 걸 가질 수 없다구요?

그렇다.

전에도 이런 말씀을 하셨더랬죠. 우리가 대화를 막 시작하던 무렵에요. 그러나 저는 아직도 이해가 안 갑니다. 제가 생각하기로 당신은 제가 원하는 건 뭐든지 다 가질 수 있다고 말씀해오신 것 같은데요. "네가 생각하는 대로, 네가 믿는 대로 다 이루어지리라"는 식으로요.

그 두 가지 진술은 서로 모순되지 않는다.

모순되지 않는다구요? 제게는 확실히 모순되게 느껴지는데요.

네 이해가 모자라기 때문이다.

좋습니다. 그건 저도 인정합니다. 제가 당신과 대화하는 것도 그 때문이니까요.

그럼 설명해주지. 너희는 자신이 원하는 건 아무것도 가질 수 없다. 내가 전에, 이 책 1장에서 말했다시피, 뭔가를 원한다는 행동 자체가 그것을 네게서 멀어지게 한다.

음, 전에도 그런 말씀을 하셨던 것 같군요. 하지만 당신은 제게서 떠나고 있습니다. 빠른 속도로요.

붙잡고 있으려면 싸워라. 다시 좀 더 상세히 설명해줄테니 잘 기억해두어라. 네가 이해하고 있는 대목으로 돌아가보자. **생각에는 창조하는 힘이 있다.** 맞는가?

맞습니다.

말에는 창조하는 힘이 있다. 이것도 이해하는가?

예.

행동에는 창조하는 힘이 있다. 생각, 말, 행동은 창조의 세 가지 차원이다. 아직 나와 함께 있는가?

예, 있습니다.

좋다. 그럼 네가 줄곧 얘기하고 물어왔던 것이니, "세속적인 성공"을 지금의 주제로 삼기로 하자.

좋습니다.

지금 너는 "나는 세속적인 성공을 원한다"는 생각을 하고 있느냐?

가끔 가다요.

그리고 너는 가끔 가다 "나는 더 많은 돈을 원한다"는 생각을 하느냐?

예.

바로 그 때문에 너는 세속적인 성공도 더 많은 돈도 가질 수 없다.

왜죠?

우주로서는 **네가 생각하는 걸 그대로 실현해주는 것** 외에 달리 선택할 여지가 없기 때문이다.

네 생각은 "나는 세속적인 성공을 원한다"이다. 너도 이해하다시피 그런 생각은 호리병 속에 든 요정처럼 창조하는 힘이 있다. 네 말은 요정의 명령이다. 이해하겠느냐?

그런데 왜 제가 성공하지 못한다는 건가요?

이미 말했듯이 네 말은 요정의 명령이다. 그런데 네 말은 "나는 성공을 원한다"였다. 그럴 때 우주는 "알았다, 그렇게 하라"고 말한다.

그래도 무슨 말씀을 하시는 건지 모르겠습니다.

이런 식으로 생각해보라. "나"라는 말은 창조의 엔진에 시동을 걸어주는 열쇠다. "나는"이라는 두 단어는 엄청난 힘을 갖고 있다. 그 말들은 우주에 보내는 진술이며, 명령이다.

이제 "나"라는 말(이 말은 '위대한 나the Great I Am'를 불러들인다) 뒤에 따라오는 건 뭐든지 현실에서 그대로 실현되는 경향이 있다.

그러므로 "나" + "성공을 원한다want"는 성공이 모자라는wanting 너를 만들어내며, "나" + "돈을 원한다"는 돈이 모자라는 너를 만들어낸다. 생각과 말에는 창조력이 있기에 다른 결과는 나올 수 없다. 행동 역시 마찬가지다. 만일 네가 성공과 돈을 원한다는 식으로 말하고 행동한다면, 네 생각과 말과 행동은 서로 일치되고, 따라서 너는 확실히 이것들이 모자라는 체험을 하게 된다.

알겠느냐?

맙소사! 정말로 그렇게 되나요?

물론이다. 너희는 **강력한 힘을 지닌 창조주다.** 그런데 너희가 예컨대 화가 나거나 짜증이 나서 딱 한 번 한 생각이나 말이라면, 그것들이 그대로 현실이 되는 일은 거의 없다. 그러므로 너희가 가끔 그러하듯이 "뒈져라!"라거나 "지옥에나 가버려!"라거나, 그 밖에 별로 고상하지 못한 말들을 생각하거나 뱉었다고 염려할 필요는 없다.

그거 고맙군요.

천만에. 그러나 너희가 어떤 생각이나 말을 자꾸자꾸 되풀이한다면, 한두 번이 아니라 몇십 번, 몇백 번, 몇천 번 되풀이한다면, 그것들의 창조력이 얼마나 엄청날지 생각해봤는가?

자꾸자꾸 되풀이된 생각이나 자꾸자꾸 표현된 말은 표현된 꼭 그대로 된다. 즉 생각하거나 말한 그대로 밀려나온다는 말이다. 그것은 외부로 나와 실현된다. 그것은 너희의 현실이 된다.

비극이군요.

그 말이 흔히 만들어내는 것이 바로 이것, 비극이다. 너희는 비극을 사랑하고 삶의 드라마를 사랑한다. 너희가 더 이상 그렇게 하지 않을 때까지 너희는 그렇게 한다. 그러나 언제고 너희의 진화 과정에서 드라마를 사랑하고, 너희가 살아온 "이야기"를 사랑하는 걸 그만둘 시점이 온다. 그때가 바로 너희가 그것을 바꾸기로 결정하는 때, 꼭 바꾸기로 선택하는 때다. 대다수 사람들이 그 방법을 모를 뿐이다. 하지만 이제 너는 알고 있다. 네 현실을 바꾸려면 **그냥 그런 식으로 생각하길 그만두면 된다.**

네 경우라면 "나는 성공을 원한다"고 생각하지 말고, "나는 성공했다"고 생각하도록 하라.

저한테는 그게 거짓말처럼 여겨집니다. 제가 그렇게 말한다면 그건 저 자신을 놀리는 게 됩니다. 제 마음은 "말도 안 돼!"라고 소리칠 겁니다.

그럼 네가 **받아들일 수 있는** 생각을 하라. "지금 성공이 내게 다가오고 있어"라거나 "모든 게 다 내 성공을 돕고 있어"라는 식으로.

뉴에이지식 긍정 훈련의 배후에 깔린 수법이 바로 그런 건데요.

긍정이 너희가 이루고자 하는 것에 대한 진술일 뿐이라면, 그것은 아무 효과도 없다. 긍정은 이미 이루어졌음을 너희가

아는 것에 대한 진술일 때만 효과가 있다.

소위 최고의 긍정은 감사와 인정의 진술이다. "신이시여, 제가 성공하게 해주셔서 고맙습니다." 이제 말과 행동으로 옮겨진 그런 관념이나 생각은 그것들이 참된 앎에서 온 것일 때, 어떤 결과를 **만들어내려는** 데서가 아니라, 결과가 **이미** 만들어졌음을 깨닫는 데서 온 것일 때, 놀라운 결과를 낳는다.

예수는 이것을 확실히 알고 있었다. 예수는 기적을 일으킬 때마다 그에 앞서 기적을 가져다 준 것에 대해 내게 미리 감사했다. 그로서는 감사하지 않는다는 건 꿈에도 생각할 수 없는 일이었다. 왜냐하면 자신이 선언한 것이 일어나지 않을 거란 생각을 **한번도 해본 적이 없었기에.**

그는 '자신이 누구인지'와 자신과 나의 관계를 굳게 확신하고 있었기에, 그의 모든 생각과 말과 행동은 그의 앎을 있는 그대로 반영했다. **너희의** 생각과 말과 행동이 너희의 앎을 그대로 반영하는 것과 꼭 마찬가지로……

그러니 이제 네가 삶에서 체험하고자 하는 뭔가가 있다면, 그것을 "원하지" 말고 선택하라.

너는 세속적인 의미에서 성공을 선택하려는가? 더 많은 돈을 선택하려는가? 좋다, 그럼 그것들을 선택하라. 어중간하게 선택하지 말고 진심으로, 온 마음으로 선택하라.

그러나 네가 이르게 될 발전 단계에서 "세속적인 성공"이 더 이상 네 관심을 끌지 않는다 해도 그리 놀라지 마라.

그건 무슨 뜻인가요?

모든 영혼의 진화 과정에는 더 이상 몸의 생존이 아닌 영혼의 성장이 주요 관심이 되고, 더 이상 세속적인 성공 달성이 아닌 자기 실현이 주요 관심이 되는 때가 있기 마련이다.

어떤 의미에서 보면, 이때가 아주 위험하다. 특히 처음 시작 단계에서는. 왜냐하면 그것은 자신의 실체가 바로 그거라는 것, 즉 자신이 몸의 존재가 아니라 몸속의 존재임을 알게 되기 때문이다.

성장 중인 그 실체가 이 관점을 충분히 자신의 것으로 소화하기 전인 이 단계에서, 흔히 마음은 몸의 일들에 대해 더 이상 아무 신경도 쓰지 않으려고 한다. 그 영혼은 드디어 자신이 "발견되었다"는 사실에만 너무 흥분해 있다!

그럴 때 마음은 몸과 몸에 관한 모든 문제를 내팽개친다. 모든 게 다 무시된다. 모든 관계가 옆으로 제쳐지고, 가족들도 관심 밖으로 밀려난다. 직업은 부차적인 것이 되고, 청구서들은 그대로 방치된다. 몸은 오랫동안 먹지조차 못한다. 이제 그 실체의 모든 관심과 초점은 영혼과 영혼의 문제들에 집중된다.

이런 사태는 그 존재의 나날의 삶에서 심각한 위기를 가져올 수 있다. 비록 그 마음은 어떤 외상(外傷)도 느끼지 못하겠지만. 마음은 더없는 행복감에 젖어 있다. 이럴 때 다른 사람들은 네가 미쳤다고 말한다. 사실 어떤 의미에서 너는 미쳤을 수도 있다.

삶이 몸과 아무 관련도 없다는 진실을 발견한 것이 역으로 다른 식의 불균형을 만들어내는 것이다. 그 실체는 전에는 몸이 존재하는 모든 것인 듯이 행동했지만, 이제는 몸이 전혀 중요하지 않은 것처럼 행동한다. 얼마 안 가 그 실체가 기억해내게 되듯이(때로는 고통스러운 과정을 거쳐), 물론 이것은 진실이 아니다.

너희는 몸과 마음과 영혼으로 이루어진 3중의 존재다. 너희가 이 지상에 살고 있는 동안만이 아니라, 너희는 **언제나** 3중의 존재로 머물 것이다.

죽음이 닥치면 몸과 마음은 떨어져나간다고 여기는 사람들이 있는데, 그것들은 떨어져나가지 않는다. 몸은 가장 밀도가 높은 부분을 뒤에 남겨둔 채 형태를 바꾸긴 하지만, 그 외피(外皮)는 항상 유지한다. 마음(이것을 뇌와 혼동하지 마라) 역시 세 가지 차원, 혹은 세 가지 측면으로 이루어진 하나의 에너지 덩어리로 영혼 및 몸과 함께 결합하여 너희를 따라간다.

만일 너희가 다시 지상의 삶이라는 이 체험을 선택해야 한다면, 너희의 신성한 자아는 다시 한번 자신의 진짜 차원들을 소위 몸, 마음, 영혼으로 분리시킬 것이다. 사실 너희는 세 가지 다른 특성을 지니긴 하지만, 같은 하나의 에너지다.

너희가 이 지상에서 새로운 신체 속에 존재하기로 마음먹으면, 너희의 에테르성(性) 몸(너희 중 일부는 그것을 이렇게 부른다)은 그 진동수를 낮춘다. 즉, 눈에 보이지 않을 정도로 너무 빠른 진동에서 질량과 물질을 낳는 속도로 늦춘다. 이 실제 물질은 순수한 사고의 창조물이다. 이것은 너희 마음이, 너희의 3중 존재 중에서 고귀한 마음의 측면이 이뤄낸 작품이다.

이러한 물질은 수천조 수천경의 각기 다른 에너지 단위들이 하나의 거대한 덩어리, 마음으로 통제할 수 있는 에너지 덩어리로 응고된 것이다. 너희는 진짜로 주(主)된 마음이고!

이 미세한 에너지 단위들이 자체의 에너지를 다 써버리고 나면 몸은 그것들을 버린다. 그러면 마음은 새로운 에너지들을 창조한다. 마음은 '자신이 누구인지'에 대한 끊임없는 생각 속에서 그것들을 창조한다! 말하자면 에테르성 몸이 그 생각을 "포착해서" 더 많은 에너지 단위들의 진동수를 낮추면(어떤 의미에서는 그 에너지 단위들을 "결정화[結晶化]하면"), 그것들은 다시 물질이 된다. 너희라는 새로운 물질이. 이런 식으로 너희 몸의 모든 세포는 몇 년마다 한 번씩 바뀐다. 너는 문자 그대로 몇 년 전의 너와 **똑같은 사람이 아니다.**

만일 너희가 질병에 대해 생각한다면(혹은 계속 화내고 증오하고 부정적이라면), 너희의 몸은 이런 생각들을 물질 형태로 전환시킬 것이다. 사람들은 이런 부정적이고 병적인 형태를 보고 "무슨 일이야What's the matter?"(이 말을 직역하면, "그 물질은 무엇인가?"가 된다—옮긴이)라고 물을 것이다. 그들은 그렇게 물어놓고도 자기네가 얼마나 정확한 질문을 던졌는지 깨닫지 못한다.

영혼은 너희에 관한 진실을 간직한 채, 이 모든 드라마가 펼쳐지는 걸 해마다, 달마다, 날마다, 순간마다 지켜본다. 영혼은 그 청사진을, 원래 계획을, 맨 처음 생각을, 생각의 창조력을 결코 잊지 않는다. 영혼이 하는 일은 너희에게 상기시키는remember 것, 즉 문자 그대로 다시 **마음을 쓰게**re-mind 만드는 것이다. 너희가 다시 한번 '자신이 누구인지' 기억해내고, 그리하여 '지금 되고자 하는 자신'을 선택할 수 있도록.

이런 식으로 창조와 체험, 영상화와 실현, 앎과 미지로의 성장 순환은 지금도, 그리고 앞으로도 영원히 지속되는 것이다.

휘유!

맞다, 휘유!라고 하는 바로 그 느낌이다. 하지만 설명할 게 훨씬 더 많이 있다. 아주 많이. 한 권의 책으로는, 아니 한평생을 다 써도 모자랄 만큼 많이. 하지만 너는 이제 시작했으니 그걸로 좋다. 단지 이것 하나만 명심하라. 너희의 위대한 교사인 윌리엄 셰익스피어는 이렇게 말했다. "호레이쇼, 이 천지간에는 자네의 지혜로 상상할 수 있는 것보다 더 많은 것들이 있다네."

《햄릿》 1막 5장 – 옮긴이)

지금 말씀하신 것에 관해 몇 가지 질문을 해도 될까요? 제가 죽은 뒤에도 마음이 저와 같이 간다고 하셨을 때 그건 제 "개성"이 저와 함께 간다는 뜻인가요? 사후 세계에서도 제가 누구였는지 알게 된다는 말씀인가요?

그렇다…… 네가 지금까지 어떤 존재였는지도. 너는 그 모든 걸 훤히 볼 것이다. 그때는 그게 네 깨달음에 도움이 되니까. 하지만 지금 이 순간에는 그렇지 않을 것이다.

그럼 내세에는 현재의 삶과 관련하여 일종의 "계산서"나 개괄 평가서, 일종의 대차대조표 같은 게 있습니까?

너희가 내세라 부르는 곳에는 어떤 심판도 존재하지 않는다. 심지어 너희 스스로 자신을 심판하는 것도 허용되지 않을 것이다(너희가 현생에서 자신에 대해 얼마나 엄하고 가혹하게 구는가를 생각하면, 거기서도 너희는 자신에게 낮은 점수를 줄 게 분명하니까).

아니다, 거기에는 계산서도 없고, "엄지를 올리거나 내리는" 사람도 없다. **심판하기 좋아하는 것은 인간들뿐이다. 너희가 그러하기 때문에 너희는 나도 그러리라고 가정한다. 그러나 나는 그렇지 않다. 그리고 이것은 너희가 받아들일 수 없는 위대한 진실이다.**

내세에는 어떤 심판도 존재하지 않음에도 불구하고 너희가 이곳에서 생각하고 말하고 행동했던 모든 것을 다시 돌아보고, 너희가 말하는 '자신'과 '되고자 하는 자신'에 근거하여, 다시 선택할—만일 선택할 게 있다면—기회는 있을 것이다.

동양에는 욕계(欲界, Kama Loka)라는 개념을 중심으로 한 신비주의 교리가 있습니다. 이 가르침에 따르면, 죽었을 때 우리는 이 생에서 생각하고 말하고 행동했던 모든 것을 자신의 관점에서가 아니라, 그런 것들에 영향을 받은 다른 모든 사람의 관점에서 다시 재현해볼 기회가 생긴다고 합니다. 달리 말해, 우리는 현생에서 자신이 생각하고 말하고 행했다고 느낀 모든 걸 이미 체험했고, 이번에는 이 각각의 순간에 남들이 느꼈던 것을 느끼는 체험을 하게 된다는 거죠. 그리고 우리는 **그런** 체험을 바탕으로 해서 그런 생각이나 말이나 행동을 다시 반복할 것인지 여부를 결정한다고 합니다. 이런 가르침에 대해서는 어현생 이후 너희 삶에서 일어나는 일들은 이 자리에서 너희가 이해할 수 있는 용어로는 도저히 설명할 수 없을 만큼 경이롭다. 그 체험은 다른 차원의 체험이고, 인간의 언어라는 지독히 제약된 도구로는 도저히 설명할 길이 없다. 여기서는 그저 너희가 어떤 고통이나 두려움이나 심판받는 일 없이 자신의 전생을 다시 조망할 기회를 가지며, 너희는 그것을 통해 이곳에서의 체험을 어떻게 느끼고, 그 다음에 어디로 가고 싶은지 판단하게 된다는 얘기만으로 충분할 것이다.

너희 중 상당수는 다시 이곳으로 돌아오기로, 너희가 현재 수준에서 자신에 관해 내리는 결정과 선택들을 체험할 또 한번의 기회를 갖기 위해 이 고밀도의 상대계로 돌아오기로 결정할 것이다.

선택받은 소수인 다른 이들도 다른 사명을 갖고 이 세상에 돌아올 것이다. 그들은 밀도와 물질 중에서 남들을 건져내려는 영적인 목적을 갖고 밀도와 물질의 이 세상으로 돌아올 것이다. 이 지상에는, 너희 중 늘 그런 식의 선택을 한 사람들이 존재한다. 너희는 그들을 금방 알아볼 수 있다. 그들의 할 일은 끝났다. 그들은 오로지 남들을 도우려는 목적 하나로 지상으로 돌아온다. 이것이야말로 그들의 기쁨이요, 열광이다. 그들은 봉사하는 것 외에는 어떤 것도 추구하지 않는다.

너희는 그런 사람들을 놓칠래야 놓칠 수 없다. 그들은 어디에나 있다. 그들의 수는 너희가 생각하는 것보다 훨씬 더 많다.

너희가 그런 사람을 알 기회, 그런 사람에 대한 소문을 들을 기회는 항상 존재한다.

제가 그런 사람인가요?

아니. 너는 이런 질문을 던진다는 것 자체로 자신이 그런 사람이 아니라는 걸 알 것이다. 그런 사람은 누구에게도 묻지 않는다. 그에게는 물을 게 없다.

내 아들이여, 이번 생에서 너는 사자(使者)다. 예고하는 사람이고, 소식을 전하는 사람이며, 진리를 추구하고 자주 진리에 대해 이야기하는 사람이다. 한번의 생애가 그 정도면 대단한 것이다. 그러니 기뻐하라.

아, 그럼요. 하지만 누구나 그 이상을 바랄 수도 있는 것 아닙니까?

그렇지! 그리고 넌 그렇게 된다! 너는 항상 그 이상을 바라게 될 거야. 그게 네 본성이니까. 항상 더 나아지려고 하는 건 신성한 본성이지.

그러니 추구하라. 그래, 무슨 수를 쓰더라도 추구하라.

이제 나는 이번 장의 서두에서 네가 던진 질문에 분명히 대답하고자 한다.

계속 앞으로 나아가면서 네가 진실로 좋아하는 일을 하라! 그 외에 다른 건 일절 하지 마라! 네게는 시간이 거의 없다. 어떻게 생계를 위해 네가 좋아하지 않는 일에 시간을 낭비할 생각을 할 수 있단 말인가? 무슨 그 따위 삶이 있단 말인가? 그건 사는 게 아니라 **죽어가는 것**이다!

만일 네가, "하지만, 하지만…… 제게는 딸린 식구들이 있습니다…… 먹여살려야 할 어린 것들이 있고…… 저만 쳐다보는 아내가 있습니다……"고 말한다면, 나는 이렇게 대답하리라. 만일 네가 몸이 하는 일을 삶이라고 주장한다면, 너는 무엇 때문에 이곳에 왔는지 이해하지 못하고 있다. 적어도 너를 기쁘게 해줄 일, '자신이 누구인지' 말해줄 일을 하라.

그러면 최소한 네 기쁨을 방해한다고 여기는 사람들을 향한 원망과 분노에서는 벗어날 수 있으리라.

네 몸이 하는 일이 하찮다는 건 아니다. 그것은 중요하다. 하지만 네가 생각하는 식으로는 아니다. 몸의 활동은 어떤 존재 상태에 이르고자 시도한다는 의미에서가 아니라, 어떤 존재 상태를 반영한다는 의미에서 중요하다.

만사가 제대로 질서 잡혀 있다면 사람은 행복해**지려고** 뭔가를 **하는 게** 아니다. 누구나 행복하다. 그래서 뭔가를 하는 것이다. 자비로워**지려고** 무슨 일을 **하는 게** 아니라, 자비롭기 때문에 그런 식으로 행동한다. 의식이 깨어 있는 사람에게는 영혼의 결정이 몸의 행동보다 먼저 이루어진다. 의식 없이 행동하는 사람만이 몸이 하는 일을 매개로 영혼의 상태를 만들어내고자 한다.

"네 몸이 하는 일이 삶은 아니다"란 내 진술이 뜻하는 바가 바로 이것이다. 그럼에도 네 몸이 하는 일이 네 삶의 현 상태를 반영해주는 건 사실이다.

이것은 또 다른 신성한 이분법이다.

그러나 다른 건 다 못하더라도 이것만은 알아둬라.

자식이 있건 없건, 배우자가 있건 없건 간에 누구나 기쁨을 누릴 **권리가** 있다. 그것을 추구하고 그것을 찾아내라! 그러면 네 가족들은 네가 돈을 벌고 못 벌고에 상관없이 기쁨에 찬 가족이 될 것이다. 그리고 만일 그들이 기뻐하지 않고 일어나 네 곁을 떠나려 한다면, 그들 나름의 기쁨을 찾을 수 있게 사랑으로 그들을 떠나보내라.

한편, 만일 네가 몸의 일들에 아무 관심도 없는 정도로까지 성숙해지면, 너는 하늘에서 그러한 것처럼 이 지상에서도 훨씬 더 자유롭게 자신의 기쁨을 추구하게 될 것이다. 신은 행복한 건 좋은 일이라고, 자신이 하는 일에서 행복해하는 것까지도 좋은 일이라고 말한다.

네가 이제까지 해온 일은 바로 '자신이 누구인지'에 관한 진술이다. 만일 그렇지 않다면 너는 왜 그런 일을 하는가?

그 일이 하지 않으면 안 되는 일이라 생각하는가?

네가 꼭 해야 하는 일이란 건 없다.

어떤 희생도 마다하지 않고, 심지어 자신의 행복까지 희생하면서 가족을 부양하는 사내가 '자신'이라면, 네가 하는 일을 사랑하라. 그렇게 하는 게 네가 창조하는 **너 자신을 생생하게 진술할 수 있게 해주기** 때문이다.

자신에게 책임이 주어졌을 때 그 책임을 다하기 위해 자기가 싫어하는 일이라도 열심히 하는 여자가 '자신'이라면, 네 일을 사랑하고 사랑하고 또 사랑하라. 그렇게 하는 게 네 자아 이미

지, 네 자아 개념을 전폭 뒷받침해줄 터이니.

누구든 간에 자기가 무슨 일을, 왜 하고 있는지 깨닫는다면, 모든 것을 사랑할 수 있다.

스스로 원치 않는 일을 하는 사람은 아무도 없다.

13

제가 직면하고 있는 일부 건강 문제들은 어떻게 해결할 수 있습니까? 저는 평생토록 지속되기에 충분할 만큼 심한 고질병들을 앓아왔습니다. 왜 저는 지금까지도 그런 병들을 갖고 있는 걸까요? **이번** 생애에서 말입니다.

우선 한 가지 점을 분명히 해두자. 너는 그 병들을 사랑한다. 아무튼 그 병들 대부분을. 너는 자신에게 연민을 느끼고 남들의 주의를 끌기 위해 그 병들을 놀라울 만치 잘 이용하고 있다.

어쩌다 네가 그 병들을 사랑하지 않는 때라고 해봐야, 그것들이 정도 이상으로 진전되었을 때, 애초에 네가 그 병들을 지어내면서 생각한 정도보다 훨씬 더 심할 때뿐이다.

아마 너도 알고 있을지 모르지만, 모든 병은 스스로 창조한다. 고리타분한 의사들조차 지금은 사람들이 어떤 식으로 자신을 아프게 만드는지 알고 있다.

대다수 사람들은 전혀 의식하지 못한 채 그렇게 한다(그들은 자기네가 뭘 하는지도 모른다). 그리하여 병이 들면 그들은 왜 병이 자신을 **덮쳤는지** 모른다. 마치 자기네 스스로 저지른 짓이 아니라 하늘에서 뭔가가 뚝 떨어지기라도 한 것처럼 느낀다.

대다수 사람들이 의식하지 않고 살기 때문에 이런 일이 일어난다. 비단 건강 문제와 그 결과만 그런 게 아니다.

사람들은 담배를 피우면서도 자신이 왜 암에 걸렸는지 의아해한다.

사람들은 고기와 지방을 먹으면서도 왜 동맥경화가 일어났는지 의아해한다.

사람들은 한평생 계속해서 화를 내면서도 왜 심장마비가 왔는지 의아해한다.

사람들은 엄청난 스트레스를 받아가며 무자비하게 남들과 경쟁하면서도 자신한테 왜 뇌일혈이 일어났는지 의아해한다.

대부분의 사람들이 자신을 **죽음으로 몰아갈 만큼 걱정하며** 살지만, 이것은 그리 뚜렷하게 드러나지 않는다.

걱정은 마음의 활동 중에서 미움 다음가는 나쁜 것으로, 거의 최악이라 해도 좋을 만큼 자신을 심하게 파멸시키는 형태다. 걱정은 일정한 초점 없이 정신 에너지를 쓸데없이 허비하게 만든다. 그것은 또 몸에 해를 주는 생화학 반응들을 창조하여, 소화불량에서 관상동맥 폐색까지 온갖 병들을 일으킨다.

걱정을 그만두면 건강은 이내 좋아질 것이다.

걱정은 마음이 자신과 나(神)의 연관성을 이해하지 못할 때 보여주는 마음의 행동이다.

미움은 가장 위험한 정신 상태다. 그것은 몸에 독을 퍼뜨려, 사실상 돌이킬 수 없는 결과를 빚어낸다.

두려움은 '너희'의 모든 것에 맞서는 대립물이다. 따라서 그것은 너희의 정신 건강과 육체 건강에 대립하는 결과를 낳는다. **두려움은 걱정이 증폭된 것이다.**

걱정과 미움과 두려움은, 그 파생물들인 불안, 애달픔, 성마름, 탐욕, 불친절, 심판하기, 비난 따위와 함께 어느 것이나 몸세포들을 공격한다. 이런 조건에서 건강한 몸을 갖기란 불가능하다.

자만심, 방종, 욕심 같은 것들은 앞의 것들보다 다소 덜하긴 하지만, 그래도 역시 신체의 질병이나 불편을 가져온다.

모든 병은 무엇보다 먼저 정신에서 창조된다.

어떻게 그럴 수 있죠? 남한테서 옮는 것들은요? 예를 들면 감기라든지…… 그리고 에이즈 같은 건요?

너희 삶에서 생각하지도 않았는데, 어떤 일이 일어나는 경우는 절대 없다. 생각은 자석처럼 결과를 너희에게 끌어다준다. 때로는 생각이 명료하지 않아서, "나는 고약한 병에 걸릴 거야"라는 식의 확실한 원인 제공자로 나타나지 않을 수도 있다. 생각은 그보다 훨씬 더 미묘한 형태로 나타날 수 있다(그리고 대체로 그렇다). 예를 들면 ("나는 살 가치가 없는 놈이야"), ("내 인생은 늘 엉망이야"), ("나는 실패한 인간이야"), ("신이 나를 벌하실 거야"), ("사는 것이 지겁고 신물이 나!")……

생각은 대단히 미묘하면서도 엄청나게 강력한 에너지 형태다. 말은 그보다 덜 미묘하지만 더 짙은 에너지 형태이고, 행동은 셋 중에서 가장 짙은 에너지 형태다. 행동은 둔중한 물질 형태와 둔중한 움직임 속의 에너지다. 너희가 "나는 패배자야" 같은 부정적인 개념을 생각하고 말하고 행동할 때, 너희는 엄청나게 강한 창조 에너지를 움직이고 있는 것이다. 이럴 때 너희가 감기에 걸린다 해도 별로 놀랄 일이 아니다. 감기에 걸리는 정도는 아마 가장 약소한 결과일 것이다.

부정적인 생각의 결과들이 일단 물질 형태를 띠고 나면, 그 결과들을 뒤집기는 대단히 어렵다. 불가능하지는 않지만 대단히 어렵다. 그것을 뒤집으려면 최고의 믿음이라는 행동이 필요하다. 우주의 긍정적인 힘에 대한 남다른 믿음이 있어야 한다. 너희가 이 힘을 신이라 부르든, 여신, 혹은 부동(不動)의 동인, 원동력, 최초 원인, 혹은 그 밖의 어떤 딴 이름으로 부르든 상관없이 말이다.

치유자들Healers이 바로 이런 믿음을 지닌 사람들이다. 이것은 '절대 앎'에 전달되는 믿음이다. 치유자들은 너희가 바로 **지금 이 순간** 전체이고 완벽하고 완전한 존재들임을 **알고 있다**. 이 앎도 생각이다. 아주 강력한 힘을 지닌 생각이다. 그런 앎은 산도 옮길 만한 힘을 갖고 있으니 너희 몸의 분자들은 더 말할 나위도 없다. 치유자들이 종종 아주 멀리 떨어진 곳에서도 치료해줄 수 있는 건 이 때문이다.

생각은 거리에 구애받지 않는다. 생각은 세상으로 퍼져가며, 그 말보다도 더 빨리 우주를 가로지른다.

"그저 한 말씀만 하시면 제 하인이 낫겠습니다."(〈마태복음〉 8:5~13 – 옮긴이) 그래서 그 순간 그렇게 되었다. 그의 말이 채 끝나기도 전에. 그 백인대장의 믿음은 그토록 컸다.

그러나 너희의 마음은 모두 문둥병을 앓고 있다. 너희의 마음은 부정적인 생각들에 먹혀버렸다. 그런 생각들 중에는 너희에게 주입된 것들도 일부 있다. 그러나 그중 상당수는 너희 스스로 지어내거나 불러일으켰다. 그러고 나서 너희는 몇 시간이고 며칠이고 몇 주고 몇 달이고, 심지어는 몇 년이고 그런 생각들을 지닌 채 즐긴다.

……그러고는 자신이 왜 병들었는지 의아해한다.

네가 표현했듯이 너는 "일부 건강 문제들을 해결할" 수 있다. 네 사고방식의 문제들을 해결한다면. 그렇다, 너는 새로운 큰 문제들이 발전해가는 걸 막을 뿐 아니라, 네가 이미 취득한 (스스로에게 부과한) 조건들 중 일부를 치료할 수도 있다. 또 새로운 큰 문제들이 일어나는 걸 예방할 수도 있다. 그냥 네 생각을 바꾸기만 하면 된다.

그리고 신에게서 나오는 말 치고는 너무 속되게 들려 이런 말을 하기는 싫지만, 제발 **자신을 잘 보살펴라.**

너는 자신의 몸을 함부로 굴린다. 몸에 뭔가 이상이 있지 않나 하는 의심이 들기 전까지는 전혀 신경을 쓰지 않는다. 너는 예방 차원의 몸관리는 사실상 전혀 하지 않는다. 너는 몸보다는 차에 더 신경을 쓴다. 이 말은 전혀 과장이 아니다.

311

너는 정기검진이나 연례 종합건강진단, 의사가 처방해준 치료법이나 약들을 사용하여(너는 의사가 제안하는 처방대로 따르지도 않으면서 뭣하러 의사를 찾아가 도움을 청하는가? 이 점에 대해 나를 납득시킬 건덕지가 하나라도 있단 말인가?) 돌발사고를 예방하지도 않고, 그나마 건성으로 들르는 예약 진료일 사이에는 또 얼마나 심하게 몸을 학대하는가!

운동을 하지 않아 네 몸은 자꾸 **늘어지고** 있다. 그보다 더 나쁜 건 몸을 사용하지 않아 자꾸 약해진다는 것이다.

또 너는 몸에 영양분을 제대로 공급해주지 않아 몸을 더 쇠약하게 만들고 있다.

거기다 너는 온갖 독소와 독극물들, 음식으로 가장한 가장 고약한 물질들로 몸을 채운다. 그런데도 몸은, 그 경이로운 엔진은 여전히 너를 위해 달리고 있다. 그런 맹폭격에도 불구하고 그것은 여전히 칙칙폭폭 칙칙폭폭 용감하게 달려가고 있다.

끔찍한 일이다. 네가 자기 몸더러 이런 악조건들 속에서 살아남으라고 요구하는 것도 끔찍한 일이고. 그러나 너는 거의 혹은 전혀 아무 조치도 취하지 않을 것이다. 너는 이 부분을 읽고 후회스럽다는 듯 고개를 끄덕이겠지만, 그래놓고는 곧장 몸을 함부로 굴리는 예전 습관으로 되돌아갈 것이다. 왜 그런지 아는가?

왜 그러냐고 묻기가 겁나는군요.

네게는 살려는 의지가 없기 때문이다.

가혹한 기소장(起訴狀)처럼 들리는군요.

　난 가혹하게 굴 마음도, 기소할 마음도 없다. "가혹하다"는 말은 상대적인 용어, 즉 네가 그 이야기에 대해 내린 판단이다. 또 "기소"는 죄를 암시하고, "죄"는 나쁜 짓이란 뜻을 담고 있다. 그러나 여기에는 어떤 나쁜 짓도 들어 있지 않다. 따라서 죄도 기소장도 끼어들 여지가 없다.

　나는 단지 진실을 말했을 뿐이다. 진실한 말들이 다 그렇듯이, 그 말에는 너를 일깨우는 효과가 있다. 어떤 사람들은 깨어나는 걸 좋아하지 않는다. 대체로 그렇다. 대부분의 사람들은 오히려 잠자고 싶어한다.

　이 세상이 이런 상태가 된 건 이 세상이 자면서 걷는 사람들로 가득 차 있기 때문이다.

　내가 이야기한 것이 사실이 아닌 것 같은가? 네게는 살려는 의지가 없다. 적어도 지금까지는 그랬다.

　물론 네가 "이제 막 마음을 바꿨습니다"라고 말한다면, 네 앞으로의 행동에 대한 내 예언을 재고해볼 여지는 있다. 내 예언이 이전 체험에서 나왔다는 건 나도 알고 있으니까.

　……또한 그 말에는 너를 깨우려는 뜻도 들어 있다. 이따금 어떤 사람이 너무 깊이 잠들어 있을 때는 좀 잡아 흔드는 게 필요하니까.

　과거에 나는 네가 살려는 의지가 거의 없음을 보았다. 지금 네가 그 사실을 부인할 수도 있다. 그러나 이런 경우에는 말보다는 행동이 더 확실하게 말해주는 법이다.

너처럼 20년 동안 하루에 한 갑씩 피워댄 사람은 말할 것도 없고, 한번이라도 담배를 피운 적이 있는 사람은 살려는 의지가 없는 사람이다. 너는 자신이 몸에게 **무슨 짓을** 하든 전혀 개의치 않는다.

하지만 전 벌써 10년도 더 전에 담배를 **끊었는데요**!

20년 동안 몸을 잔뜩 혹사하고 나서야 끊었지.

그리고 한번이라도 자기 몸속에 술을 들이붓는 사람은 살려는 의지가 거의 없는 사람이다.

저는 아주 적당한 정도만 마십니다.

그 몸은 술을 마시라고 만들어진 게 아니었다. 그리고 술은 정신을 해친다.

하지만 **예수도** 술을 마셨는데요! 그는 결혼식에 가서 물을 포도주로 바꿨다구요!

그래, 누가 예수가 완전하다고 말하던가?

오, 맙소사.

말해봐, 나한테 짜증이 나지?

314

신에게 짜증을 내다니요? 천만에요, 그렇지 않습니다. 제 말뜻은 요, 그게 어느 정도는 그냥 단순화일 수도 있다는 거죠. 그렇지 않습니까? 하지만 제 생각엔 우리가 이 문제를 좀 더 멀리까지 가져가볼 수도 있을 것 같습니다. 저희 아버님은 저한테 "뭐든지 적당히 하라" 고 가르치셨죠. 술에 관한 문제에서 저는 이 가르침을 따랐습니다.

적당히만 혹사당한 몸은 좀 더 쉽게 회복될 수 있다. 그러므로 네 아버지의 가르침은 나름대로 일리가 있다. 그렇지만 나는 애초의 내 주장을 고수할 것이다. 그 몸은 술을 마시라고 만들어진 게 아니었다.

하지만 알코올 성분이 든 약들도 있는데요!

너희가 약이라 부르는 것에 대해서 내가 어찌할 수는 없다. 그러나 나는 내 주장을 고수할 것이다.

당신은 정말 엄격한 분이로군요. 그렇잖습니까?

보아라, 진실은 진실이다. 누군가가 "약간의 술은 해롭지 않다"고 말하고, 지금 네가 그러하듯이 너희가 사는 대로의, 삶의 맥락 속에 그 주장을 놓는다면, 나로서는 그런 주장에 동의하지 않을 수 없다. 그러나 그런다고 해서 내가 말한 진실이 달라지는 건 아니다. 단지 너희가 그 진실을 무시하는 걸 허용해주는 것일 뿐.

하지만 이걸 생각해봐라. 사람의 몸은 대체로 적으면 쉰 살, 많으면 여든 살 정도에서 완전히 소모된다. 일부는 그보다 더 오래 버티긴 하지만 그 수는 그리 많지 않다. 또 일부는 그보다 더 빨리 기능을 멈추기도 하지만 그 수는 그리 많지 않다. 여기에 동의하느냐?

예, 물론입니다.

좋다. 이렇게 해서 우리는 논의를 위한 좋은 출발점을 마련한 셈이다. 그런데 좀 전에 내가 "약간의 술은 해롭지 않다"는 주장에 동의한다고 했을 때, 나는 **"지금 너희가 사는 대로의 삶의 맥락 속에 그 주장을 놓는다면"**이란 조건을 덧붙였다. 너도 알다시피 너희 인간들은 지금 사는 식의 삶에 **만족하는** 듯하다. 하지만 네가 이걸 알면 놀라겠지만, 너희의 삶은 완전히 다른 방식으로 살도록 되어 있었다. 그리고 너희의 몸은 지금보다 **훨씬 더 오래** 지탱하게끔 설계되었다.

정말요?

그렇다.

얼마나 더 오래요?

무한히 오래.

그게 무슨 뜻이죠?

　　내 아들이여, 그건 너희의 몸이 영구히forever 지속되도록 설계되었다는 뜻이다.

영구히라고요?

　　그렇다. 그 말을 "오래오래도록for ever more"으로 읽어라.

그러니까, 우리가 결코 죽지 않을 존재였고, 존재란 말씀인가요?

　　너희는 결코 죽지 않는다. 생명은 영원하다. 너희는 불멸의 존재들이다. 너희는 결코 죽지 않는다. 너희는 그저 형태만 바꿀 뿐이다. 애초에 너희는 그것조차도 바꿀 필요가 없었다. 형태를 바꾸기로 결정한 건 너희였지, 내가 한 건 아니다. 나는 너희의 몸을 오래오래 지속되도록 만들었다. 너는 정말로 신이 할 수 있었던 최고의 작품, 내가 지어낼 수 있었던 최고의 작품이 고작 60~70년이나 80년 정도 버티다가 스러질 몸이었다고 생각하느냐? 그 정도가 내 능력의 한계라 생각하느냐?

그 문제를 꼭 그런 식으로 생각한 건 아닙니다만……

　　나는 너희의 장대한 몸을 **오래오래** 지속되도록 설계했다! 최초의 인간들은 사실상 고통도 없고, 오늘날 너희가 죽음이라 부르는 것에 대한 두려움도 모르는 몸으로 **살았다.**

너희는 종교 신화에서 이런 유형의 최초의 인간들을 아담과 이브라고 불러, 그들에 관한 단편적 기억을 상징화하고 있다. 물론 실제로는 단 두 사람만이 아니라 더 많은 수였지만.

내가 이 책에서 거듭 설명해왔다시피, 애초에 상대계의 물질인 몸의 모습을 하고 얻은 체험을 통해 너희 자신을 '참된 자신'으로 인식할 기회를 갖겠다는 발상은 멋진 너희 영혼들에게서 나왔다.

이 관념은 측정할 수 없을 만큼 빠르게 움직이는 모든 진동(사고 형태)의 속도를 늦추어, 소위 몸이라는 물질까지 포함하여 물질들을 만들어내는 것으로 실현되었다.

생명은 오늘날 너희가 수십억 년이라 부르는, 눈 깜짝할 찰나의 순간에 일련의 단계를 거쳐 진화했다. 그리고 그 성스러운 찰나 동안에 너희는 생명의 물인 바다에서 나와 육지로 들어섰고, 이어 오늘날 너희가 지니고 있는 형상을 갖추었다.

그럼 진화론자들이 **옳군요!**

나는 너희가 모든 걸 꼭 옳고 그른 걸로 구분하려는 걸 볼 때마다 여간 재미있지 않다. 너희의 그 관행은 늘 나를 즐겁게 해준다. 너희는 물질과 너희 자신을 정의하는 데 도움이 되고자 **그런 꼬리표들을 지어낸 것이** 바로 너희 자신임을 전혀 깨닫지 못한다.

너희는(너희 가운데 가장 뛰어난 사람들을 제외하고) 어떤 것이 옳은 것이자 그른 것일 수 있다는 사실을, 오로지 상대계에서만 사물들은 옳은 것 아니면 그른 것이 된다는 사실을 전혀 깨닫지 못한다. 시간이 시간이 아닌 절대계에서는 **모든 사물이 하나같이 모든 것이 된다**all things are everything.

그 세계에는 남성도 여성도, 전도 후도, 빠름도 느림도, 여기도 저기도, 위도 아래도, 왼쪽도 오른쪽도, 옳음도 그름도 없다.

너희의 우주비행사들은 이것을 직접 느꼈다. 애초에 그들은 자기네가 외계로 가기 위해 위로 발사되고 있다고 생각했으나, 막상 외계에 이르고 보니 자신들은 **지구를 올려다보고** 있었다. 아니, 그랬었나? 어쩌면 지구를 **내려다보고** 있었는지도 모른다! 그런데 태양은 어디에 있었지? 위? 아래? 아니! 저기, 왼쪽에. 그리하여 이제 갑자기 모든 것이 위 아래가 아니라 **옆에** 자리 잡고 있었…… 그리하여 모든 개념 규정은 사라져버렸다.

내 세계, 아니 우리 세계, 우리의 참된 영역에서도 사정은 마찬가지다. 모든 개념 규정이 사라져버려 명확한 용어들로 이 영역에 관해 이야기하는 것조차 어려워진다.

종교는 말로 표현할 수 없는 걸 말하고자 한다. 그래서 종교는 그 일을 그다지 잘해내지 못한다.

아니 내 아들이여, 진화론자들의 주장은 옳지 않다. 나는 눈 깜짝할 사이에, 창조론자들이 말한 꼭 그대로 성스러운 한순간에 이 모든 걸 창조했다. 그리고…… 그 모든 건 진화론자들이 주장하는 꼭 그대로, 소위 수십억 년이라는 장구한 세월이 걸린 진화의 과정을 통해 나타났다.

그 **양쪽 다** "옳다". 우주비행사들이 발견한 것처럼 그 **모든**

건 너희가 그것들을 어떻게 보느냐에 달려 있다.

그러나 진짜 문제는, 성스러운 한순간과 수십억 년의 차이는 무엇인가다. 너희는 삶의 몇몇 문제들은 엄청나게 신비로워서 너희조차 도저히 풀 수 없다는 사실에 순순히 동의할 수 있는가? 어째서 그 신비들을 신성한 것으로 여기지 않는가? 어째서 신성한 것들을 신성한 것들로 받아들이면서 그냥 가만 내버려두지 않는가?

우리 모두가 좀처럼 만족할 줄 모르는, 앎에 대한 욕구를 갖고 있어서 그런 것 같습니다.

하지만 너희는 **이미** 알고 있다! 내가 이미 얘기해줬다! 그런데 너희는 진리를 알고 싶어하는 게 아니라 **자신이 이해하는 식대로의** 진리를 알고 싶어한다. 이것이 너희의 자각을 가로막는 최대의 장애다. 너희는 이미 진리를 알고 있다고 생각한다! 너희는 진리가 어떤 건지 이미 **이해하고** 있다고 생각한다. 그리하여 너희는 보고 듣고 읽은 것들 가운데 자신의 이해틀과 부합되는 것들은 모두 받아들이고, 그렇지 않은 것들은 모두 배척한다. 그리고 나서 너희는 이렇게 하는 걸 배움이라 부른다. 너희는 이걸 가르침에 마음을 연 것이라고 말한다. **아아, 너희가 자기식 진리를 제외한 모든 것에 마음을 닫고 있는 한, 너희는 결코 가르침에 마음을 열 수 없다.**

그러므로 어떤 이들은 바로 이 책을 신에 대한 모독, 악마의 작품이라 부를 것이다.

그러나 들을 귀를 가진 사람들은 귀 기울여 들어라. 내가 너희에게 말하노니, **너희는 죽게 되어 있는 존재들이 아니었다.** 너희의 물질 형상은 너희가 마음으로 창조해낸 현실을 체험하고, 너희가 창조해낸 자아를 영혼으로 인식할 수 있게 해주는 더없이 훌륭한 이기(利器)이자 경이로운 도구이며 영광스러운 매개체로서 창조되었다.

영혼은 고안하고conceive, 마음은 창조하고 몸은 체험한다. 그 순환 구조는 완벽하다. 그리고 나서 영혼은 자신의 체험 속에서 자신을 인식한다. 만일 영혼이 자신이 체험하는(느끼는) 것을 좋아하지 않거나, 무슨 이유에서인가 다른 체험을 바란다면, 영혼은 그저 새로운 자아 체험을 고안해서, 문자 그대로 **자신의 마음을 바꾼다.**

그러면 몸은 이내 새로운 체험을 하고 있는 자신을 발견한다. ("나는 부활이요 생명이니"[〈요한복음〉 11:25-옮긴이]는 이것의 가장 훌륭한 예였다. 너희는 예수가 어떤 식으로 부활을 **이루었다고** 생각하는가? 아니면 그런 일이 일어났다는 걸 믿지 않는가? **믿어라.** 그런 일은 일어났다!)

그러나 영혼이 결코 몸이나 마음을 무시하지 않으리란 것도 사실이다. 나는 너희를 삼위일체의 존재로 만들었다. 너희는 내 형상대로, 내 닮은꼴로 만들어진, 삼위일체의 존재다.

자아의 세 측면들은 결코 불평등한 관계가 아니다. 각자 한 가지씩 기능을 갖고 있으며, 어느 한 기능이 다른 기능들보다 더 중요한 것은 아니다. 또 실제로 어느 한 기능이 다른 것들보다 먼저 작용하지도 않는다. 세 가지 기능들은 한치의 차이도 없이 동등한 방식으로 연관되어 있다.

고안–창조–체험. 너희는 고안한 것을 창조하고, 창조한 것을 체험하며, 체험한 것을 생각해낸다.

그러므로 다음과 같은 이야기가 성립할 수 있다. 만일 너희의 몸이 뭔가를(예컨대 넉넉함을) 체험할 수 있다면, 너희는 곧 자신의 영혼 속에서 그것에 대한 느낌을 갖게 될 것이고, 너희의 영혼은 자신을 새로운 방식으로(즉 넉넉하다고) 그려볼 것이며, 그리하여 너희의 마음에 그에 대한 새로운 생각을 제공해준다. 그 새로운 생각은 더 많은 체험을 가져오고, 몸은 새로운 현실을 계속되는 존재 상태로 받아들이고 살기 시작한다.

너희의 몸과 마음과 영혼은 하나다. 이 점에서 너희는 내 소우주, 신성한 전체이고, 성스러운 일체이며, 총체이자 실체다. 이제 너희는 어떻게 해서 내가 모든 것의 시작이자 끝이며, 알파와 오메가인지 알고 있다.

이제 나는 너희에게 궁극의 수수께끼, 즉 너희와 나의 정확하고 참된 관계를 설명해주겠노라.

너희는 내 몸이다.

너희의 몸이 **너희의** 마음과 영혼에 속해 있듯이, **너희는** 내 마음과 내 영혼에 속해 있다. 그러므로,

내가 체험하는 모든 건 바로 너희를 통해서 체험하는 것이다.

너희의 몸과 마음과 영혼이 하나이듯이, 내 몸과 마음과 영혼 역시 하나다.

그러므로 이런 신비를 이해한 많은 사람들 중에 나사렛 예수가 **"아버지와 나는 하나입니다"**(《요한복음》 7:11 – 옮긴이)라고 말했을 때 그는 불변의 진리를 말한 것이다.

이제 나는 너희에게 얘기해줄 것이다. 언제고 너희가 은밀히 알게 될, 이보다 더 엄청난 진실들이 존재한다는 걸. 왜냐하면 너희가 바로 내 몸일 때 나는 또 다른 존재의 몸이기 때문이다.

당신이 신이 아니란 말씀인가요?

아니, 나는 신이다. 나는 지금 너희가 이해하는 식대로의 신이며, 지금 너희가 이해하는 식대로의 여신이다. 나는 지금 너희가 알고 체험하는 모든 것의 고안자요 창조자이며, 너희는 내 자식들이다…… 내가 다른 존재의 자식이듯이.

신에게도 신이 있다는 말씀을 하시려는 건가요?

나는 궁극의 진실에 대한 너희의 이해(理解)가 너희가 생각하는 것보다 훨씬 더 협소하고, '진리'는 너희가 상상할 수 있는 것보다 훨씬 더 협소하지 않다는 걸 말하고 있다.

나는 너희에게 무한과 무한한 사랑을 일별하게, 정말 눈곱만큼 흘낏 볼 수 있게 해주고 있는 것이다. (그 이상의 기회를 줘봤자 너희의 현실에서는 그것을 받아들일 수 없을 것이다. 아니 너희는 이 작은 기회조차 거의 받아들일 수 없을 것이다.)

잠깐만요! 제가 여기서 신과 이야기하고 있는 게 진짜가 **아니란 뜻**인가요?

　이미 네게 얘기한 대로, 만일 너희 자신이 자기 몸의 창조자이자 주인인데도 불구하고, 신을 자신의 창조주요 주인으로 여긴다면, 나는 너희가 이해하는 의미에서의 신이다. 그래서 네가 나와 이야기하고 있다는 건 맞는 얘기다. 이 대화는 아주 근사했다. 그렇지 않은가?

근사하든 근사하지 않든 간에 저는 제가 진짜 신, 신 중의 신과 이야기하고 있다고 생각했습니다. 당신도 아시다시피, 가장 높은 존재, 최고 우두머리하고 말입니다.

　너는 그러고 있다. 내 말을 믿어라. 너는 그러고 있다.

그런데 당신은 이런 계층 구조 속에서 당신 위에 또 누군가가 있다고 말했잖습니까?

　우리는 지금 불가능한 일을 하려 한다. 즉 말할 수 없는 걸 말하려는 불가능한 일을. 내가 말했다시피 종교가 하려는 일이 바로 이런 것이다.

　자, 이 얘기를 요약할 수 있는 무슨 방법이 있나 알아보자.

　항상forever은 너희가 알고 있는 것보다 훨씬 더 긴 시간이다.

　영원eternal은 항상보다 더 긴 시간이다. 신은 너희의 상상을 넘어서는 존재다. 신은 너희가 상상력이라 부르는 에너지다. 신은 창조다. 신은 첫 번째 생각이며, 마지막 체험**이다.** 그리고 신은 사이between에 있는 모든 것이다.

너는 고성능 현미경을 들여다보거나, 분자의 활동에 관한 그림과 영화를 보고서, "맙소사, 저 밑에 **완전한 우주**가 존재하는군. 이 우주에는 지금 이걸 들여다보는 내가 꼭 신처럼 느껴지겠지!"라고 말한 적이 있는가? 너는 과거에 이런 말을 하거나 이런 종류의 체험을 한 적이 있는가?

그럼요. 조금이라도 생각 있는 사람이라면 누구나 다 그런 적이 있을 겁니다.

그렇겠지. 그랬을 때 너는 내가 여기서 네게 보여주는 것을 너 스스로 일별한 셈이다.

그리고 내가 너희 스스로 일별했던 그 진실은 **결코 끝이 없다고** 말한다면 너는 어떻게 하겠는가?

설명해주십시오. 청컨대 제발 설명해주십시오.

네가 상상할 수 있는 우주의 가장 작은 부분을 예로 들어보자. 아주 작고 작은 물질 입자를 상상해보라.

예.

이제 그것을 반으로 갈라라.

예.

그럼 무엇이 남는가?

그보다 **더 작은** 두 개의 반쪽들요.

맞다. 그럼 그것들을 반으로 갈라라. 이제 무엇이 남는가?

네 개의 더 작은 반쪽들이요.

그래. 그럼 다시 갈라라. 그리고 또다시! 무엇이 남지?

더 더 작은 미립자들이요.

그래. 그 과정은 언제 끝날까? 물질이 더 이상 존재하지 않게 하려면 얼마나 많이 갈라야 할까?

잘 모르겠습니다. 그런 일은 결코 일어나지 않을 것 같은데요.

물질을 완전히 없앨 수는 없다는 뜻인가? 네가 할 수 있는 전부는 그것의 형상을 바꾸는 것에 불과한가?

그런 것 같습니다.

내가 네게 말하노니, 너는 이제 막 삶의 모든 비밀을 배웠으
며, 무한을 들여다봤다.
이제 네게 물어볼 게 있다.

좋습니다……

너는 어째서 무한이 한쪽 방향으로만 나갈 거라고 생각하
는가?

그러니까…… 아래로도 끝이 없듯이 위로도 끝이 없다는 거군요.

위나 아래라는 건 없다. 하지만 네 말 뜻은 이해한다.

하지만 작은 것에 끝이 없다면 큰 것에도 끝이 없는 거 아니겠습
니까.

그렇다.

큰 것에 끝이 없다면 가장 큰 건 존재하지 않을 거고, 그렇다면 아
주 넓은 시각에서 볼 때 신은 존재하지 **않겠군요!**

혹은 그 모든 게 다 신이고 신 외의 것은 존재하지 않는다는

뜻도 되겠지.

내가 너희에게 말하노니, '나는 **나**다.'

그리고 '너희는 **너희**다.' 너희는 존재하지 않을 수가 없다. 너희는 형상을 원하는 대로 바꿀 수는 있지만, 존재하지 않을 수는 없다. 하지만 '자신이 누구인지' 알지 못할 수는 있다. 그리고 그때는 **자신의 반만을** 체험할 뿐이다.

그게 지옥이겠군요.

그렇지. 그러나 너희가 지옥행을 선고받는 일 같은 건 없다. 영원히 지옥으로 추방되는 일 같은 것도 없고. 너희가 지옥에서 벗어나려면, 즉 알지 못함에서 벗어나려면, 그저 다시 알기만 하면 된다.

너희가 이 일을 할 수 있는 방법이나 공간들(차원들)은 많다.

너희는 지금 그런 차원들dimensions 중 하나 속에 존재한다. 너희의 이해 방식에 따르면 그것은 삼차원이라 한다.

그럼 더 많은 차원들이 있나요?

내 왕국에는 많은 집mansion들이 있다고 하지 않았는가? 사실이 그렇지 않다면 나는 너희에게 그렇게 말하지 않았으리라.

그럼 지옥은 정말 없는 거군요. 실제가 아니군요. 내 말은 우리가 영원히 저주받을 어떤 공간이나 차원 같은 건 없다는 겁니다!

그럴 이유가 어디에 있는가?

그러나 너희는 항상 자신의 앎에 따라 규정되고 한정된다. 너희, 아니 우리는 자신을 창조하는 존재들이기 때문이다.

너희는 자신이 알지 못하는 존재가 될 수는 없다.

너희에게 이런 삶이 주어진 이유가 바로 여기에 있다. 즉 자신의 체험 속에서 자신을 알도록 하기 위해. 그럴 때 너희는 '참된 자신'으로서 자신을 떠올릴 수 있으며, 체험 속에서 그런 자신을 창조할 수 있다. 그렇게 해서 그 원은 다시 완성된다…… 크기만 좀 더 큰 원이.

그렇게 해서 너희는 끊임없는 성장 과정 속에 있다. 혹은 내가 이 책 곳곳에서 표현했듯이 되어가는 과정 속에 있거나.

너희가 될 수 있는 것에는 **아무런 한계도 없다.**

감히 말씀드려도 될지 모르겠는데, 그러니까 제가 신이 될 수도 있다는 말씀인가요?…… 바로 당신처럼?

너는 어떻게 생각하느냐?

전 모르겠습니다.

네가 알기 전까지는 알 수가 없다. 그 삼각형, 곧 영혼-마음-몸, 고안-창조-체험의 삼위일체를 기억하라. 너희의 상징화를 이용해서 다음의 사실을 새겨두어라.

성신 = 영감 = 고안

성부 = 부모 = 창조

성자 = 자식 = 체험

성자는 성신이 고안한 아버지의 생각이 창조한 것을 체험한다.

앞으로 언젠가 네가 자신을 신으로 생각할 날이 올 것 같은가?

제 마음에 아무 거칠 것이 없을 때요.

좋다. 나는 네게 너는 **이미** 신이라고 말했으니까. **네가 그저 그것을 알지 못할 뿐이다.**

내가 얘기하지 않았던가? "너희는 신이라"고.

14

　자, 이것으로 나는 네게 삶과 삶의 운동 방식과 삶의 이유와
목적 자체에 대한 모든 걸 설명해주었다. 그 밖에 또 내가 도울
수 있는 게 있는가?

　이 이상 물을 게 없습니다. 제 마음은 이 놀라운 대화에 대한 고마
움으로 가득합니다. 정말 광범위하고 정말 포괄적인 대화였습니다. 그
런데 애초의 질문 목록을 살펴보니 우리가 지금껏 다뤄온 건 처음의
다섯 가지 질문들이군요. 삶과 인간관계, 돈, 직업, 건강에 관련된 질
문들요. 당신도 아시다시피 그 목록에는 그 외에도 더 많은 질문들이
들어 있습니다만, 왠지 그것들은 이 대화의 흐름과 잘 맞지 않는 것
같은 느낌이 드는군요.

그렇다. 하지만 그것들 역시 네가 던진 물음들이니 하나씩 빨리빨리 다뤄보기로 하자. 자, 그럼 그 자료들을 지나 남은 질문들로 신속하게 옮겨가보―

―무슨 자료요?―

내가 너희에게 보여주려고 이 책에서 제시했던 자료 말이다. 자 그럼, 그 자료들을 지나 남은 질문들로 신속하게 옮겨가보자. 그 남은 질문들은 그냥 간략하게 짚어가는 식으로 해보자.

6. 제가 이 생에서 닦아야 할 업장은 무엇인가요? 제가 터득하려고 애써야 할 것은 무엇입니까?

너희는 여기서 아무것도 배우지 않는다. 너희는 배울 게 없다. 너희는 그저 기억해내기remember만 하면 된다. 즉 나를 재구성하기re-member만 하면 되는 것이다.
네가 깨닫고자 하는 게 무엇인가? **너는 깨달음 그 자체를 깨달으려 애쓰고 있다.**

7. 환생이란 게 있습니까? 저는 얼마나 많은 과거생을 거쳤나요? 그 생들에서 저는 무엇이었나요? "업보"라는 게 진짜로 있는 겁니까?

아직도 이런 것을 의문스러워하다니 믿어지지가 않는군. 정말 뜻밖이야. 과거생의 체험에 관해 철저히 신뢰할 만한 출처에서 그토록 많은 보고들이 쏟아져 나왔는데 말이야. 이 사람들 중 일부는 과거생에서 일어난 일들에 대해 놀랄 정도로 상세히 묘사했으며, 연구자들이나 주변 사람들을 속이려고 그런 얘기를 엉터리로 꾸며내거나 지어냈을 가능성은 전혀 없어 보일 만큼 완전히 신뢰할 만한 자료들을 제시했다.

네가 자꾸 정확한 걸 주장하니 그렇게 해주겠다. 너는 647번의 과거생을 살았다. 이번 생은 네 648번째 생이다. 너는 그 과거생들에서 **모든 것**이었다. 왕이자 여왕이었고, 농노였다. 선생이자 학생이었고 스승이었다. 남자이자 여자였으며, 전사이기도 했고 평화주의자이기도 했다. 영웅이자 비겁자였고, 살인자이자 구원자였고, 현자인 동시에 바보였다. 너는 그 모든 것이었다!

업보 같은 건 없다. 이 물음에서 네가 말하는 의미에서의 죄의 빚 같은 건. 빚이란 반드시 갚아야 할 것을 말하는데, **꼭 해야 하는 것이 너희에게는 없다.**

그러나 너희가 **하고자** 하는 것들, 체험하고자 선택하는 것들은 있다. 그리고 이런 선택들 중 일부는 너희가 과거에 체험한 것에 달려 있다. 즉 그런 선택을 하고 싶은 바람은 과거 체험에서 나온다.

이것이 너희가 업이라 부르는 것과 꽤 비슷한 것일 수 있다.

만일 업이 더 나아지고 더 커지려는 내면의 바람이라면, 진화하고 성장하려는 내면의 바람이라면, 그리고 그 방법으로 과거 사건들과 체험들을 돌아보려는 바람이라면, 그렇다, 업은 존재한다.

그러나 업은 어떤 것도 요구하지 않는다. 애초에 요구받는 것은 아무것도 없다. 너희는 지금까지 항상 그래왔듯이 자유로이 선택할 수 있는 존재들이다.

8. 저는 가끔 신들린 것 같은 기분을 강하게 느낍니다. "신들린 것" 같은 현상이 정말로 존재합니까? 제가 그런가요? 자신이 신들렸다고 주장하는 사람들은 "악마와 거래하는" 겁니까?

그렇다. 신들린 것 같은 현상은 존재한다. 너도 그렇고 너희 모두가 다 그렇다. 소위 영력(靈力)이란 걸 갖지 않은 사람은 한 사람도 없다. 그런 능력을 사용하지 않는 사람들이 있을 뿐이다.

영적 능력을 사용한다는 건 육감을 사용한다는 뜻과 같다.

이것이 "악마와 거래하는 게" 아닌 건 명백하다. 그렇지 않았다면 나는 너희에게 이 감각을 주지 않았을 것이다. 그리고 물론 너희가 말하는 악마 같은 건 존재하지도 않는다.

언제고—아마도 2권에서—나는 너희에게 영적 에너지와 영적 능력이 정확하게 어떤 식으로 작용하는지 설명해줄 것이다.

앞으로 2권이 나올 거란 말씀인가요?

그렇다. 하지만 우선 이 1권부터 끝내기로 하자.

9. 좋은 일을 하고 돈을 받아도 될까요? 제가 이 세상에서 치유하는 일, 곧 신의 일을 하기를 선택한다면 그 일을 하면서 재정적으로도

부유해질 수 있을까요? 아니면 그 두 가지는 서로 배타적인가요?

이 물음에 대해서는 이미 대답했다.

10. 섹스를 해도 괜찮나요? 이 체험의 배후에 깔린 진정한 의미는 뭔가요? 성행위는 몇몇 종교에서 가르치듯이 순전히 생식을 위한 건가요? 참된 성스러움과 자각은 성 에너지의 부정 혹은 변형으로 얻어지는 건가요? 사랑 없이 성행위를 해도 괜찮나요? 단지 육체적인 쾌감만으로도 성행위를 할 만한 충분한 이유가 될 수 있을까요?

물론 섹스를 해도 "좋다". 다시 얘기하는데 만일 너희가 어떤 놀이들을 하는 걸 내가 원치 않았다면 나는 너희에게 그런 장난감들을 주지도 않았을 것이다. 너희는 너희 자식들이 갖고 놀지 말았으면 하는 걸 자식들에게 주는가?

섹스를 **즐겨라**. 그걸 갖고 놀아라! 그건 **굉장한** 즐거움이다. 왜냐고? 엄밀하게 신체 체험으로만 한정해서 말하면, 섹스는 너희 몸으로 누릴 수 있는 최대의 즐거움과 거의 맞먹기 때문이다. 그러나 제발 섹스를 오용하여 성의 순수성과 즐거움을, 그 기쁨과 즐거움의 청순함을 망치지 마라. 권력 따위의 숨겨진 목적을 얻기 위해, 자기애를 만족시키거나 남을 지배하기 위해, 가장 순수한 기쁨과 더없는 황홀경을 느끼거나 함께 나누는 것 외의 다른 어떤 목적을 위해 섹스를 이용하지 마라. 그런 기쁨과 황홀경을 느끼거나 함께 나누는 것이야말로 사랑, 재창조된 사랑이며, 새로운 삶이다! **너희를 더 나은 존재로 만들기 위한**

방법으로 내가 아주 근사한 방법을 선택하지 않았는가?

성 에너지의 부정에 대해서는 전에 이미 얘기한 바 있다. 성스러운 그 어떤 것도 부정으로 이루어진 적은 없다. 그러나 너희가 더 큰 진실들을 얼핏이나마 보게 될 때, 너희의 바람은 바뀔 것이다. 그러므로 사람들이 성행위나, 그로 인한 몸의 여러 가지 활동들을 전보다 덜 **바라거나** 전혀 바라지 않는 경우도 드물지 않다. 일부 사람들에게는 영혼의 활동이 가장 중요하고, 훨씬 더 즐거움을 가져다주기 때문이다.

어떤 판단도 내리지 말고 각자 내키는 대로 하라. 이것이 섹스의 좌우명이다.

네 물음의 마지막 부분에 대한 답은, 너희는 그 무엇에 대해서도 이유를 끌어댈 필요가 없다. 그냥 원인이 되어라.

너희 체험의 **원인이 되어라.**

체험은 자신에 관한 개념을 낳고, 개념은 창조를 낳으며, 창조는 체험을 낳는다는 걸 명심하라.

너는 자신을 사랑하는 마음 없이 섹스하는 사람으로 체험하고 싶은가? 그럼 그렇게 하라! 너는 더 이상 그렇게 하는 걸 원치 않을 때까지 그렇게 할 것이다. 너희가 이런 행동이나 그 밖의 행동들을 그만두게 되고, 그만둘 수 있게 되는 것은 오직 '자신이 누구인지'에 대해 새로운 생각이 떠오를 때뿐이다.

그건 간단하면서도 복잡한 문제다.

11. 우리 모두가 가급적 섹스를 멀리해야 마땅하다면, 당신은 왜 섹스를 그렇게 근사하고 황홀하고 강렬한 체험이 되게 하셨나요? 무엇

을 주시려고요? 그와 관련된 문제로 온갖 즐거운 일들은 어째서 "부도덕하거나 불법이거나 탐욕스러운" 걸까요?

이 물음의 마지막 부분은 내가 방금 전에 얘기한 것으로 충분한 대답이 되었다. 모든 즐거운 일은 부도덕하지도 않고, 불법도 아니며, 어리석지도 않다. 그러나 너희의 삶은 즐거운 게 뭔지를 규정하는 흥미로운 연습이다.

어떤 이들에게는 "즐거움"이 몸의 느낌이나 감각들을 뜻하고, 또 어떤 이들에게는 전혀 다른 것이 될 수도 있다. 그 모든 건 '너희가 자신을 누구라 생각하는지', 너희가 이 세상에서 무엇을 하고 있는지에 달려 있다.

세상 사람들은 섹스에 대해 여기서 얘기한 것보다 훨씬 더 많은 말들을 늘어놓고 있으나, 그 어떤 말도, 섹스는 즐거움이지만 너희 중의 많은 사람들이 섹스를 즐거움 외의 다른 온갖 것으로 만들어버렸다는 말보다 더 본질적이지는 않다.

섹스는 또 성스러운 것이기도 하다. 즐거움과 성스러움은 서로 잘 조화된다(사실상 그 둘은 같은 것이다). 그러나 너희 중 상당수는 그렇지 않다고 생각한다.

섹스에 대한 너희 태도는 삶에 대한 너희 태도의 축약판이다. 삶은 즐거움이요 축복이어야 하는데도, 너희 삶은 두려움과 근심, "충분치 못함", 질투, 분노, 비극에 대한 체험이 되어 왔다. 섹스에 대해서도 같은 말을 할 수 있다.

너희는 섹스를 억눌러왔다. 너희가 자유분방함과 즐거움으로 자신을 충분히 표현하는 대신에 오히려 삶까지도 억눌러왔던 것처럼.

너희는 섹스를 부끄러워했다. 너희가 삶을 최상의 선물이며 최대의 즐거움이 아니라, 사악하고 부정한 것이라 부르며 삶까지도 부끄러워했던 것처럼.

삶을 부끄러워하지 않았다고 항의하기 전에, 삶에 대한 너희 집단의 태도를 돌아보라. 세상 사람들의 5분의 4가량이 삶을 시련과 고난, 시험받는 시간, 갚아야 할 업보, 반드시 익혀야 할 혹독한 교훈들이 있는 학교 정도로 여긴다. 그리고 대개의 경우에는 삶을, 죽음 뒤에 올 참된 즐거움을 고대하면서 참고 견뎌야 하는 혹독한 체험 정도로 여긴다.

너희 가운데 그렇게 많은 사람들이 이런 식으로 생각한다는 건 부끄러운 일이다. 그리고 보면 너희가 삶을 창조하는 행동 자체까지 부끄러워하는 게 놀랄 일은 아니다.

섹스에 밑줄을 긋는 에너지는 삶에 밑줄을 긋는 에너지다. 그게 삶이다! 끌리는 느낌과 **서로에게** 다가가거나 하나가 되고자 하는, 강렬하면서도 종종 절박한 바람은 살아 있는 모든 것의 원동력이다. 나는 모든 존재에게 이것을 심어줬다. 그것은 타고난 것, 내재된 것, '존재 전체' **속에** 있는 것이다.

너희가 섹스에 대해(나아가 사랑과 삶의 모든 것에 대해) 내리는 도덕 규정과 종교상의 제한, 사회적 금기, 관습상의 감정들은 너희가 사실상 자신의 존재를 축복하기 어렵게 만들어버렸다.

태초부터 모든 사람이 항상 원해왔던 것은 사랑하고 사랑받는 것이다. 그런데 태초부터 사람들은 전력을 다해 이것을 불가능하게 만들어왔다. 섹스는 사랑, 타인에 대한 사랑, 자신에 대한 사랑, **삶**에 대한 사랑의 경이로운 표현이다. 그러므로 너희는 섹스를 **좋아해야** 한다. (너희는 그렇게 하고 있다. 단지 남들에게 그렇다는 사실을 **말할 수** 없을 뿐이다. 너희는 자신이 그걸 **얼마나** 좋아하는지 감히 드러내지 못하며, 드러냈다가는 성도착자로 몰리기 십상이다. 그러나 **이런** 사고방식이야말로 **도착된** 관념이다.)

다음 책에서 우리는 섹스에 대해 더 자세히 살펴볼 것이며, 섹스의 역학에 대해 더 상세하게 탐구할 것이다. 섹스는 지구 규모에서 사람들을 뒤흔들 만한 의미를 가진 문제요, 체험이기에.

지금은(그리고 너 개인으로는) 단지 이 점만 알아두어라. **나는 적어도 너희의 몸이나 그 기능들 중에서 너희가 수치스럽게 여길 어떤 것도 제공해주지 않았다. 특히 너희의 몸이나 그 기능들을 감출 필요는 전혀 없다. 그것들에 대한 너희의 사랑이나 너희 서로 간의 사랑 역시 마찬가지고.**

너희의 텔레비전 프로그램들은 적나라한 폭력을 보여주는 것에는 신경 쓰지 않지만, 적나라한 사랑을 보여주는 것에는 움츠러든다. 너희 사회 전체가 이런 식의 우선 순위를 반영하고 있다.

12. 다른 행성들에도 생명체가 있습니까? 그런 것이 우리를 찾아온 적이 있었나요? 우리는 지금 관찰 대상이 되고 있는 중인가요? 우리는 사는 동안 누구도 부정할 수 없는 외계 생명체의 증거를 보게 될

까요? 우주의 모든 생명체는 각기 나름의 신을 갖고 있나요? 아니면 당신이 그 모든 것의 신인가요?

첫 번째 물음에 대한 답은 그렇다이다. 두 번째, 세 번째 물음들에 대한 답 역시 그렇다이다. 네 번째 물음에 대해서는 대답할 수 없다. 왜냐하면 그렇게 하려면 내가 미래를 예견해야 하는데, 그건 내가 할 일이 아니기 때문이다.

하지만 우리는 2권에서 미래라는 것에 대해 좀 더 상세히 다룰 것이다. 그리고 3권에서는 외계 생명체와 신의 본성(들)에 관해 다룰 것이고.

이키, 3권까지도 있나요?

여기서 그 계획을 대충 설명해주마.

1권에서는 궁극의 진리들과 기본 이해 사항들을 다루고 개인 차원에서의 본질적인 문제와 주제들에 대해 언급한다.

2권에서는 그보다 훨씬 더 넓은 범위의 진실들과 더 깊은 이해 사항들을 다루고, 범지구적인 문제와 주제들에 대해 언급한다.

3권에서는 현재 너희가 이해할 수 있는 최대의 진리들을 다룰 것이고, 우주적인 문제와 주제들에 대해 언급할 것이다. 우주의 모든 존재와 관련된 문제들에 대해.

네가 이 책을 끝내는 데 1년이 걸렸으니 다음 두 권을 끝내는 데도 각기 1년씩 해서 2년 정도가 걸릴 것이다. 이 3부작은 1995년 부활절에 완료될 것이다.

알겠습니다. 그런데 이건 명령인가요?

아니. 그런 식으로 묻는다면 너는 이 책의 내용을 전혀 이해하지 못한 것이다.

너는 이 일을 하기로 선택했으며, 이 일을 하게끔 선택되었다. 그 순환은 완료되었다.

이해하겠는가?

예.

13. 이 지구 행성에 언제고 유토피아가 도래하기는 하는 겁니까? 신은 이미 약속한 대로 언제고 지구 사람들에게 자신을 드러낼 겁니까? 재림(再臨)이라는 게 있습니까? 성경에 예언된 대로 세상의 종말, 혹은 계시록의 대재난이란 게 과연 오는 겁니까? 이 세상에는 단 하나의 참된 종교만이 존재합니까? 만일 그렇다면 그건 어떤 종교인가요?

이 문제들만으로도 책 한 권이 족히 되겠지만, 이 문제들의 상당 부분은 3권에서 다루어질 것이다. 나는 3부작의 서론편인 이 책을 개인적인 문제들과 더 실질적인 주제들에 국한시켰다. 앞으로 나올 두 권의 책에서는 더 큰 물음들과 지구적이고 우주적인 문제들로 옮겨갈 것이다.

그렇다고요? 지금은 이것으로 다인가요? 여기서의 대화는 이것으로 끝인가요?

나와 헤어지는 게 벌써부터 아쉬운가?

그렇습니다! 아주 재미있었어요! 이제 우리는 헤어지는 건가요?

너는 좀 쉬어야 한다. 너의 독자들도 좀 쉬어야 하고. 이 책에는 소화해내야 할 게 많다. 붙잡고 씨름하면서 심사숙고해야할 것들이. 얼마간 시간을 따로 내어 이 책의 내용을 차분히 더듬으면서 깊이 생각해보라.

버림받은 것같이 느끼지 마라. 나는 항상 너와 함께 있다. 너는 지금까지도 그랬고 앞으로도 계속 그렇겠지만, 앞으로 네게 일상적인 의문들이 떠오르면 언제든지 그것들에 답해달라고 나를 부를 수 있음을 알아두어라. 꼭 이런 형식의 책이 필요한 건 아니다.

이것이 내가 너희에게 말하는 유일한 방식은 아니다. 나는 꼭 이런 형식으로만 너희에게 말하지 않는다. 너희 영혼의 진실 속에서 내 말을 들어라. 너희 가슴에서 우러나는 느낌들 속에서 내 말을 들어라. 너희 마음의 고요 속에서 내 말을 들어라.

어디서든지 내 말을 들어라. 너희가 의문에 부딪힐 때마다 내가 **이미** 그것에 답해왔다는 걸 알아둬라. 그러고 나서 눈을 활짝 뜨고 세상을 바라보아라. 내 응답은 이미 발간된 신문기사들 속에 들어 있을 수도 있고, 이미 원고로 써서 곧 할 설교 속에 들어 있을 수도 있으며, 지금 만들어지고 있는 영화와, 어제 작곡된 노래와, 사랑하는 이의 말과, 새로 사귀고 있는 친구의 가슴속에 들어 있을 수도 있다.

바람의 속삭임과 시냇물 흐르는 소리와 천지를 울리는 천둥소리와 나직하게 두드리는 빗발 소리에도 내 진리가 깃들어 있다.

내 진리는 대지의 감촉, 백합의 향기로움, 태양의 따스함, 달의 인력이다.

내 진리와 너희가 도움이 필요할 때마다 항상 도우리라는 진실은 밤하늘만큼이나 외경스럽고, 갓난아기의 옹알이만큼이나 단순하고 자명하다.

내 진리는 쿵쾅거리는 심장의 고동 소리만큼이나 크고, 나와의 합일 속에서 쉬는 숨소리만큼이나 고요하다.

나는 너희를 떠나지 않을 것이고 또 떠날 수도 없다. 너희는 바로 내 소산이요 창조물이고, 내 딸이요 아들이며, 내 목적이자 나……

자신이기에.

그러므로 너희가 언제 어디 있든지 내 본질인 평화로움에서 분리될 때마다 나를 부르도록 하라.

나는 거기 있으리라.

진리와.

빛과.

사랑과 더불어.

맺는말

이 책 속에 포함된 메시지를 받고 난 후 그 내용을 조용히 전하는 과정에서 나는 수많은 질문들에 답해왔다. 그 메시지가 접수된 경로와 대화의 내용 자체에 관한 질문들에. 나는 모든 질문을 존중하고 또 진지하게 받아들이려고 했다. 사람들은 그저 이에 관해 좀 더 많이 알고자 했다. 그건 이해할 수 있는 일이었다.

걸려오는 전화마다 받고 모든 편지에 직접 답장을 보내고 싶긴 하지만, 사실 그렇게 한다는 건 불가능했다. 다른 문제들은 둘째 치고, 우선 나는 결국 같은 성격인 질문들에 반복해서 대답하느라 엄청난 시간을 들이게 될 터였다. 그래서 나는 어떻게 하면 모든 질문을 존중하면서 여러분과 좀 더 효과적으로 상호작용할 수 있을지 궁리해보았다.

그러다 이 대화에 관해서 의문을 갖거나 견해를 이야기하는 사람들에게 월간 회보를 보내기로 결정했다. 그렇게 하면 매달 엄청나게 많은 사람들에게 일일이 답장을 보내지 않고도 쏟아져 들어오는 모든 질문과 의견에 대답할 수 있다. 나는 이것이 여러분과 교류하는 최선의 방법은 아니며, 친밀한 느낌도 덜할 거라는 걸 잘 알고 있다. 하지만 이것이 지금 내가 할 수 있는 최선이다.

월간 회보를 받아보려면 다음 주소로 신청하면 된다.

ReCreation

Postal Drawer 3475

Central Point, Oregon 97502

http://www.conversationswithgod.org

처음에는 회보를 무료로 발송해왔는데 우리의 예상을 훨씬 더 넘어서는, 엄청나게 많은 신청이 들어왔다. 그 바람에 우리는 그 비용을 감당할 수 없어 이제는 가급적 많은 사람들에게 계속 편지를 보내기 위해 매년 15달러라는 약간의 기부금을 요구하게 되었다. 형편상 이 정도의 돈으로 우리를 도울 수 없는 분은 육영재단 등에 장학기금을 신청해주셨으면 한다.

나는 여러분이 이 특별한 대화를 나와 함께 나눌 수 있게 된 것이 여간 기쁘지 않다. 부디 여러분이 삶의 가장 풍요로운 축복들을 체험하고, 여러분의 일상과 하고 있는 모든 일을 통해 여러분에게 평화와 기쁨과 사랑을 가져다주는, 여러분의 삶 속에 내재하는 신의 존재를 자각하기 바란다.

닐 도날드 월쉬

찾아보기

ㄱ

가난 87, 93

가장(家長) 186

가장 고귀한 생각 22, 23, 28, 77, 132

가족 191, 282, 297, 305

가치 88, 109, 110, 115, 116, 120, 159, 211, 227, 250, 266~268, 309

가치판단 110, 136, 223, 255

감사 32, 33, 35, 85, 100, 115, 155, 234, 296

감정 39, 40, 44, 97, 98, 101, 127, 142, 143, 215, 270, 338

강간 92, 93

거짓 33, 40, 41, 46, 96, 135, 164, 217, 273, 295

걱정 40, 59, 150, 175, 196, 209, 290, 308, 309

건강 64, 124, 177, 307~309, 311, 312, 331

결과에 집착 170, 185

결혼 229

경쟁 308

고기 308

고통 17, 42, 68, 71, 72, 76, 77, 86, 87, 104, 113, 132, 177, 178, 180~182, 214, 220, 227, 239, 241, 247, 261, 266, 298, 302, 317

공간 51, 52, 61, 62, 75, 115, 127, 143, 194, 195, 328

공격 44, 89, 91, 153, 228, 309

공포 80

과거 24, 62, 63, 72, 127, 128, 231, 289, 313, 325, 333

관계 18, 41~43, 52, 61~63, 75, 76, 124, 129, 142, 168, 203~208, 210, 211, 213, 214, 219, 222~225, 228~236, 240, 265, 270, 296, 297, 321, 322, 331

관점 100, 169, 217, 297, 301

교류 20~22, 24~26, 120, 234

교육 44, 109, 200, 201

구원 42, 93, 94, 138, 190, 193, 200, 213, 227, 228, 256, 288, 333

군산복합체 89

굶주림 90, 151, 152

궁극의 실체 101, 173, 252

궁극의 진리 54, 340

궁극의 진실 323

귀결 76, 79

규칙 75, 78, 159, 225, 226

균형 281, 297

극기 159, 168, 170, 172, 174

근심 80, 194, 247, 337

금기 93, 338

금욕 159, 174, 193

긍정 136, 295, 296, 310

기근 60

기대 33, 35, 120, 170~172, 182, 198,
199, 206~208, 210, 232, 236, 252

기도 24, 32, 34, 35, 42, 99, 119, 139,
194, 197

기독교 94, 228

기독교 근본주의 228

기쁨 23, 38, 60, 61, 76, 77, 80, 104,
115, 131, 141, 146, 147, 170, 181,
182, 206, 207, 239, 261, 275, 280,
282, 302, 304, 305, 335

기술 235

기억 42, 48, 49, 58, 61, 65, 67, 79, 81,
87, 128, 163, 180, 214, 219, 236,
237, 254, 260, 261, 276, 282, 290,
291, 298, 299, 318, 330, 332

기적 81, 89, 99, 120, 153, 196, 296

《기적수업》 153

깨달음 134, 155, 159, 166, 213, 216,
223, 224, 300, 332

ㄴ

'나는(I am)' 157, 293

나무 41, 163, 259, 274

나쁜 일들 68

낙관적인 생각 136

남용 219, 221

내면의 소리 45, 46

내세 41, 206, 278, 300, 301

넉넉함 267, 277, 322

뇌 298

뇌일혈 308

느낌 19~23, 25, 28, 34, 50, 106, 114,
119, 128, 142, 145, 214, 215, 232,
238, 239, 300, 322, 331, 337, 338,
342

ㄷ

다섯 가지 마음 자세 115

단죄 42

담배 308, 314

대립물 53, 57, 60, 63, 64, 68, 102,
309

대중 의식 69

대체의술 152

더없는 기쁨 61

도덕법 250

도전 22, 84, 85, 133, 193, 234

독신 210

독재자 221

돈 18, 112, 121, 124, 136, 146, 162,
188, 266~271, 273~278, 282,
292, 293, 296, 305, 331, 334

동양의 신비주의 52, 172, 190, 301

두려움 37~40, 42~46, 53, 77, 78, 80,
89, 96, 97, 99, 101, 102, 112, 131,
157, 217, 235, 284, 302, 309, 318,
337

딜레마 183

ㅁ

마음 36, 37, 58, 99, 104, 112,
114~116, 120, 121, 123, 126,
127, 139, 140, 154, 157, 160, 162,
189, 190, 195, 198, 201, 207, 208,
213, 215, 225, 227, 235, 238, 240,
241, 248, 266, 271, 272, 276, 278,
279, 284, 287~289, 295~300,
308, 309, 311, 313, 320~322,
329~331, 336, 342

말 19~23, 25~27, 29, 32, 34~36,
38~40, 44, 46, 48, 62, 75, 82, 103,
107, 115, 119, 120, 128, 129, 132,
134, 136, 137, 139, 140, 154, 155,
157, 162, 163, 180, 183, 206, 208,
213~224, 238, 254, 256, 271, 272,
293~296, 301, 302, 310, 311, 313,
319, 324, 337, 342

맹세 40, 234

명상 194

모세 161, 165

모순 112, 222, 290, 291

몸 44, 126, 127, 136, 138~140, 154,
186, 190, 194, 211, 215, 217, 240,
281, 284, 287~289, 297~299,
304, 305, 308~312, 314~318,
321~324, 330, 335~337, 339

무의식 156

물음 332, 333, 335~337, 340, 341

물질 54~58, 62, 63, 71, 79, 80,
98~100, 102, 127, 180, 186, 191,
271, 287, 298, 299, 302, 310, 312,
318, 321, 325, 326

미국 73

미래 62, 63, 127, 340

미움 131, 308, 309

믿음 29, 33~35, 85, 109, 136, 137,
154, 155, 196, 228, 237, 253, 254,
268, 310, 311

ㅂ

바람 64, 66, 114, 115, 129, 208, 287,
288, 333, 336, 338

바탕 153, 301

받침 생각 34, 39, 42, 271, 272,
274~276

배우자 164, 193, 194, 305

법칙 79~81, 87, 91, 92, 95, 97, 98,
101, 126, 180

변화 67, 71, 98, 128, 136, 162, 231

병 64, 86, 88, 89, 124, 136, 152, 194,
209, 307~309, 311

보상 230, 257, 290

복음 111

복종 75, 113, 288

부모 37, 41, 42, 60, 61, 95, 109, 110,
111, 163, 193, 194, 221, 330

부정 29, 30, 42, 48, 75~78, 91, 96,
97, 109, 111, 125, 129, 133, 137,
141, 142, 147, 152, 168, 170, 239,
335, 336, 338, 339

부정적인 생각 157, 158, 310, 311

부처 38, 134, 147

부활 321

분리 172, 298, 343

불안 43, 114, 140, 198, 309

불평 180, 321

비난 18, 64, 73, 79, 86, 131, 143, 144, 155, 309

빅뱅 이론 52

빛 53, 66, 67, 102, 116, 147, 195, 256, 343

ㅅ

사랑 23, 39~46, 53, 60, 83, 91, 96, 101~103, 108, 109, 111, 112, 115, 125, 131, 134, 138, 141, 142, 144~146, 148, 162, 164, 170, 171, 182, 183, 186, 187, 193, 205, 208, 209, 211, 212, 214, 217~222, 230~233, 253, 259, 261, 263, 270, 273, 280, 284, 295, 305~307, 323, 335, 336, 338, 339, 342, 343

사자(使者) 237, 239~241, 303

사탄 53

살인 102, 131, 163, 250, 251, 253, 254, 333

살해 254

삶 35~38, 46~48, 57, 62, 64, 65, 68, 70~72, 79, 80, 84~88, 90~92, 94, 95, 100, 105, 106, 108~110, 113, 115, 116, 118, 126, 131, 133, 134, 137, 140, 141, 146, 153, 158, 168, 170, 173~175, 183, 185~191, 194, 197, 199, 200, 205, 206, 215~218, 220, 223, 225, 227~230, 233~235, 245, 247, 251, 252, 258, 259, 262, 270, 279~281, 284, 290, 295~298, 300, 302, 304, 309, 315, 316, 320, 327, 329, 331, 335, 337~339

삶의 목적 57, 175, 191, 223, 234

삼매경 172

삼위일체 60, 61, 62, 127, 321, 330

상대계 80, 100~102, 204, 211, 223, 302, 318, 319

상대성 39, 52, 56, 57

상상 25, 31, 33, 37, 38, 41, 42, 69, 71, 74, 76, 80, 81, 83, 84, 97, 116, 132, 137, 142, 147, 166, 167, 183, 196, 300, 323~325

상실 40, 210, 223

상처 213, 214, 222~225

생각 17~19, 21~23, 25~28, 31~39, 41~44, 46, 62, 64, 69, 72, 73, 75~77, 95, 96, 98, 99, 101, 102, 103, 104, 106, 107, 108, 110~112, 114, 115, 127~130, 132~136, 139, 144, 146, 154~158, 162, 163, 165, 173, 179, 180, 182, 186, 198, 201, 208, 209, 217, 218, 224, 227, 229~231, 233, 235, 236, 238, 240, 253, 255, 256, 267~279, 281, 284, 287, 290~296, 299, 301, 303, 304, 307, 309~311, 316, 317, 319, 322~325, 330, 336, 338

생계 270, 280, 282, 290, 303

생명 에너지 163

생존 45, 89, 152, 188, 205, 281, 282, 297

선각자 65, 69, 72, 94, 96, 98, 100, 102, 103, 147, 155, 168, 172, 180, 181, 192, 208, 212, 215, 216, 219, 222, 237

선과 악 53, 109, 286

선택 24, 25, 32, 34, 36, 44~46, 58, 64, 68, 69~71, 76, 79, 83~87,

90~92, 94, 100, 102, 113, 115,
124, 126, 130, 133, 143~145, 147,
155, 161, 167, 169, 174, 178, 181,
185, 190, 192, 197~199, 205,
215~218, 224, 227, 238, 248, 249,
255, 256, 269, 275, 280, 281, 284,
286~290, 293, 295, 296, 298, 299,
301, 302, 333, 334, 336, 341

성경 118, 125, 341

성공 45, 65, 67, 124, 230, 234, 284,
288~290, 292, 293, 295~297

성삼위일체 60, 127

성스러운 경전들 101, 118

성신 61, 62, 73, 127, 154, 287, 288,
330

성 에너지 93, 125, 206, 335, 336

성장 213, 215, 233, 262, 278, 297,
299, 329, 333

성행위 125, 146, 181, 335, 336

세례 요한 237

세상 23, 27, 39, 42, 49, 59, 60, 63, 64,
67~69, 71, 72, 75, 76, 89~92, 95,
113, 114, 116, 124, 125, 130~132,
151, 152, 155, 158, 164, 166, 179,
180, 183, 191, 193, 196, 197, 200,
211, 212, 222, 227, 239, 240, 251,
252, 257, 260, 271~273, 290, 302,
311, 313, 334, 337, 338, 341, 342

섹스 125, 268, 335~339

셰익스피어 81, 300

수명 230

수치 339

순환 63, 167, 168, 218, 260, 275, 300,
321, 341

숭배 38, 162, 268

스승 34, 45, 59, 290, 333

스트레스 308

시간 27, 49, 50, 52, 61~63, 72, 94,
95, 127, 137, 158, 165, 189, 190,
194, 216, 239, 246, 273, 303, 311,
319, 324, 338, 342

시야 81, 172, 195, 235

신비 52, 81, 320, 323

신비주의 94

신성한 58, 60, 61, 67, 106, 108, 119,
129, 141, 189, 211, 222, 224, 229,
298, 303, 305, 320, 322

신성한 이분법 211, 222, 305

신약성서 117

신의 의지 36, 37, 113, 156, 287, 288

신체 54, 84, 85, 111, 298, 309, 335

신화 37, 42, 47, 53, 54, 56, 100, 318

실체 21, 42, 43, 61, 75, 97, 101, 102,
171~173, 252, 254, 288, 297, 298,
322

실패 21, 65, 77, 93, 116, 138, 200,
205, 207, 208, 247, 310

심장마비 308

심판 42, 43, 73, 78, 89, 97, 113, 197,
301, 302, 309

십계명 159, 160, 165

ㅇ

아담과 이브 80, 100, 318

아인슈타인 99

악 53, 62, 79, 108, 109, 112, 143,
146, 222, 223, 250, 268, 286

악마 31, 37, 53, 93, 96, 97, 108, 124,
135, 144, 146, 147, 256, 320, 334

알코올 315

앎 22, 48, 49, 57, 60, 66, 115, 167,
248, 280, 296, 299, 310, 320, 329

약속 59, 82, 83, 93, 96, 97, 125, 126,
130, 131, 161, 162, 164, 165, 225,
229, 238, 341

어둠 53, 66, 67

업 124, 332~334, 338

업보 65, 124, 332, 333, 338

에너지 40, 44, 51, 53, 54, 62, 63, 69,
98~101, 127~129, 163, 172, 271,
298, 299, 308, 310, 325, 334, 338

여신 146, 310, 323

역사 114, 222

역설 22, 71, 113, 165, 191, 196, 206,
290

10가지 계약 162

열대우림 91

열반 191

열정 169~172

영(spirit) 54

영감 19, 73, 107, 118, 242, 247, 330

영성 96, 229

영적 유희 189, 190

영적인 길 169

영적 진화 72

영혼 20, 39, 46, 48, 49, 54, 56, 57,
59, 62, 64~67, 76, 77, 80, 84~87,
94, 102, 104, 114, 127, 128, 131,
133, 138~143, 145, 154, 162, 168,
171, 187, 190~192, 195, 207, 210,
211, 213, 215, 217, 225, 226, 229,
234, 236, 239, 241, 252, 281, 282,
284~289, 297~299, 304, 318,
321, 322, 329, 336, 342

영혼의 바람 142

영혼의 언어 20, 39

영혼의 진화 187, 281, 297

예배 113

예수 26, 38, 85~87, 94, 95, 100, 117,
134, 147, 212, 296, 314, 321, 323

예언 92, 125, 313, 341

옳고 그름 110

완벽 21, 36, 60, 71, 78~81, 83, 85,
86, 88, 97, 115, 116, 142, 145,
155, 192, 200, 204, 206, 224, 228,
229, 286, 310, 321

완벽함 60, 81, 86, 200

완전한 앎 115

외계 생명체 125, 339, 340

외부 세계 81, 139

욕구 90, 92, 168, 169, 231, 288, 320

용기 147, 183, 240

용납 221

용서 113, 143, 147, 155, 187, 219,
284

우연 84, 85, 94, 101, 104, 204

우연의 일치 85, 94, 98, 104, 129

우울 158, 231, 261

우주 24, 33, 39, 49, 53, 54, 56, 57,
60, 62, 64, 70, 71, 80, 81, 87, 98,
99, 103, 104, 115, 125, 126, 128,
136, 144, 157, 180, 204, 259, 270,
293, 310, 311, 319, 322, 325, 340,

341

운 93, 150, 198

운명 85, 178, 179, 192, 193

원자폭탄 99

원죄 73, 100, 200

위대한 양극성 39

유머 107, 150, 260

유토피아 125, 341

육신 154, 163

육체 47, 62, 80, 83, 86, 126, 133, 309,
   335

응보 78, 79, 89

의도 37, 77, 87, 134, 178, 190, 199,
   203, 247

의무 225, 228, 229, 233, 240, 251

의식(意識) 61, 62, 69, 71, 72, 92, 127,
   128, 133, 134, 152, 154, 156, 157,
   178, 179, 190, 191, 204, 208, 211,
   231, 234, 257, 258, 270, 273, 287,
   288, 304, 308

의심 31, 37, 38, 80, 86, 121, 157, 196,
   242, 269, 311

의학 89, 152, 252

이기심 231

이원성 53

인간관계 43, 124, 203, 205, 206, 217,
   222, 229, 331

인과법(칙) 180, 197

인내 147

인생 17, 18, 20, 59, 60, 67, 85, 96,
   124, 129, 130, 153, 156, 198, 207,
   211, 217, 222, 232, 261, 262, 309

인정 26, 32, 85, 86, 102, 108, 127,
   131, 132, 135, 138, 152, 155, 169,
   174, 187, 189, 190, 199, 212, 214,
   223, 224, 256, 257, 284, 291, 296

일치 85, 94, 98, 104, 129, 294

ㅈ

자각 68, 125, 128, 133, 156, 163, 190,
   241, 255, 258, 280, 287, 320, 335

자기 부정 168

자기 실현 94, 131, 172, 190, 195,
   215, 297

자기 인식 56

자기 중심 208, 211

자기 창조 88, 204, 214

자기 표현 233

자신에게 최선 220, 221

자신이 누구인지 47, 48, 64, 67, 69,
   70, 76, 88, 129, 193, 206, 214,
   223, 237, 251, 255, 258, 296, 299,
   304, 305, 328, 336

자연 81, 91

자연법칙 79

자연스러운 79

자연재해 60, 63, 71, 91, 179

자원 90

자유 44, 75, 80, 108, 159, 164, 170,
   173, 229, 275, 305, 334, 337

자유선택권 36, 113

자유의지 24, 75, 113

자의식 211

작은 영혼과 태양 67

잘못된 21, 26, 43, 72, 76, 100, 112, 174, 205, 230, 233, 236, 251, 256, 267~269

잠 18, 313

잠재력 83, 85, 124, 233, 266

잠재의식 62, 127, 128, 154, 208

재난 60, 64, 65, 68, 71, 125, 179, 215, 341

재앙 68, 138, 179, 215

저항 139, 169, 172~174, 256

전달자 21, 23

전생 302

전쟁 38, 44, 53, 60, 89, 91, 131, 182, 183, 221, 222, 250, 252

절대계 60, 80, 101, 204, 319

젊은이들 222

정부 89, 152

정신 33, 53, 55, 62, 83, 84, 86, 104, 117, 133, 156, 160, 162, 224, 272, 278, 308, 309, 314

정의 52, 53, 77, 79, 86, 89, 113, 131, 213, 223, 236, 293, 296, 318

정치 44, 110, 152, 253, 254

정치가 110

조건 없는 사랑 83

조심 90, 235

존재 27, 29~33, 35, 37, 39~41, 45~47, 49~55, 57, 58, 60~64, 67, 74, 76~78, 80, 85, 86, 88, 90~93, 97, 98, 100~102, 104, 106, 107, 109, 112~114, 118, 120, 124, 125, 127~130, 132, 134, 139, 140, 142~144, 154, 165, 166, 168~171, 174, 175, 177, 180, 181, 192, 193, 204~206, 211, 212, 214, 215, 217, 219, 221, 223~228, 235, 237, 241, 254, 255, 258, 261, 271, 275, 280, 281, 282, 284~286, 289, 290, 297, 298, 300~304, 310, 317, 321~329, 333~335, 338, 340, 341

종교 44, 54, 62, 89, 93, 101, 103, 110, 111, 125, 144, 146, 159, 181, 196, 200, 201, 212, 219, 226, 229, 252~255, 318, 319, 324, 335, 338, 341

좌절 121, 140, 165, 189

죄 42, 92, 111, 129, 146, 200, 225, 226, 313, 333

죄인 146, 182

죄지음 225

죄책감 37, 199, 200

죽음 37~39, 63, 65, 77, 95, 137~140, 228, 298, 308, 317, 338

죽임 102, 250

즐거움 105, 106, 131, 211, 261, 275, 277, 335~338

지각 62

지구 53, 69, 86, 91, 92, 125, 179, 319, 339~341

지식 100, 142, 193, 254, 255, 295

지옥 75~78, 93, 135, 151, 165, 174, 179, 193, 200, 245, 256, 276, 294, 328

지혜 45, 80, 81, 106, 148, 181, 187, 219, 261, 289, 300

직관 22, 35, 172, 204, 256

진동 63, 128, 298, 299, 318

진리 21, 23, 28, 29, 42, 45, 54,
  62~64, 67, 81, 96, 101, 103, 104,
  106, 110, 112, 118, 131, 138, 142,
  148, 157, 160, 174, 183, 193, 218,
  219, 221, 237~240, 248, 254, 259,
  286, 289, 303, 320, 323, 340, 343

진화 72, 140, 187, 189, 211, 213, 247,
  258, 278, 281, 295, 297, 318, 319,
  333

진화론 318, 319

질문 18~21, 25, 32, 59, 60, 64, 68,
  79, 84, 86, 87, 104, 113, 115, 119,
  121, 123, 125~127, 136, 153, 156,
  160, 165, 181, 187, 195, 201, 205,
  214, 216~218, 220, 221, 225, 232,
  257, 265, 271, 284, 299, 300, 303,
  331, 332

질문 목록 123, 201, 265, 331

질병 60, 86, 124, 299, 307, 309

질투 38, 65, 97, 142, 192, 337

집단의식 179, 270, 273

집착 44, 170, 185

ㅊ

참된 선각자 94, 168, 180, 181, 192

참된 선생 193

참된 신 193

참된 왕 192

참된 자신 45, 66, 68, 75, 77, 79, 94,
  204~206, 216, 228, 229, 235, 245,
  246, 278, 288, 289, 318, 329

참된 지도자 192

창조 34, 35~37, 39, 40, 42, 43, 47,
  48, 52~57, 60, 62, 64, 65, 67~79,
  84, 85, 88, 90, 92, 93~99, 101,
  102, 108, 110~116, 126, 128~131,
  137, 139, 144, 146, 153~157, 161,
  165, 167, 169, 170, 173~175, 178,
  190, 192, 195, 198, 200, 203, 204,
  207, 211, 214, 216, 223, 226~229,
  233, 234, 250, 254, 255, 261, 269,
  271, 272, 274, 275, 284, 286, 288,
  289, 291, 292~294, 298, 299, 305,
  307~310, 319, 321~325, 329,
  330, 335, 336, 338, 343

창조론 319

책임 25, 26, 69, 71, 91, 191, 305

천국 76, 77, 109, 151, 159, 165~167,
  195, 227

체험 20~24, 28, 31, 32, 34, 40~43,
  45~51, 53, 54, 56~58, 60, 61, 63,
  64, 66~68, 71, 72, 75~77, 80, 83,
  84, 94, 97, 100~103, 108~112,
  114, 115, 120, 125, 126, 128, 129,
  133, 135, 141~143, 145, 157,
  166~168, 170~173, 175, 177,
  180, 183, 187, 189, 191, 193, 195,
  197, 201, 203, 204, 206, 207, 210,
  211, 215~217, 223, 224, 227, 230,
  239, 247, 251, 252, 255, 258, 260,
  261, 271~273, 275, 279, 282, 284,
  286, 287, 289, 290, 294, 296, 298,
  299, 301, 302, 313, 318, 321~323,
  325, 328~330, 332, 333, 335~339

축하 256

치유 44, 93, 124, 144, 145, 221, 233,
  236, 239, 253, 310, 334

치유자 310

침묵 119, 181

ㅋ

크리슈나 147

ㅌ

탄생 37, 53, 63, 257
텔레비전 339
투쟁 53, 93, 124, 188, 189, 194

ㅍ

파괴 39, 40, 91, 112, 144
판단 25, 47, 64, 65, 69, 72, 78,
    86~88, 110~112, 118, 123, 136,
    141, 142, 144, 147, 169, 182, 198,
    220, 223, 224, 229, 230, 240, 251,
    252, 254~256, 262, 267, 302, 313,
    336
편견 93, 182
평등 321
평생 18, 37, 82, 105, 106, 113, 124,
    133, 139, 146, 233, 238~240, 245,
    271, 300, 307, 308
평화 37, 44, 89, 147, 148, 280, 333,
    343
평화주의 222, 333
폭력 73, 251, 253, 339

ㅎ

하나됨 172
한계 20, 46, 225, 317, 329
합일 172, 343

해답 103, 116, 121, 189, 253
"해야 한다"거나 "하지 말아야 한다"
    73, 74, 280
행동 27, 31, 39, 40, 43~46, 48, 58,
    62, 70, 75, 78, 96, 97, 100, 102,
    113~116, 128~134, 136, 139,
    152, 154, 155, 159, 163, 169~172,
    174, 179, 192, 206, 209, 213, 214,
    218~222, 224, 226, 227, 238, 250,
    251, 253, 271, 272, 275~278,
    280, 281, 288, 291, 292~294,
    296~298, 301, 304, 309, 310, 313,
    336, 338
행복 18, 36, 110, 124, 193, 203, 280,
    282, 297, 304, 305
현실 32~34, 54, 63, 64, 81, 82,
    95, 99, 101, 102, 112, 131, 136,
    154~156, 172, 173, 180, 181, 188,
    216, 219, 221, 233, 289, 293~295,
    321~323
현재 54, 62, 63, 81, 111, 127, 132,
    175, 195, 274, 275, 300, 302, 340
환경 35, 36, 65, 69, 91, 102, 137, 179,
    194, 225
환상 36~38, 96, 131, 132, 163, 167,
    169, 170, 172, 173, 175
환생 124, 332
희생자 65, 69, 130, 198, 223, 224
히틀러 109
힘 18, 24, 25, 32, 34, 36, 37, 39, 53,
    67~70, 73, 94, 97~101, 103, 104,
    115, 116, 129, 131, 151, 152, 156,
    162, 173, 178, 180, 186, 188, 196,
    198, 199, 201, 203, 246, 255, 256,
    269, 284, 291~294, 310